Perspectivas

Novela

Biografía

Laurent Binet nació en París en 1972. Hizo el servicio militar en Eslovaquia y ha vivido en Praga. Es profesor en la Universidad de París III. Su primera novela, *HHhH* (Seix Barral, 2011), fue galardonada con el Premio Goncourt de Primera Novela, el Premio de los lectores de Livre de Poche y le valió el Premio al autor revelación de *Lire*, además de ser publicada en más de treinta y cinco países y adaptada al cine. *La séptima función del lenguaje* (Seix Barral, 2016) también fue reconocida en 2015 con el Premio Interallié, el Premio de Novela FNAC y el Premio de los lectores de *L'Express*, además de ser seleccionada para el Premio Renaudot, el Premio Femina, el Premio de Flore y el Premio literario de *Le Monde*. Por *Civilizaciones* (Seix Barral, 2020) recibió el Gran Premio de Novela de la Academia Francesa, y con *Perspectivas* (Seix Barral, 2024) ha vuelto a revalidar su éxito con el reconocimiento tanto de la crítica como de miles de lectores.

Laurent Binet
Perspectivas

Traducción del francés por Adolfo García Ortega

Seix Barral

PEFC Certificado

Este libro procede de
bosques gestionados
de forma sostenible

PEFC

PEFC/14-38-00305 www.pefc.es

Título original: *Perspective(s)*

Seix Barral, un sello editorial de Editorial Planeta, S. A.
Avda. Diagonal, 662-664, 08034 Barcelona (España)
www.seix-barral.es
www.planetadelibros.com

Adaptación de la cubierta: Booket / Área Editorial Grupo Planeta a partir de la idea original de Julieta Obligado
Imagen de la cubierta: © Fine Art Images / Album
Primera edición en Colección Booket: junio de 2025

Depósito legal: B. 8.706-2025
ISBN: 978-84-322-4850-4
Impreso en España

Tratad, pues, de descubrir quién soy yo a partir de mis palabras y mis colores.

ORHAN PAMUK,
Me llamo Rojo

Son malos tiempos para el arte.

MIGUEL ÁNGEL,
Carta a su padre

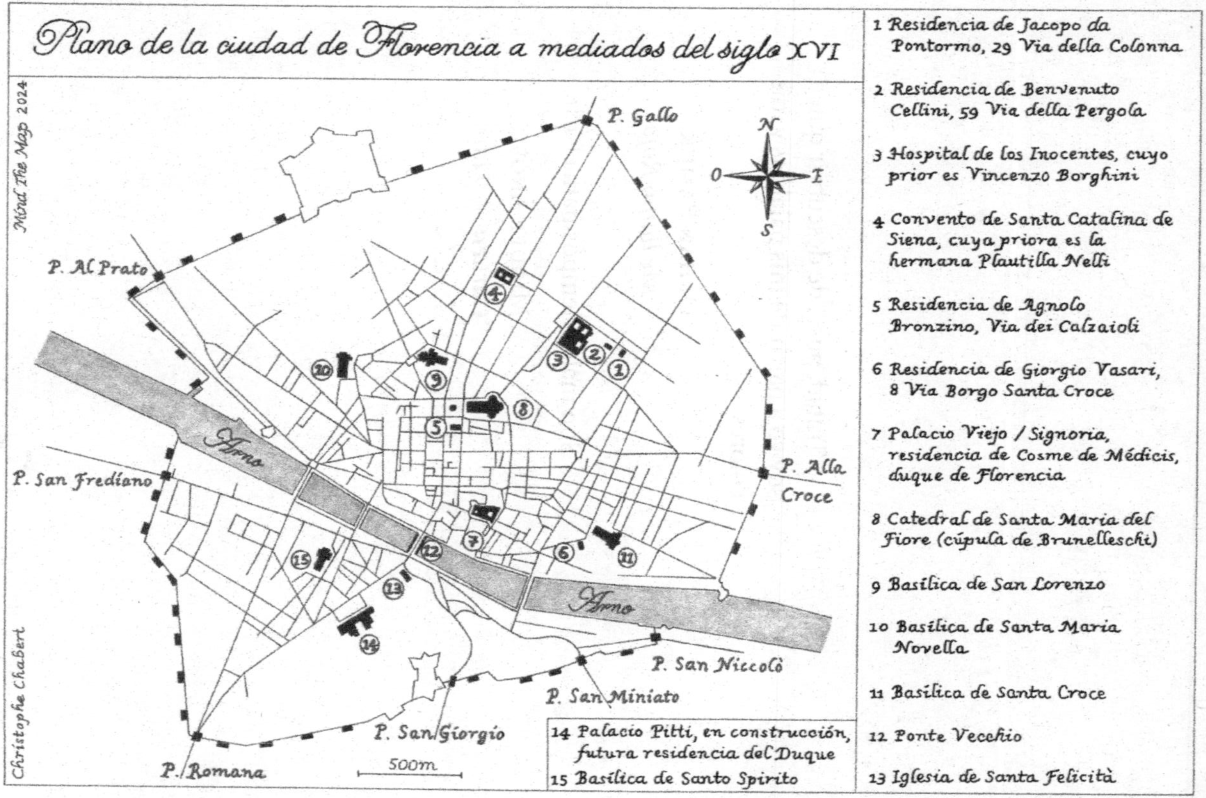
Plano de la ciudad de Florencia a mediados del siglo XVI
Mind The Map 2024
Christophe Chabert
P. Gallo
P. Al Prato
P. San Frediano
P. Romana
P. San Giorgio
P. San Miniato
P. San Niccolò
P. Alla Croce
Arno
Arno
N
O
E
S
500m
1 Residencia de Jacopo da Pontormo, 29 Via della Colonna
2 Residencia de Benvenuto Cellini, 59 Via della Pergola
3 Hospital de los Inocentes, cuyo prior es Vincenzo Borghini
4 Convento de Santa Catalina de Siena, cuya priora es la hermana Plautilla Nelli
5 Residencia de Agnolo Bronzino, Via dei Calzaioli
6 Residencia de Giorgio Vasari, 8 Via Borgo Santa Croce
7 Palacio Viejo / Signoria, residencia de Cosme de Médicis, duque de Florencia
8 Catedral de Santa Maria del Fiore (cúpula de Brunelleschi)
9 Basílica de San Lorenzo
10 Basílica de Santa Maria Novella
11 Basílica de Santa Croce
12 Ponte Vecchio
13 Iglesia de Santa Felicità
14 Palacio Pitti, en construcción, futura residencia del Duque
15 Basílica de Santo Spirito

Situación política en Italia durante la expedición del duque Francisco de Guisa entre 1556 y 1557

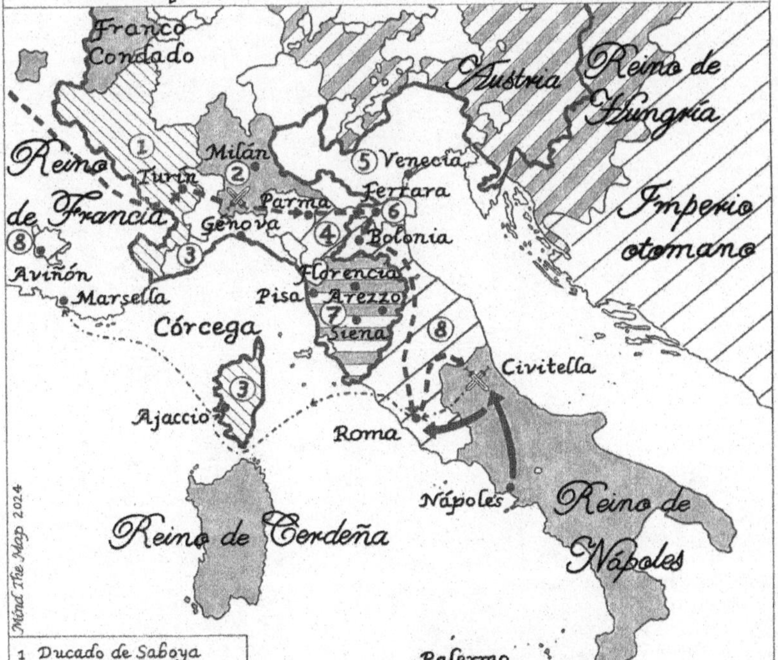

PREFACIO

Después de todo, que no se diga de mí que no sé rectificar.

Tenía opiniones muy firmes sobre Florencia y los florentinos: gente razonable, instruida, bien educada, incluso amable, pero carente de pasiones, inepta para lo trágico y la locura. ¡Nada que ver con Bolonia, Roma o Nápoles! ¿Por qué, si no (pensaba yo), Miguel Ángel había huido de su patria para nunca más volver? Roma, a la que sin embargo vilipendió toda su vida, era el entorno que necesitaba. ¿Y los otros? ¡Dante, Petrarca, Da Vinci, Galileo! Fugitivos y exiliados. Florencia producía genios y luego los expulsaba, o no sabía cómo retenerlos, y esta era la razón de que hubiera dejado de brillar desde la Edad Media. Yo querría haber vivido en la época de los güelfos y los gibelinos, pero no mucho después, porque pienso que pasado, pongamos, 1492 y después de la muerte del Magnífico, todo se había acabado por allí. El fraile Savonarola no solo había extinguido la belleza al ordenar a Botticelli quemar sus cuadros, también había eliminado el gusto por lo ideal al reducir el idealismo a su obtusa estrechez de miras.

Después de la marcha de Leonardo y de Miguel Ángel, ¿qué quedaba? O, mejor dicho, ¿quién? Yo apenas les daba importancia a los Pontormo, los Salviati, los Cigoli, y Bronzino siempre me pareció demasiado seco y frío, con su tendencia a la tez de porcelana y su tieso amaneramiento. Ninguno de esos manieristas, en mi opinión, podía soportar la comparación con cualquier otro de la escuela de Bolonia, incluso me mofaba de Vasari, que nos había vendido tan bien a sus pintores florentinos. Yo idolatraba a Guido Reni, de quien estimaba que había elevado la belleza hasta el punto más alto de la humanidad. Podía reconocer que los florentinos sabían dibujar, pero les reprochaba su falta de expresividad. Todo era demasiado convencional, demasiado soso. ¡En el fondo, prefería mucho más a cualquiera de los holandeses!

Pues bien, estaba equivocado, lo confieso, y hube de pasar por las circunstancias que me dispongo a contarles ahora para salir de mi ceguera. Porque ver es pensar. El espectador también debe merecerse su cuadro. Yo era un tonto, pero, aunque tal vez lo siga siendo todavía, al menos hoy estoy inclinado a hacer justicia a quien corresponda: la Florencia de mediados del siglo XVI era un crisol en el que bullían las pasiones y un terreno abonado donde florecían los genios, lo cual, por supuesto, se explica solo por el estilo, ni más ni menos.

Hace unos años, visitando la Toscana, mientras husmeaba en una oscura tienda de Arezzo en busca de un pequeño recuerdo que llevar a Francia para mis amigos en vez de la típica estatuilla etrusca, un anticuario manco me ofreció comprar un conjunto de viejas cartas amarillentas. Olisqueé aquel fajo con desconfianza y le pedí que me dejara echarle un vistazo con más detenimiento para asegurarme de su autenticidad, a lo cual no se opuso. A la tercera carta, yo ya estaba abriendo mi cartera y pagando una elevada suma por el paquete entero. Conozco la historia de la Italia del siglo XVI y creo que lo que estas cartas contienen, por muy asombroso que parezca, es absolutamente verdadero. Regresé a mi hotel y leí de una sentada la historia que viene a continuación.

Sí, porque de una historia se trata, y quien haya reunido pacientemente estas cartas, sea quien sea, no se equivocó llevando a cabo semejante trabajo de archivero, realmente titánico: forman un todo que devoré hasta que amaneció y cuya relectura empecé esa misma mañana. Al principio, se apoderó de mí el interés por dar a conocer las cartas. Pero luego comprendí que sería mejor mantenerlas en secreto. Porque lo que estas cartas revelan es inaudito en unas proporciones y a unos niveles que corresponderá determinar a los historiadores. Por mi parte, solo puedo decir que la idea de que cada lector de estas misivas pueda pasar por los mismos sentimientos que yo aumenta el estado de estupefacción que tuve nada más acabar su lectura. Esta es la única razón, creo yo, que justifica la imperiosa necesidad que sentí de traducirlas del toscano.

Esta traducción, que ha exigido de mí muchísimo cuidado, me ha tenido ocupado durante no menos de tres años de mi vida. Al cabo, quiero creer que mi conocimiento de la lengua y de la historia italianas me ha permitido mantenerme lo más fiel posible al espíritu, si no al estilo, de los autores de las cartas. Sin embargo, si el lector ve errores o le llama la atención alguna expresión vulgar, le ruego que tenga la bondad de pensar que tal vez no sean debidas a mí, o sí, pues a veces he tratado de hacer legible una correspondencia en el toscano del siglo XVI para el lector de hoy, poco familiarizado, sin duda, con una época tan lejana y, me atrevo a decir, demasiado olvidada. En aras de la comodidad, he modificado la indicación de los años para adoptar nuestro calendario gregoriano: por ejemplo, cuando una carta estaba datada en enero o febrero de 1556, como el Año Nuevo florentino no empezaba entonces hasta el 25 de marzo, la he pasado a 1557. En cambio, he evitado las notas a pie de página, que si bien es cierto que tienen la ventaja de resaltar la erudición de quien las redacta, también tienen el inconveniente de devolver al lector al presente de su habitación. En definitiva, lo único que ustedes han de saber es esto: que la historia se desarrolla en Florencia, en tiempos de la undécima y última guerra de Italia.

Aun así, llevado por un espíritu de gran magnanimidad, y aunque los tiente mucho echarse al agua antes de saber nadar, me he avenido a redactar una lista de los corresponsales —¡iba a decir de los personajes!— con el fin de facilitarles una lectura que confío les cause el mismo efecto que un gran cuadro, o, mejor dicho, para ser justos, que un fresco pintado sobre el muro de una iglesia italiana.

B.

LISTA DE CORRESPONSALES

Cosme de Médicis: duque de Florencia, perteneciente a la rama secundaria de los Médicis, llegado al poder por casualidad en 1537 después de que Alejandro de Médicis fuera asesinado por su primo Lorenzino, llamado *Lorenzaccio*.

Leonor de Toledo: duquesa de Florencia, sobrina de Fernando Álvarez de Toledo, duque de Alba y virrey de Nápoles, en guerra con Francia y Roma al servicio del emperador Carlos V y de su hijo Felipe II, rey de España.

María de Médicis: hija primogénita del Duque y de la Duquesa.

Catalina de Médicis: reina de Francia, esposa del rey Enrique II, heredera legítima del ducado de Florencia.

Piero Strozzi: mariscal de Francia, primo de Catalina, hijo del republicano Felipe Strozzi, ejecutado por Cosme, jefe de los *fuorusciti* (nombre dado a los exiliados florentinos), gran enemigo y rival de Cosme por el control de Toscana.

Giorgio Vasari: pintor, arquitecto y autor de *Las vidas de los más excelentes pintores, escultores y arquitectos italianos*, estrecho consejero de Cosme, quien no deja de encargarle trabajos, entre los que está la inmensa obra de renovación del Palacio Viejo.

Vincenzo Borghini: historiador y humanista, prior del hospital de los Inocentes, gran amigo de Vasari, a quien ayuda en la redacción del segundo tomo de su *Vidas de pintores*.

Miguel Ángel Buonarroti: escultor, pintor, arquitecto y poeta, encargado de acabar la construcción de la basílica de San Pedro en Roma.

Agnolo Bronzino: pintor, antiguo alumno y gran amigo de Pontormo, retratista oficial de la familia Médicis.

Sandro Allori: pintor, alumno y asistente de Bronzino.

Giambattista Naldini: pintor, alumno y asistente de Pontormo.

Sor Plautilla Nelli: priora del convento de Santa Catalina de Siena, pintora, adepta a las ideas del fraile Jerónimo Savonarola (1452-1498).

Sor Catalina de Ricci: priora del convento de Prato, savonarolista convencida, amiga y modelo de la anterior.

Sor Petronilla Nelli: hermana de Plautilla.

Benvenuto Cellini: orfebre, escultor y aventurero, autor del *Perseo* de bronce que preside la plaza de la Signoria en Florencia junto con el *David* de Miguel Ángel.

Malatesta de Malatesti: paje del duque de Florencia.

Marco Moro: obrero, moledor de pigmentos de Pontormo.

Hércules d'Este: duque de Ferrara, padre del siniestro Alfonso d'Este, quien inspirará a Robert Browning su famoso poema *My Last Duchess*.

Giovanni Battista Schizzi: regente del ducado de Milán.

Pablo IV: papa desde 1555, miembro de la gran familia napolitana de los Carafa, antes a la cabeza de la Inquisición romana. Enemigo jurado de protestantes, judíos, artistas y libros (creador del *Index librorum prohibitorum*). Aliado de Francia contra España. Su desmesurado nepotismo favoreció el ascenso de sus sobrinos, el duque de Paliano y su hermano, el cardenal Carlo Carafa, dos crápulas cuya historia tal vez me dé por contar en otra ocasión.

Jacopo da Pontormo: pintor.

Me piden también que mencione a quienes, sin haber escrito ni recibido ninguna, aparecen en las cartas que siguen más adelante. En mi opinión, es un insulto a la inteligencia de los lectores, que ya no son unos niños a los que haya que llevar de la mano. ¿Acaso tenía yo una lista de los personajes cuando las leí? Pero, en fin, sea. Citemos a Bacchiacca, viejo pintor especializado en la pintura de mobiliario y decoración de interiores; a Pierfrancesco Riccio, el preceptor de Cosme, luego su secretario y mayordomo, de cuyas funciones fue destituido e internado por problemas mentales en 1553; a Benedetto Varchi, exrepublicano convertido en historiador del régimen, iniciador de la célebre encuesta del *paragone* sobre la jerarquía entre las artes y que fue para Cosme, en cierto modo, lo que Angelo Poliziano fue para Lorenzo el Magnífico. Y ya basta. Dejemos que se abra el telón en el escenario, no otro que la Florencia de 1557.

1. María de Médicis a Catalina de Médicis, reina de Francia

Florencia, 1 de enero de 1557

Si supiera que os escribo, mi padre me mataría. Mas, ¿cómo negar a Vuestra Alteza un favor tan inocente? Él es mi padre, pero ¿no sois vos mi tía? ¿Qué me atañen a mí vuestras disputas, y vuestro Strozzi, y vuestra política? A decir verdad, vuestra carta me ha causado una alegría que no podéis ni imaginar. ¿Qué pasa? ¿Que la reina de Francia me suplica que le cuente cosas sobre su ciudad natal a cambio de su amistad? ¿Acaso podía darle el Cielo un regalo más hermoso a un alma arrinconada como la de la pobre María, rodeada tan solo de niños y sirvientes? Mis hermanos pequeños están demasiado ocupados jugando a los príncipes, mis hermanas pequeñas juran que no se casarán jamás con nadie porque ningún partido sería lo bastante digno de ellas —¡por mucho que se tratara del mismísimo hijo del emperador!— y, entre las frías paredes de este viejo palacio, veo con claridad cómo mi madre conspira con mi padre sin decirme nada, aunque la única certeza que puedo alcanzar a entender es que lo hacen para casarme. ¿Con quién? Nadie ha considerado necesario hasta ahora informarme a ese respecto. Pero ya está bien, no quiero abusar de vuestra amistad, bastante he hablado de mí.

Sabed, querida tía, que ha tenido lugar en Florencia un drama espantoso. Puede que aún conservéis el recuerdo del pintor Pontormo, ya que, entre todos los artistas de los que nuestra patria es fecunda, pasaba por ser, según se dice, uno de los más reputados en los tiempos en que vos aún no habíais dejado Italia por Francia, de camino hacia vuestro real destino. Pues bien, lo han encontrado muerto en la capilla mayor de San Lorenzo, en la obra en la que estaba trabajando desde tiempo inmemorial: ¡once años! Se cuenta que se dio muerte a sí mismo porque no lo satisfacía el resultado. Yo me había cruzado con él algunas veces, en casa de su amigo Bronzino; tenía el aspecto de uno de esos viejos locos que murmuran entre dientes. En fin, es algo muy triste.

Por fortuna, no todas las noticias son tan trágicas, pero creo yo que ninguna os va a sorprender: como bien sabéis, cada año los preparativos del Carnaval empiezan cada vez más pronto, tanto que nuestras plazas están ya invadidas por los obreros que se encargan de levantar las tarimas y en las casas las costureras se atarean en sus labores. Me tomaréis por frívola, sin duda, si os digo que me gusta cuando Florencia se prepara para vestirse de fiesta, pero no lo puedo evitar. Esa efervescencia me regocija, a mí, que no tengo por así decirlo ninguna otra distracción más que la de ir a posar para uno de los innumerables retratos que de cada miembro de su familia, vivo o muerto, mi padre manda hacer a Bronzino. Estarme sentada durante horas, en eso consiste mi diversión.

El hijo del duque de Ferrara, Alfonso d'Este, a quien tal vez hayáis conocido en Francia, pues me han dicho que ha combatido en Flandes al lado de vuestro esposo, el rey Enrique, ha llegado esta semana para presentar sus respetos a mi padre, que está obsesionado con presentármelo. ¡Qué lata, porque dicen de él que es alguien siniestro! Por cierto, me está llamando mamá. Os beso las manos con el fervor de una nueva amiga. He quemado vuestra carta según vuestro deseo y seguiré vuestras indicaciones para haceros llegar la mía con toda discreción. ¡Qué lástima que estéis enfadada con mi padre! Pero estoy segura de que este enfado no durará mucho y vendréis dentro de poco a visitar a vuestra familia, y por fin volveréis a ver de nuevo vuestra hermosa Florencia. ¡Quién sabe si el Bronzino no hará también vuestro retrato!

2. Giorgio Vasari a Miguel Ángel Buonarroti

Florencia, 2 de enero de 1557

Esta vez, querido Maestro, no os escribo a petición del Duque para suplicaros que volváis a Florencia. ¡Ay! Es otro asunto distinto el que me lleva a turbar vuestras jornadas romanas, aun cuando sé lo ocupadas que están por vuestros admirables trabajos y por las numerosas contrariedades a las que vuestro arte se enfrenta a diario, sobre todo desde la elección de nuestro nuevo sumo pontífice, quien parece tan poco proclive a apreciar las bellezas antiguas o modernas, al contrario que sus predecesores.

¿Recordáis cuando, hace quince años, os lo consultaba todo? Teníais entonces la bondad de darme vuestros consejos, y gracias a ellos me entregué de nuevo, con más método y provecho, al estudio de la arquitectura, lo que probablemente nunca habría logrado sin vos. Hoy todavía sigo necesitando método, aunque en un terreno muy diferente. El Duque ha querido honrarme con su confianza al encargarme una misión tan delicada como insólita.

Jacopo da Pontormo, cuyo gran talento elogiasteis incluso cuando no era más que un niño lleno de promesas, ya no está entre nosotros. Ha sido hallado muerto en la capilla de San Lorenzo, al pie de sus famosos frescos, que hasta entonces él había sustraído a las miradas tras una valla de madera. De por sí, la noticia me había decidido a escribiros, pues era menester que alguien os informara de tan terrible desgracia. Pero son las circunstancias de su muerte las que justifican plenamente que me dirija a vos, una vez más.

Y ello porque, dado que su cuerpo ha sido encontrado con un cincel clavado en el corazón, justo debajo del esternón, la tesis del accidente nos ha parecido enseguida difícil de sostener. Esta es la razón por la que el Duque me ha encargado que esclarezca esta triste historia, ya que no son pocas las sombras sobre ella, como podréis juzgar por vos mismo: el cuerpo de Jacopo, además del cincel que lo ha matado, tenía rastros de un violento golpe en la cabeza, asestado por un martillo hallado en el suelo de la capilla, en medio de sus otras herramientas. El pobre Jacopo estaba echado bocarriba, delante de su fresco del Diluvio, una parte del cual, al parecer y a tenor de los restos de pintura fresca, había estado repintando antes de morir, con el riesgo de dejar un parche notorio. Vos sabéis como yo que Jacopo era tan lento como exigente en su trabajo y que siempre se estaba corrigiendo, pero ese retoque en una pequeña parte del muro, que inevitablemente iba a dejar visible el parche en un lugar que partía la figura por la mitad, me ha sorprendido sobremanera. Conociéndolo, pensaría que, a poco que no estuviera satisfecho mínimamente del conjunto, reharía el paño de pared entero.

Sin embargo, las rarezas de este asunto no se detienen ahí. Cuando se descubrió el cuerpo, lo llevaron a la casa donde vivía Jacopo, en via Laura, que es una especie de desván al que se accede por una escalera. Allí, entre un montón de dibujos, cartones y maquetas guardado en su taller, había un cuadro que vos conocéis muy bien, ya que antaño dibujasteis el modelo: os acordaréis sin duda de ese *Venus y Cupido* cuyo éxito fue tal que inspiró múltiples copias por toda Europa (quizá sepáis que yo mismo tuve el privilegio de realizar algunas de ellas, las cuales, sin igualar de ninguna manera a las de Pontormo, llegaron a complacer mucho, pues todo lo que se inspira en vuestros dibujos lleva siempre el trazo de vuestro divino genio). Eran los tiempos anteriores a la vuelta de la Inquisición, que tan lejana nos parecía ya, cuando el cardenal Carafa no se había convertido todavía en Pablo IV y los desnudos aún no habían caído en desgracia, sino que, por el contrario, eran particularmente buscados. Por supuesto, a nadie se le ocurriría hoy pintar un cuadro así, pero vos conocéis la excentricidad que caracterizaba a nuestro bravo Jacopo. Pese a ello, no es esto lo que ha llamado nuestra atención, ya que, si dejamos de lado los cuatro años en que el fraile Jerónimo Savonarola obnubiló los corazones de la gente simple, los florentinos seguimos sabiendo reconocer las bellezas del cuerpo humano sin considerarlas unas diabólicas obscenidades. Por otra parte, el trozo de tela que Pontormo había añadido tiempo atrás para cubrir los muslos abiertos de la diosa había sido retirado de la copia que había ante nuestros ojos. Pero lo que más nos sorprendió —no sé cómo formular esto sin ofender a nadie, y menos aún a la familia de Su Excelencia— fue que Jacopo había sustituido el rostro de Venus por el de la hija primogénita del Duque, la señorita María de Médicis.

Ya os figuráis lo desagradable que puede ser esta historia y por qué el Duque ha tenido que encargar la resolución de la misma a un hombre de su confianza, haciendo circular, al mismo tiempo, el rumor de que el pobre Jacopo había puesto fin a sus días debido al extremo desprecio para consigo mismo en que había caído. Es obvio que todo esto me deja envuelto en una espesa niebla, por lo que me permito, a fin de desenredar los enmarañados hilos de tan tenebroso asunto, solicitar vuestra enorme inteligencia, que sé casi igual que vuestro talento y participa plenamente de vuestro genio.

3. Miguel Ángel Buonarroti a Giorgio Vasari

Roma, 5 de enero de 1557

Mi señor Giorgio, querido amigo, no sabría deciros cuán abatido me hallo, hasta el punto de que no he salido de la cama desde hace una eternidad, o eso me parece. A decir verdad, ya estaba agobiado por todos los quebraderos de cabeza que me causa la obra de San Pedro, pero la muerte de Jacopo me ha rematado, por así decir, y he llorado al leer vuestra carta. Jacopo era un pintor de gran talento y, en mi opinión, uno de los mejores, no solo de su generación (la que media entre la mía y la vuestra, pues yo ya estoy a las puertas de la muerte y vos aún en la flor de la vida), sino, lisa y llanamente, de su tiempo. Al pedirme que os ayude a encontrar al culpable de ese crimen inconcebible a los ojos de Dios y del mundo, no sé si estáis llamando a la puerta adecuada, temo más bien que sobrestiméis demasiado la dimensión de mi inteligencia, pues hace ya mucho tiempo que lo que se dice en Roma de mí es que estoy senil y enloquecido. Sin embargo, como quiero complaceros y deseo también honrar la memoria de Pontormo, estoy dispuesto a ayudaros en la medida de mis medios. Tal vez, en realidad, os sería más útil en vuestras pesquisas un punto de vista digamos oblicuo, es decir, no florentino. Si se aborda el problema con el rigor y la lógica de un Brunelleschi o de un Alberti, es necesario, para hallar al culpable, establecer primero la ocasión y luego la causa, o bien primero la causa y luego la ocasión. ¿Quién podía desear la muerte del pobre Jacopo? ¿Y quién estaba con él, aquella noche, para asestarle ese golpe mortal? Al escribir estas líneas, mis ojos se llenan de lágrimas y, al verlo yacer en un charco de sangre, con el corazón traspasado por una de esas herramientas que nos dan la vida a nosotros, los artistas, asesinado con su propio cincel, golpeado con su propio martillo, es como si hubiera sido traicionado por sus más fieles compañeros. ¡Pero dejemos las efusiones estériles! Aunque mis lágrimas son un tributo a la memoria de nuestro amigo, no nos van a ayudar a identificar al asesino. En resumen, una primera conclusión es que el culpable está en Florencia, entre vosotros.

Tengo miedo, mi buen Giorgio, de no poder ayudaros más, al carecer de elementos suplementarios. Al fin y al cabo, no soy más que un modesto escultor y, desde Roma, no alcanzo a ver San Lorenzo. Por amor a Jacopo, sed vos mis ojos y mantenedme informado de la marcha de vuestras investigaciones, os lo ruego.

Por cierto, no me habéis hablado de sus frescos. ¿Cómo los habéis encontrado? Se dice que el Duque le había encargado la tarea de rivalizar con la Sixtina. Decidme lo que pensáis, querido Giorgio, ya sabéis que siempre he tenido en alta estima vuestro juicio.

4. Giorgio Vasari a Miguel Ángel Buonarroti

Florencia, 7 de enero de 1557

Querido Maestro, para empezar quiero tranquilizaros: vuestra Sixtina no se verá superada por la capilla de Pontormo. Como me lo habéis rogado, os describiré lo que he visto: lo primero de todo, en diversas hornacinas de la parte superior de la capilla, la Creación de Adán y Eva, su Desobediencia, su Expulsión del Paraíso, sus trabajos en la Tierra, el Sacrificio de Abel, el Crimen de Caín, la bendición de los hijos de Noé y la construcción del Arca. A continuación, sobre una de las paredes, cuya dimensión es de quince brazas en ambos sentidos, un Diluvio universal, en el que se ve a una multitud de cadáveres y a Noé hablando con Dios. Fue a los pies de ese Diluvio donde se halló al pobre Pontormo, y fue sobre esa pared donde retocó una parte del conjunto, mientras que el resto estaba seco desde hacía tiempo. Sobre la otra pared representó una Resurrección universal, en la que predomina una confusión similar, por así decir, a la que reinará el día del juicio supremo. Frente al altar, a cada lado, hay unos grupos de personajes desnudos que salen de la tierra y ascienden hasta el Cielo. Sobre las ventanas, unos ángeles rodean a Cristo, que con toda su majestad resucita a los muertos para juzgarlos. Confieso que no entiendo por qué Jacopo ha colocado a los pies de Cristo a Dios Padre creando a Adán y Eva. También me sorprende que no haya variado ni sus cabezas ni su color, y le reprocharía una vez más que no haya tenido en cuenta la perspectiva. En conclusión: el dibujo, la pigmentación y el ajuste de sus figuras dan un aspecto tan triste que, pese a mi profesión de pintor, reconozco que no entiendo nada. Ojalá pudierais verlo con vuestros propios ojos para explicármelo, pero dudo que en ese caso vuestro juicio se alejara mucho del mío. Cierto que esa composición contiene algunos torsos, algunos miembros, algunas articulaciones maravillosamente estudiados, porque Jacopo había procurado hacer maquetas de barro de un detalle extraordinario, pero todo eso falla en su conjunto. Casi todos los torsos son demasiado grandes, mientras que los brazos y las piernas son demasiado pequeños. En cuanto a las cabezas, están totalmente desprovistas de esa gracia y esa belleza singular que se observan en sus otras pinturas. Es como si aquí tan solo se hubiera ocupado de determinados fragmentos y descuidado los más importantes. En definitiva, lejos de mostrarse superior al divino Miguel Ángel en este trabajo, ha quedado muy por debajo de sí mismo, lo que prueba que querer forzar la naturaleza lleva a mostrar las propias limitaciones. Pero ¿no tiene Jacopo derecho a nuestra indulgencia? ¿No están los artistas expuestos a equivocarse igual que los demás? Queda esta pregunta que en adelante permanecerá sin respuesta: ¿por qué, poco antes de morir, quiso retocar una parte de su Diluvio? ¡Quién sabe en qué consistían las fantasías profundas de ese hombre!

Sea como sea, el Duque, en su enorme sabiduría, ha confiado la finalización de los frescos a Bronzino.

5. Miguel Ángel Buonarroti a Agnolo Bronzino

Roma, 9 de enero de 1557

Mi señor Agnolo, he sabido por Vasari el terrible drama que ha golpeado Florencia y a todos nosotros, amantes de las artes y de la belleza, en la persona de vuestro maestro y amigo, fulminado en el lugar mismo de sus mayores esperanzas, pero también —demasiado bien lo sé por mi propia experiencia costosamente adquirida— de sus mayores tormentos. Porque, ¿qué hay más horrible que la pintura al fresco? Nos pasamos toda la jornada con el cuello torcido, la cabeza al revés, diez o quince pies por encima del suelo, manejando el pincel como buenamente podemos antes de que el yeso se seque, en cuyo caso habría que empezarlo todo de nuevo. En verdad, si mi señor Vasari no me hubiera informado sobre las circunstancias de su muerte, que en mi opinión no se prestan a equívoco, no me habría sorprendido tanto saber que el pobre Pontormo hubiera puesto fin a sus días, pues es una idea que a mí mismo me ha asaltado ciertas noches de desesperación, cuando sentía mi cuello y mi espalda rotos por el trabajo y se me formaba un bocio a fuerza de tener la cabeza hacia abajo, sin hablar de los intrigantes y los impertinentes, siempre dispuestos a calumniarme y a maquinar contra mí. Ya sabéis que mi *Juicio Universal* fue atacado y desprestigiado hace casi veinte años por el Aretino, ese hijo de puta, Dios tenga piedad de su alma, que lo llegó a comparar con un burdel instalado en la mayor capilla de la Cristiandad. Esas críticas no solo no han cesado, sino que no hacen más que multiplicarse y crecer. Tan es así que, a día de hoy, el papa Pablo IV ha decidido la pura y dura destrucción de mi obra, encargando a mi buen amigo el señor Daniele da Volterra la vestidura de mis desnudos, hasta el punto de que al pobre Daniele, contrario a esta tarea indigna, le han puesto el mote, que corre por toda Roma, de *Il Braghettone*. Esta es la realidad. Lejos queda el tiempo en que los papas me ofrecían suntuosos regalos. Incluso Pablo III, a quien sin embargo el mundo debe el retorno de la Inquisición, me había regalado un magnífico purasangre árabe, que, según decía, era el corcel más rápido de Oriente y Occidente. Todo era poco, entonces, para hacerse con mis servicios. Pobre animal que languidece en su cuadra como yo en mi cubil.

Estoy seguro de que Jacopo debió de sufrir las mismas afrentas, pues recuerdo a cierta gente maliciosa, celosa y calumniadora que había en Florencia cuando yo me fui de allí, y no me cabe la menor duda de que tienen quien los emule. Por eso quiero saber de vuestra boca cómo han sido acogidos los frescos de Pontormo y, por encima de todo, conocer vuestra opinión sobre su trabajo, ya que, sin poner en duda las reservas de Vasari, siempre pensaré que dos pareceres valen más que uno, especialmente si provienen de personas juiciosas y leales.

6. Agnolo Bronzino a Miguel Ángel Buonarroti

Florencia, 11 de enero de 1557

¿Es posible, querido Maestro, que no hayáis vuelto a Florencia desde hace veintitrés años, pese a las múltiples demandas de Su Excelencia el Duque, apoyadas por las súplicas de vuestros amigos? Tal vez este nuevo argumento venga a poner fin a vuestras resistencias y nuestro pobre Pontormo consiga lo que todos los demás han fracasado: os juro que sus frescos son de un esplendor tal que no se había visto nada semejante desde vuestra Sixtina. Es un espectáculo que el gran Miguel Ángel debe contemplar por sí mismo, porque ninguna palabra bastará para describirlo.

No creáis a mi señor Giorgio, quien, siendo un hombre de buen gusto cuya probidad no sabría ser cuestionada, es también un cortesano que sabe plegarse a las exigencias de su amo. De sobra sabéis vos, como lo confirma vuestra carta, hasta qué punto la desnudez de los cuerpos ya no está en olor de santidad desde que la curia romana ha creído a bien ofrecer la tiara al auditor general de la Inquisición, ese Carafa insensible a las bellezas del arte, para quien cualquier representación del cuerpo humano es una ofensa hecha a Dios. El extraordinario Diluvio que ha salido de la mente y de las manos si par de Jacopo no tuvo la suerte de gustar a la Duquesa, cuyo gusto español se acomoda mal a una visión tan extraordinaria: cuerpos desnudos abigarrados, algunos de los cuales parecen hinchados por la estancia prolongada en el agua. Hay tanta verdad en esa pintura que se ha expandido por la ciudad el rumor de que Jacopo habría utilizado como modelo cadáveres de ahogados que él mismo iba a buscar por los hospitales. Estos chismes, evidentemente, no son más que pura fantasía, pero la causa de semejante exageración es la fabulosa pintura de Pontormo: no se han visto jamás ahogados más vivos que los de esas paredes.

Su Excelencia Cosme, aunque no comparte las prevenciones de la Duquesa contra la representación de la carne, pues no es ni Carafa ni mujer ni español, ambiciona no obstante, desde hace demasiado tiempo, el título de rey de Toscana y ha de dar garantías al papa, único habilitado para conceder tal dignidad. Por eso se cuidó mucho de manifestar ninguna señal de aprobación cuando los frescos fueron mostrados a un pequeño número de privilegiados, una vez que el Duque mandó abrir la valla tras la cual Jacopo los ocultaba. Pero, pese a todo, estoy seguro de que esas pinturas fueron del agrado del Duque, y prueba de ello es que me ha confiado el honor de acabarlas, ya que sabe que, al ser el más fiel alumno de Pontormo, no traicionaré su legado. Así pues, habiéndome juzgado Dios digno de ello, cuando la gran obra de Jacopo de Pontormo esté acabada por mí, pondré orgullosamente mi nombre junto al suyo. Esta será su venganza, y la nuestra, porque nadie duda de que esos frescos son el motivo de que haya sido asesinado, debido al nuevo espíritu de estos tiempos, que sin duda alguna es muy sombrío y muy contrario a personas como nosotros.

7. Sor Catalina de Ricci a sor Plautilla Nelli

Prato, convento de San Vincenzo,
5 de enero de 1557

No puedes imaginarte, hermana mía, con qué muestras de alegría la noticia de la muerte del sodomita ha sido recibida aquí, en el convento. En el refectorio, las hermanas gritaban y lanzaban sus tocas dando gracias a Nuestro Señor Jesucristo, olvidando toda compostura. (Aún no sabían nada entonces de los frescos obscenos de San Lorenzo.) En tanto que priora, debo mantener la mayor reserva en cualquier circunstancia y, naturalmente, me negué a compartir su alborozo, pero no me vi capaz de reprimírselo, aunque nunca hay que alegrarse de la muerte de nadie. La noche anterior, me había visitado una visión: un macho cabrío de cola ahorquillada era fulminado por un ángel de cabello rubio, y su cadáver cortado en dos era arrojado al Arno, y el ángel tenía la cara de santa Catalina de Siena, tu patrona y la mía. Dios castiga a los malvados y recompensa a sus servidores haciendo de ellos los instrumentos de su castigo. Solamente purificando sus vicios Florencia podrá escapar de la cólera divina, si no, las profecías del hermano Jerónimo Savonarola se cumplirán y los franceses vendrán otra vez, o los luteranos se apoderarán de Alemania, o los imperiales saquearán la ciudad como hicieron antaño en Roma, volverá la peste, mil calamidades se abatirán sobre nosotros y esta vez el hermano Jerónimo, que en paz descanse, no estará aquí para salvarnos. He visto en sueños a un ejército que avanzaba en la llanura, conducido por un príncipe con cabeza de lobo. Dicen que Pontormo era protestante. Si no se hubiera encontrado con su Creador gracias a una mano directamente guiada por Dios, la Santa Inquisición lo habría desenmascarado y llevado a la hoguera un día u otro. Por más que

Roma siga siendo el foco del vicio y del error, ahora tiene a su mando a un soberano pontífice que no permitirá que avance la herejía, y esto al menos es algo bueno, aunque por lo demás este Pablo IV no es mejor que el III ni que ninguno de quienes lo han precedido en el siglo (a excepción del Borgia, que destaca por encima de todos en la basura). Por eso, devolver a Dios a un pintor sodomita reformado, cuyo castigo en esta vida o en la otra era inevitable, no puede ser un crimen. Es, por el contrario, una acción santa que le será recompensada a su autor el día del juicio. Dios no podía seguir tolerando esas ofensas y te ha elegido a ti, como me ha elegido a mí, como eligió al hermano Jerónimo antes que a nosotras, para salvar Florencia.

Te esperamos en San Vincenzo, con tus telas y tus pinceles, como cada mes. Posaré para ti y tú me lo contarás todo, hasta los menores detalles. Hasta entonces, Dios me perdone, trataré de disimular mi impaciencia. Gloria a Él, hermana mía, y bravo por ti.

8. Sor Plautilla Nelli a sor Catalina de Ricci

Florencia, convento de Santa Catalina de Siena,
6 de enero de 1557

Hermana mía, sabes que mi amor por ti solo se ve superado por el que profeso a Nuestro Señor

Jesucristo, con el que te desposaste tan joven. Pero con todo el respeto y la admiración que te tengo, te ruego que no te desahogues tanto en tus cartas, pues si cayeran en malas manos, podrían causarnos un gran perjuicio.

También yo estoy muy impaciente por reanudar nuestras sesiones de posado y espero acabar ese nuevo retrato antes de que llegue la primavera. Pero en lo que concierne al asunto del que hablas, no quiero que te hagas falsas ilusiones. Al contrario de lo que pareces haber imaginado, yo no tengo nada que ver con la muerte del sodomita. No digo que su castigo no sea merecido. Esos frescos son sin duda una nueva manifestación impía de la corrupción que reina en Florencia, pero entraba dentro del plan que Dios me ha hecho ver. Te prometo que lo sabrás todo cuando nos veamos. Hasta ese momento, te suplico que moderes tu entusiasmo. A diferencia de ti, que has padecido tanto como Él, yo no he sido elegida por Nuestro Señor. No soy más que una pobre pecadora que besa tus pies y los Suyos.

9. *Giorgio Vasari a Vincenzo Borghini*

Florencia, 7 de enero de 1557

Sé en cuánta estima teníais a Pontormo y que era vuestro amigo, pero os diré, a fin de cuentas, que sus frescos son el espectáculo más lamentable que me ha sido dado contemplar, y es digno de compasión que un artista como él (pues merece, en efecto, que se le aplique la palabra de Dante) haya echado a perder su inmenso talento con tales garabatos. Ya sabéis mi religión al respecto: el verdadero culpable es Durero. Todo es por culpa de los alemanes. No hay que censurar a Pontormo por haber querido imitar ese estilo tudesco que parece haber corrompido el alma de nuestros brillantes artistas, hay que censurarlo por haber trasladado la mezquindad del arte alemán a las expresiones de las cabezas y a las actitudes de sus personajes. No es mi deseo hablar mal de un muerto, amigo vuestro además, sobre todo después de que haya sido tan salvajemente asesinado, y no añadiré nada más de esa pobre alma confundida. Jacopo era un hombre torturado que perdió su gusto por la innovación, pero que, a pesar de sus errores, siempre dio pruebas de un talento estimable. ¿Acaso no es aburrido Homero algunas veces? En fin, cuando veáis esos frescos, os juro que seréis de mi misma opinión: son atroces.

Sin embargo, ello no sería motivo suficiente para justificar ni explicar su asesinato, a no ser que un pintor o un aficionado a la pintura hubiese perdido la razón, se hubiese introducido en secreto detrás de la valla de la capilla y, en un arrebato de locura por el espectáculo horroroso que se ofrecía ante él, hubiera esperado a la noche para lanzarse sobre su víctima. Es verdad que nuestros compatriotas son a veces un poco excesivos y puntillosos en materia de arte, pero no creo adecuado todavía considerar esa hipótesis.

Siguiendo las recomendaciones de mi señor Miguel Ángel, nuestro maestro, he intentado casar las ocasiones y los motivos de todos cuantos hubieran podido desear la muerte de vuestro amigo, para ver si tenían posibilidad de llevar a cabo su ejecución. El resultado, por ahora, se reduce a su asistente Battista Naldini, quien vivía con él desde hacía varios años, y a su moledor de pigmentos, Marco Moro, encargado principalmente de cuidar la valla. Se sabe que ambos habían discutido con él los días previos a su muerte, pero, bueno, todo el mundo discutía a menudo con Jacopo, quien, como vos sabéis, era de carácter difícil. También, para no perder el tiempo en vanas especulaciones, me puse a reconstruir la noche de autos. Jacopo cenó con mi señor Bronzino y mi señor Varchi, con los que comió riñones y bebió una frasca de vino, pero a continuación se quejó de que le dolía el vientre y los abandonó al acabar la cena para ir a acostarse. Sin embargo, si creemos a Naldini, nunca llegó a su casa. Deduzco que fue directamente a San Lorenzo para trabajar en su Diluvio, pues no era la primera vez que se lo veía entrar en la capilla ya de noche para continuar con su obra.

¿Por qué aquella noche le dio por repintar solo una parte del paño del muro y no la totalidad, dejando así visible el trazo de la modificación? No es propio de Pontormo, que rehacía una y otra vez su obra desde el principio, nunca satisfecho del todo, en busca de una perfección que no existía más que en sus sueños. No podía ignorar que, al pintar sobre una pintura ya seca, el trazo del parche sería notorio a ojos de un experto, como una cataplasma lo es sobre un miembro herido. El Pontormo que nosotros conocíamos jamás lo habría tolerado.

Para enredar todavía más este asunto, otro elemento ha venido a sumarse: cierto día del pasado mes, una mujer acudió a casa de Pontormo cuando él estaba ausente. La escala que da acceso a la vivienda no había sido tirada, pero la mujer, pese a la incomodidad de su ropaje, trató de trepar hasta allí. Al darse de bruces con el joven Naldini, se puso nerviosa y, después de deshacerse en excusas, se fue apresuradamente. Al menos esto es lo que afirma Naldini, que no ha sido capaz de describirla, ya que iba encapuchada como una monja y hablaba en voz muy baja.

Si pasáis por Arezzo volviendo de Venecia, id a ver los frescos de Piero della Francesca, son una maravilla que uno no se cansa de admirar.

10. María de Médicis a Catalina de Médicis, reina de Francia

Florencia, 7 de enero de 1557

Tía, estoy desesperada y apenas si me atrevo a haceros partícipe de mi vergüenza, pero ¿en quién sino en vos puedo confiar? Han encontrado en el taller del tal Pontormo un cuadro que representa a Venus (supuestamente la diosa del amor), ofrecida, desnuda, abierta de piernas, entre las que se desliza la pierna de un pequeño Cupido rechoncho, y —querría morirme yo también antes que escribir estas líneas— ¡esa especie de ramera romana tiene mi cara! ¿Podéis imaginar mayor humillación? ¿Por qué ese maldito pintor me usó como modelo de su obsceno dibujo? Juro que jamás le había causado ningún daño ni lo había ofendido de ninguna manera. Además, apenas lo conocía, porque, como ya os he dicho, no me había cruzado con él más de tres veces en mi vida en casa de Bronzino.

Y todavía seguiría sin saber nada de esa infamia si no fuera por el afecto de un paje de mi padre, que se apiadó de mí y no quiso que yo me enterase de tal vergüenza por boca de cualquiera. Porque estoy segura de que, aunque yo no haya notado nada este domingo en la misa, ya toda la ciudad murmura al verme pasar. Ese joven paje, que se llama Malatesta de Malatesti, me ha reconfortado mucho, y creo que, sin las muestras de respeto y afecto que me ha demostrado, me habría hundido en una melancolía sin remedio. Se reconoce a los verdaderos amigos por el modo como se compadecen de nuestras desgracias, ¿no creéis? Sin embargo, tengo tanto miedo al escándalo que a cada instante estoy a punto de perder la compostura, me pongo nerviosa cuando me dirigen la palabra, balbuceo, estoy a punto de desfallecer, y os apiadaríais de mí al ver cómo tiemblo cada vez que tengo que aparecer en público. Por eso, cuando me presentaron al hijo del duque de Ferrara, no pude decir ni tres palabras y, aunque a él le pareció encantador, su gesto divertido y la irritación de mi padre no hicieron más que aumentar mi confusión. Además, estaba tan preocupada que no recuerdo nada de lo que hablamos, pese a que me hizo muchas preguntas, lo que para mí fue un suplicio, ni tampoco sabría deciros cuál fue su reacción, salvo que me pareció que hacía gala de estar muy satisfecho. ¡Pues que le aproveche, me trae sin cuidado! Nada más marcharse, y una vez que recuperé el habla, le supliqué a mi padre que mandara quemar ese horrible cuadro, pero el muy malvado, sin ninguna consideración para con su hija mayor, decidió en cambio conservarlo, y lo que es peor, exponerlo en su «gabinete», que es una amplia sala por la que mil menestrales vienen a husmear cincuenta veces al día, con el pretexto de que ello podría servir para esclarecer el misterio de la muerte del pintor. ¡Pues que se vaya al diablo, con su misterio! ¿Qué me importa a mí quién ha matado a ese Pontormo? Lo que yo quiero es que ese cuadro desaparezca para siempre, si no, siento que me moriré.

11. Catalina de Médicis, reina de Francia, a Piero Strozzi, mariscal de Francia

París, 10 de enero de 1557

Vuestra bravura, querido primo, ayer todavía seguía siendo celebrada por el rey de Francia, que os sabe uno de sus más ardientes servidores, y el Louvre no deja de hacerse eco de vuestras hazañas. Sin embargo, mariscal, debéis saber que existen otros medios además de la espada para vencer a los enemigos. Vos y yo queremos Florencia, que es nuestra o debería serlo, pero Cosme el Popolano,* que no tiene ni un tercio de vuestra valentía ni un cuarto de mis títulos, nos lo impide desde hace demasiado tiempo. Mientras ese insignificante y oscuro Médicis siga bajo la protección de España, os será difícil —diría yo que imposible si no conociera vuestro valor— tomar la ciudad mediante una acción militar. Ya conocéis a los florentinos: cualquier pequeñez los hace clamar por la Repú-

* El plebeyo. *(N. del t.)*

blica. Aunque, desde luego, esa pequeñez no va a provenir de vuestros amigos exiliados en Roma o en Venecia. Vos y yo todavía recordamos su absoluta nulidad cuando Lorenzino mató a Alejandro, y su incapacidad, realmente desconcertante, para aprovechar la ocasión cuando esta se presenta no me deja ninguna duda: no hemos de esperar nada de gente así. Que sigan reuniéndose los unos en casa de los otros para conspirar lo que les dé la gana, una ocasión como aquella no se volverá a presentar nunca. Pero yo os sé de otra pasta. No necesitáis mucho para aprovechar el momento oportuno y mandar a Cosme a la nada de la que nunca debería haber salido.

Da la casualidad de que he descubierto un medio para debilitar indefinidamente su autoridad. Es el más seguro y más fatal de los medios posibles: el ridículo. Actualmente hay en Florencia un cuadro que representa a la hija mayor del Duque como Dios la trajo al mundo y en la actitud más lasciva. Apañáoslas para haceros con ese cuadro, enviadlo a Venecia, mandad pintar unas copias y difundidlas por toda Italia, Europa y hasta donde el Turco. Enseñádselo al Aretino, con tanto acierto llamado *Azote de Príncipes*, quien se encargará de propagar los libelos como solo él sabe. La paz entre Francia y España no durará siempre. Veremos qué valdrá entonces un Cosme debilitado cuando Felipe vaya a ocuparse de otros escenarios.

No digo que la empresa sea fácil; el cuadro está

en poder del mismísimo Cosme, ubicado en su propio gabinete. Es la ocasión idónea para introducir a un hombre decidido, audaz, que carezca de escrúpulos. Por mi parte, salí de Florencia hace demasiado tiempo. ¿No conoceréis vos, por un casual, a un hombre de esas condiciones?

12. Leonor de Toledo, duquesa de Florencia, a Cosme de Médicis, duque de Florencia

Florencia, 8 de enero de 1557

¿Tanto teméis mis reproches que habéis salido huyendo de semejante manera? ¿Qué motivo más urgente que el inmenso escándalo que amenaza a vuestra hija mayor ha podido lanzaros a los caminos tan temprano, sin siquiera dignaros venir a besar a vuestra esposa? ¿Es que había caído Pisa en manos de los turcos como para requerir vuestra presencia allí con tanta prioridad? Tengo muy claro que ese infame cuadro supone un riesgo que compromete el matrimonio y aleja al príncipe Alfonso de nuestra hija. Vos, que alardeáis tanto de política, sabéis de sobra el coste que supone una alianza con Ferrara. Pero ¿quién querría tomar por esposa a esa criatura representada como una puta lúbrica por uno de los más famosos pintores de la corte?

Os lo ruego, ordenad destruir ese cuadro, y

luego haced lo mismo con los frescos de ese horrible pintor. Hay que reconocer que su muerte es una bendición divina. ¡Ay de quien no tiene en cuenta las señales del Todopoderoso! Si esos frescos fueran solamente obscenos, tal vez aceptaría vuestra indulgencia, ya que, debido a vuestra cuna, no se os ha formado en el gusto español por la castidad y el decoro, pero no podéis ignorar que huelen a herejía desde doce leguas. ¡Todo esto apesta a Juan de Valdés, que es como decir a Lutero! ¿Creéis que Roma otorgará el título de rey, o incluso de gran duque, a un promotor de la herejía? Os lo suplico, querido mío, haced lo necesario, destruid el cuadro y pedid a Bronzino que dé una mano de cal a los muros de la capilla. De ese modo me complaceréis, salvaréis el honor de vuestra hija y procederéis a favor de vuestros propios intereses. Os lo repito: vuestras relaciones con el papa, hoy execrables, no tienen por qué seguir siéndolo eternamente. Al fin y al cabo, es un inquisidor que, en el fondo, tiene mucho más en común con los españoles que con esos franceses impíos en cuyo bando cree comprar su seguridad. Carlos V ha pasado la corona a su hijo, y Felipe no es como su padre, no permitirá jamás otro saqueo de Roma. He aquí la razón por la que vos, el hombre con más talento del mundo para la política, sin el que nunca habríais llegado donde estáis ni os habríais mantenido ahí en medio de leones y zorros, no podéis ignorar esta verdad, según la cual no se debe menospreciar el futuro. Que Dios os guarde. Volved pronto a mi lado.

13. Cosme de Médicis, duque de Florencia, a Leonor de Toledo, su esposa

Pisa, 9 de enero de 1557

Leonor, querida, los asuntos de Estado no se limitan al matrimonio de nuestra hija ni el devenir del mundo se detiene porque tengamos un problema doméstico que arreglar. Toscana es preocupación del príncipe de Ferrara como si fuera su primera estatua etrusca. ¿Queréis un nuevo sitio de Siena? Pisa debe saber quién la gobierna. Por mi parte, mi deber es controlar el trabajo de mi señor Luca Martini, con el fin de asegurarme de que la desecación de las marismas vaya por buen camino para que el paludismo no siga devastando la región. ¿No es eso lo que queréis vos, a quien tanto os gusta venir de veraneo con nuestros hijos? Mañana iré a Livorno y tal vez luego a Lucca, pero os prometo que dentro de tres días estaré de vuelta. Mientras tanto, he encargado a Vasari nuestro asunto. Entendedme bien, querida: si hay un asesino de pintores en las calles de Florencia, tengo que encontrarlo. Y sobre todo tengo que hallar el meollo de esta historia. He de hacer hablar a esos frescos y a ese cuadro que tanto odiáis, porque ocultan un secreto, y no puede haber secretos para el duque de Florencia. Podéis regocijaros con la muerte de Pontormo, pero, por el bien del Estado, lo mínimo que debemos hacer es esclarecer las razones de esa muerte. Un príncipe a oscuras es un príncipe con los días contados. Adiós, querida, no hagáis nada, esperad mi vuelta y, os lo ruego, dejad hacer a Vasari y dejad a Bronzino tranquilo. Bien sabéis que ambos son dignos de confianza. Por lo que respecta al papa, no confiéis demasiado en una proximidad temperamental por el hecho de que la hoguera de la Santa Inquisición, que reclama para sí, se haya reavivado primero en vuestro país de origen: al fin y al cabo, ese Juan de Valdés al que vilipendiáis tanto como al mismísimo Lutero y cuya influencia, según vos, sigue siendo tan deplorable en suelo italiano, ¿no era un español de pura cepa?

14. Cosme de Médicis, duque de Florencia, a Giorgio Vasari

Pisa, 10 de enero de 1557

Mi querido Giorgio, te lo suplico, date prisa en desenredar ese asunto, pues la Duquesa no me deja en paz, y ya conoces su carácter. Tengo una hija que casar, una mujer que apaciguar, un país que administrar y una ciudad que mantener. (De estas cuatro tareas, mi mujer no es la menos difícil.) Así que, como ves, no tengo tiempo para misterios. Me hablaste de una disputa con un moledor de pigmentos. Mira por ese lado. Ya se sabe adónde pueden llevar los malos instintos de la plebe.

15. Giorgio Vasari a Cosme de Médicis, duque de Florencia

Florencia, 13 de enero de 1557

Siguiendo los excelentes consejos de Vuestra Excelencia, he interrogado al obrero Marco Moro a propósito del altercado que, según me han contado, tuvo con Pontormo los días previos a su muerte, y he aquí lo que el moledor de pigmentos me ha dicho en su descargo: como sabéis, Pontormo, a lo largo de los once años que llevaba dedicado a su obra de San Lorenzo, no permitió nunca que nadie, ni siquiera sus amigos, penetrara allí ni echara un mero vistazo. Sin embargo, cierto día del año pasado algunos jóvenes, que dibujaban en la sacristía de Miguel Ángel que está al lado, se subieron al tejado de la iglesia, quitaron unas tejas y practicaron un agujero por el que vieron (según le contó Pontormo al obrero Moro) todo lo que había hecho. Jacopo se percató de ello y, aunque se dice que buscó la manera de vengarse, se limitó, pese a su cólera, a encerrarse más herméticamente aún. Pero como había delegado en el obrero Moro la responsabilidad de los trabajos y de la valla de madera que servía para preservarlos de las miradas, le reprochó vivamente su negligencia. Ante lo cual, el obrero le recordó que le debía unos pagos atrasados (lo que era verdad entonces y lo sigue siendo hoy, por lo que dice) y que, si Pontormo quería erigir una valla hasta el techo de la iglesia, no tenía más que construirla él mismo, o bien tendría que edificar un segundo techo dentro del primero, como hizo Brunelleschi en la cúpula de Santa Maria del Fiore, pero entonces, para hacer semejante trabajo, también tendría que pagarle el salario de Brunelleschi.

Desde aquel altercado, el obrero Moro afirma que no pasó un día sin que Jacopo buscara discutir con él, obnubilado hasta el delirio por el temor a que se forzase la valla o se hallase una manera de penetrar en la capilla en su ausencia. Le reprochaba al moledor de pigmentos tanto su negligencia como su condescendencia, persuadido de que era él quien, en cuanto le daba la espalda, abría la capilla a cualquiera y organizaba visitas a cambio de unos florines de plata. Su última disputa contó con los reproches de siempre, con la salvedad de que últimamente Pontormo decía estar seguro de haber visto unas sombras merodeando por la capilla y sabía muy bien lo que buscaban. Marco Moro lo achacó a su locura habitual.

16. Piero Strozzi, mariscal de Francia, a Catalina de Médicis, reina de Francia

Ostia, 14 de enero de 1557

Vuestro plan sería perfecto, querida prima, si el Aretino no hubiera pasado a mejor vida hace tres meses. Me sorprende que esta noticia no os haya llegado desde Venecia. Se dice que ha muerto como ha vivido: del ataque de risa que le causó una de sus propias bromas obscenas. Mientras la celebraba, se habría caído hacia atrás y se habría roto el cráneo. Hermoso final para el Azote de Príncipes, ¿no creéis? Me temo que nadie pueda jamás reivindicar uno mejor. Sea como sea, vuestro magnífico plan se ha venido abajo, lo que no impide mi deseo de halagaros por él: ¡sois lo que se llama un alma puramente florentina! Dios os guarde de perderla alguna vez. He ahí lo que pasa sobre todo cuando el destino permite a una mujer dotada de una inteligencia superior mezclarse en política: está tan por encima de nosotros, los que solo valemos para remover el barro de los campos de batalla, que no cabe sino inclinarnos ante tamaña inventiva.

Quién sabe cuándo nos volveremos a ver, Catalina. La guerra es algo muy desagradable, pero Dios me ha elegido para llevarla a cabo. Mientras tanto, beso las manos de Vuestra Majestad y soy más que nunca el fiel servidor del buen rey Enrique, como lo era de su padre, el gran Francisco.

17. Cosme de Médicis, duque de Florencia, a Giorgio Vasari

San Gimignano, 15 de enero de 1557

Confío, mi señor Giorgio, en que no eximiréis de culpa a ese moledor de pigmentos en quien, por las palabras que de él me habéis remitido, aflora el vicio y la codicia. ¿No ha confesado voluntariamente que una disputa financiera lo había enfrentado a Pontormo? Quiero que profundices por esa vía, a ver hasta dónde nos lleva. Antes que nada, ¿habéis comprobado si alguna suma de dinero ha sido sustraída del domicilio del pintor? ¿Qué ha dicho Naldini?

Cuanto antes podamos dejar este asunto atrás, antes podremos recuperar el curso de nuestros grandes proyectos. Además, se me ha ocurrido en Pisa una idea de la que ya te hablaré. Me gustaría confiarte una obra importante en el Palacio Viejo y también encargarte la construcción de una iglesia que acoja a los caballeros que me he propuesto reunir para defender la Cristiandad. Has de saber que mi voluntad es fundar una orden que lleve el nombre de San Stefano, en recuerdo de la victoria obtenida contra Strozzi hace dos años en Marciano, el día de San Esteban. Por supuesto, habrá que convencer al papa y esto va a requerir tantas misiones diplomáticas que ya me agotan solo con pensarlo, pero sabes que nada me detiene si se trata de trabajar por la grandeza de Florencia, y espero de quienes me sirven la misma abnegación. Además, por muy vicario de Cristo que sea, no es menos mortal, y tiene ochenta años.

Como podéis ver, mi señor Giorgio, os doy tarea para las semanas, los meses y los años venideros, y no puedo por menos que animaros a poneros a ella lo más pronto posible, empezando por desenmascarar a ese moledor de pigmentos. Id, pues, a hablar con Naldini e informadme al respecto a mi regreso, que será mañana o pasado mañana, si Dios quiere.

18. Piero Strozzi, mariscal de Francia, a Catalina de Médicis, reina de Francia

Ostia, 15 de enero de 1557

La noche es buena consejera, mi pequeña Maquiavelo querida, y en el silencio de mi campamento, tan solo turbado por el ulular de las lechuzas y los cambios de guardia, he podido meditar sin prisas sobre vuestro ingenioso proyecto. Después de todo, puede que la muerte del Aretino no constituya un impedimento decisivo para llevarlo a cabo. Me preguntabais si conocía a un hombre lo suficientemente audaz como para hacer de ladrón en el mismísimo gabinete del Duque. ¿Qué diríais si ese hombre poseyera, por añadidura, elocuencia suficiente para superar con creces al Azote de Príncipes? Pues bien, conozco a un hombre así, y vos, mi reina, también lo conocéis. Si aún, como quiero creer, sigo siendo algo influyente y con algunos partidarios en Florencia, pronto recibiréis noticias suyas. Estoy seguro de hacerle llegar una carta que podrá convencerlo de participar en nuestra pequeña empresa. Hasta ese momento, adiós, prima mía. Mi brazo es de Francia, pero mi corazón es vuestro, y bien está que así sea, pues son la misma cosa.

19. Agnolo Bronzino a Miguel Ángel Buonarroti

Florencia, 15 de enero de 1557

Muy querido y venerado Maestro, os escribo con dificultad, todavía abatido de dolor por la pérdida de quien lo fue todo para mí, padre, hermano y amigo, a quien debo cuanto sé del arte de la pintura e hizo de mí lo que soy, quien me salvó de la peste al acogerme a su lado cuando yo aún era un niño y quien me demostró el mayor afecto durante toda su vida. Pero he pensado que en qué mejores manos que las vuestras encontraría su lugar este cuadernillo. Se trata de una especie de diario que llevaba Jacopo en el que da cuenta de su estado de salud, sus comidas, su trabajo en San Lorenzo y los pequeños acontecimientos que ocupaban sus días. Lo ha encontrado en su habitación, al ordenar lo que allí había, el joven Battista Naldini, su fiel aprendiz, que lo veneraba como un hijo. Como ese cuaderno no refiere ningún hecho que pueda aclararnos las causas de su muerte, he creído innecesario enviárselo a mi señor Vasari, pues le sería inútil en su investigación para dar con el asesino. Espero que así vos más que nadie guardéis una imagen viva de aquel que os consideraba, con toda justicia, su maestro, y que sin duda era el mejor de todos nosotros, vuestros discípulos.

20. Miguel Ángel Buonarroti a Giorgio Vasari

Roma, 18 de enero de 1557

Mi querido amigo y señor Giorgio, vos que sabéis volver a dar vida a los muertos gracias a vuestros admirables escritos, no devolváis la suya a ese pobre Pontormo... En vez de ello, confío en que sabréis rendirle el homenaje que merece si es verdad, como dicen, que proyectáis aumentar la lista de vuestras *Vidas de los más excelentes pintores, escultores y arquitectos*, y que tendrá el lugar que le corresponde en un próximo volumen. Mucho me temo no llegar a leerlo, pues si antes ya tenía un pie en la tumba, ahora la muerte de Jacopo, que me ha quitado el sueño y despertado mi gota, está a punto de precipitarme en ella del todo. Hasta que esto suceda, adjunto a esta carta una copia que he mandado hacer del diario que llevó durante estos tres últimos años y que mi señor Bronzino ha tenido la amabilidad de enviarme. Veréis que se trata tan solo de unas notas tomadas sobre sus comidas y su salud, así como sobre los progresos en su trabajo, con unos pequeños dibujos en los márgenes, e incluye también sus salidas y los encuentros con sus amigos (entre los que están algunos de los vuestros, como mis señores Varchi, Martini o Borghini). Sin embargo —no es más que un detalle, pero me ha llamado la atención—, hay algo que no me explico: por dos veces, el diario indica que el Duque acudió a San Lorenzo, una vez solo y otra vez con la Duquesa. Dudo mucho que en esas dos ocasiones Pontormo hubiera podido negarse a abrir su obra a tan principescos personajes. Ahora bien, querido Giorgio, vos me habíais asegurado que nadie había podido ver los frescos de Jacopo hasta su brutal muerte. Por otra parte, el diario explicita muy bien que un tal Marco Moro se había encargado de tapiar el coro y «cerrar San Lorenzo». Pero si contamos a ese Marco Moro, ya son por lo menos tres personas, con el Duque y la Duquesa, las que han accedido a la obra de San Lorenzo antes de la tragedia. Esto significa que los frescos no estaban prohibidos a todo el mundo, sino que, por el contrario, eran conocidos por algunos. Tal vez ahí resida la clave del enigma.

No cabe duda de que estas reflexiones son simples fantasías surgidas de la mente de un viejo loco y os ruego que me las perdonéis, pero, en fin, sois vos quien ha solicitado mi ayuda. Como podéis ver, en la medida de mis medios, que son muy poca cosa, y pese a los trabajos en San Pedro, que no me dan ninguna tregua, estoy a vuestra disposición. A decir verdad, la amistad que os profeso no es lo único que dicta mi interés en este asunto. También está la compasión que me causa el infortunado Pontormo. No es que lo haya conocido mucho, ya que apenas si nos frecuentamos, al estar yo en Roma desde hace mucho tiempo, pero, bueno, siento por él, hoy más que nunca, una profunda simpatía, porque tengo la impresión de que compartíamos un mismo carácter solitario y atormentado y de que, al igual que yo, puso todo su empeño en el arte, para mayor gloria de Dios.

21. Giorgio Vasari a Vincenzo Borghini

Florencia, 20 de enero de 1557

Como si el asunto no estuviera ya lo bastante liado, ahora resulta que Pontormo llevaba un diario, en el que además maltrataba la lengua toscana. Juzgad vos mismo:

«lunes, ha sido ponerme a escribir y empezar la diarrea. Martes he guisado un muslo, la diarrea ha aumentado, con mucha bilis sanguinolenta y blanca, miércoles fue peor, obligado a ir diez veces más, a todas horas con necesidad, aunque me he quedado en casa y he cenado un poco de caldo.

»viernes noche he cenado con Piero creo que la diarrea ha acabado y los dolores también.

»jueves mañana, he cagado dos excrementos no líquidos y en lo que salía había como largos mechones algodonosos, es decir, de grasa blanca, he cenado muy bien en San Lorenzo un poco de un estofado muy bueno y he acabado la figura.

»domingo mañana he comido en casa de Bronzino *(añadido al margen: pescado y cordero)* y por la noche no he cenado, lunes mañana he tenido un cólico doloroso; me he levantado y como hacía frío con viento me he vuelto a la cama y me he quedado ahí hasta las seis de la tarde,* no me he sentido bien en toda la jornada. La noche sin embargo he cenado un poco de carrillera guisada con acelgas y mantequilla y estoy regular sin saber qué va a pasarme, creo que no me va a convenir irme a la cama, aunque ahora son las cuatro** y creo que estoy bien».

* Mediodía para nosotros. El horario florentino difería del nuestro, las veinticuatro horas se contaban a partir de la puesta de sol (o más concretamente del avemaría, hacia las seis de la tarde).

** Las diez de la noche. Para más comodidad, cambiaremos directamente a nuestro sistema moderno las menciones horarias que vengan en adelante.

Cuando mi señor Jacopo nos deleita con semejantes consideraciones intestinales, es para darnos indicaciones muy precisas sobre el progreso de su trabajo:

«jueves he hecho un brazo

»viernes el otro brazo».

«miércoles he hecho esta cabeza debajo de esta figura, así *(garabatos en el margen)*

»jueves el muslo

»viernes la espalda».

«el 6 he hecho todo el torso.

»el 7 he acabado las piernas».

¿Habéis leído alguna vez algo más profundo y palpitante? ¡Que se ande con cuidado el Ariosto! El resto es por el estilo: «he comido con Bronzino pollo y ternera», «la víspera de Navidad, he comido en casa de Bronzino y me he quedado allí por la noche y cené una becada», «he cenado con Bronzino una onza de pan», «he comido y cenado con Bronzino morcilla y albóndigas de hígado», «domingo he cenado donde Daniello con Bronzino, había albóndigas», y así *ad libitum*. ¡Es increíble el tiempo que pasaba Bronzino con este viejo!

Pero, bueno, allá cada cual con sus asuntos. Yo no tendría nada que comentar sobre ello si a él mismo no se le hubiera ocurrido la descabellada idea de enviar a Roma ese montón de tonterías. No sé qué pasó por la cabeza del Maestro ni lo que Bronzino pudo insinuar para excitarlo de esa manera, lo cierto es que, después de leer esta prosa tan edificante, a mi señor Buonarroti no se le ha ocurrido nada mejor que sugerirme, de modo bastante apremiante, que averigüe lo que pueda sobre la Duquesa, so pretexto de que ella habría visto los frescos mucho antes de que fuesen mostrados después del drama. (Y bien sabemos hasta qué punto esos frescos no son nada del gusto español, ¿verdad? ¡Como si el gótico que los ha inspirado nunca hubiera sido propio de los florentinos de pura cepa! Y como si, además, desde antes de la llegada de Carafa a la Santa Sede, el Concilio de Trento no hubiera condenado ese exceso de desnudeces...)

Sea como sea, ignoro qué es lo que pretende Miguel Ángel. ¿Acaso cree que voy a pedir audiencia al Duque para preguntarle dónde estaba su mujer la noche del crimen?

Pese a todo, el diario contiene también pistas interesantes para mi investigación, y son las que voy a seguir. Así pues, vemos a Pontormo quejarse de su aprendiz Naldini, con el que siempre andaba a la greña, a quien acusa de ser un ingrato, de carecer de corazón, de quedarse siempre con las mejores porciones (pues la comida que entra o sale parece ser, más que la pintura, la verdadera obsesión del anciano) e incluso de ser un poco ladrón. Cierto es que el viejo no era fácil y, además, cuenta en el diario que el propio Bronzino se quejaba de él (mira lo que escribe el domingo 22 de marzo de 1556): «Voy a comer a casa de Bronzino y, como se ha enfadado, me ha dicho cualquiera diría que venís a casa de uno de vuestros enemigos y me ha echado». Bronzino se ha creído muy astuto al pasar antes por Miguel Ángel para destilar sus acusaciones, ya que es obvio que ese apestoso documento podría muy bien salpicar su imagen. ¿No está a su cargo la obra más prestigiosa de Florencia, después de la del palacio de la Signoria, que me ha sido encargada a mí? Después de todo, ¿a quién sino a él beneficia más este crimen?

A propósito, si pasáis por Siena, id a ver la *Anunciación* de Ambrogio Lorenzetti. Creo recordar que ese cuadro tenía algo, pero no sé qué, y no encuentro nada sobre él en mis notas ni en las vuestras. Ya me diréis si es necesario mencionarlo en la próxima edición.

22. Leonor de Toledo, duquesa de Florencia, a Su Santidad el papa Pablo IV

Florencia, 20 de enero de 1557

Santo Padre, vos y yo sabemos que los secuaces de Lutero están por todas partes, que los adeptos de Sodoma ya no se ocultan, y que con mucha frecuencia son los mismos que pululan y ganan terreno bajo la máscara del arte y de la virtud. No se libra de ello Florencia más que Roma y esto, a pesar de las diferencias que os han podido enfrentar sobre Siena y otros asuntos, os vincula a Su Señoría el Duque con una comunidad de intereses en el legítimo combate que ambos, vos y él, mantenéis contra esa lepra, como debe hacer todo buen cristiano. Mi corazón se lamenta al ver esas dos ciudades que, si llegaran a unirse, podrían reinar juntas y en armonía sobre toda Italia, en vez de desgarrarse en disputas que no son las suyas.

Sin duda debéis de tener noticia del escándalo que recientemente ha golpeado Florencia en sus más sagrados muros, pues aunque el Duque ha intentado mantenerlo en secreto a toda costa, el rumor es un monstruo alado que nadie puede parar, y me temo que ya haya volado hasta la Santa Sede. Doy mi palabra a Vuestra Santidad de que ni el Duque ni yo misma teníamos conocimiento de esas pinturas obscenas, pues el pintor, que hacía ya mucho tiempo que había perdido la razón, no había permitido verlas a nadie desde hace unos años.

Por fortuna, Dios ha querido llamar a su seno a ese viejo loco, y su providencial muerte, sin duda acaecida en circunstancias lamentables, no le ha dejado terminar su impía empresa, que el Duque ha interrumpido en cuanto ha visto esos frescos heréticos. Por tanto, tengo el honor de informar a Vuestra Santidad de que no habrá una segunda Sixtina en Florencia, ni hoy ni mañana ni nunca.

23. Leonor de Toledo, duquesa de Florencia, a Agnolo Bronzino

Florencia, 20 de enero de 1557

No puedo más que felicitarme, mi muy querido *señor* Bronzino, por la decisión del Duque de confiaros la finalización de los frescos de San Lorenzo, porque sé que vos, entre todos y mejor que nadie, sabréis llevar a buen término la tarea que os han encomendado, por amor a vuestra patria.

Naturalmente, cuento con vos, *querido maestro*, para cubrir todas esas espantosas desnudeces que de ninguna manera tienen lugar en la casa de Dios. Conozco el afecto que os unía al pobre Pontormo, y es por amor a él por lo que os ruego que salvéis su obra devolviéndole una dignidad de la que su vejez le había hecho abdicar de manera tan notoria. El Duque, que comparte plenamente mi sentimiento, espera de vos que pongáis orden en esos frescos con toda la elegancia, la delicadeza y el pudor que siempre habéis sabido aplicar a los bellos retratos que habéis realizado a nuestra familia, labor que por mucho tiempo aún, si Dios quiere, seguiremos encargándoos. Por mi parte, no dudo de que sabréis satisfacer nuestro deseo y, para demostraros la confianza que depositamos en vos, he aquí trescientos florines que os hago llegar por mi señor Bernadone, proveedor de la Moneda.

24. Benvenuto Cellini a Catalina de Médicis, reina de Francia

Florencia, 21 de enero de 1557

Dios, señora, debe de amaros mucho, porque me ha puesto en vuestro camino. Conocéis de sobra cuánto afecto me ha testimoniado el gran rey Francisco, vuestro padre, cuando estaba vivo y me llamaba su amigo. Puedo decirlo con toda claridad: lo que soy, lo que he hecho bien y bueno, se lo debo a ese rey maravilloso. De lo que se trata ahora es de servir, por intermediación de Vuestra Majestad, a su hijo Enrique el Muy Cristiano sin titubear. Han creído hallar en mí muchos defectos en el transcurso de mi rica existencia: asesino, ladrón, impío, sodomita y también (a decir verdad, todos estos tal vez justificados) orgulloso, insolente, temerario más allá de lo razonable y demasiado celoso de mi libertad. Pero ingrato, jamás. Es cierto que nací en Florencia, pero mi corazón está en Francia. Soy, por tanto, doblemente servidor vuestro.

El mariscal Strozzi, ese admirable soldado, único en este siglo por su bravura, me ha hecho el honor de recomendaros a mí, y ha hecho bien. ¿Acaso no es este brazo que ahora pongo a vuestro servicio el que abatió antaño al condestable de Borbón con un disparo de arcabuz? Mi señor Strozzi me ha explicado por encima vuestro asunto: se trata, pues, de ir a robar un cuadro en el centro mismo de la Signoria, en el gabinete del Duque, allí donde pasa varias horas al día, en medio de una multitud de gente y de guardias; sacar luego el cuadro del palacio y conseguir pasarlo secretamente por las puertas de Florencia para expedirlo a Venecia, ¿no es así? Pues perfecto. Las empresas más locas son las que más ganas tengo de realizar. Por lo que respecta a sustituir al Aretino en la redacción de un libelo a nuestra conveniencia para que dispongáis de él como os plazca, no os quepa la menor duda de que ganaréis con el cambio: salvo por su modo de hablar engolado y plagado de indirectas verdaderamente ingeniosas, pero rebuscadas y excéntricas, además de la verbosa elocuencia, en fin, no veo que ese pretendido Azote de Príncipes tuviera nada que lo hiciera superior al resto de los autores de este siglo.

Por mi parte, y os lo digo para que ninguna sospecha de deslealtad venga a ensombrecer nuestro reciente acuerdo, no tengo el menor resquicio de fidelidad para con el Duque, que desde hace tanto tiempo me trata tan mal y nunca ha creído oportuno recompensar mis méritos en su justo valor, y menos aún para con la Duquesa, esa española altiva y lúgubre como todos los de su raza, que me odia sin que yo haya hecho jamás nada contra ella. Por tanto, cumpliré mi misión con la alegría de serviros y el placer de fastidiarlos. Pronto recibirá Vuestra Majestad noticias mías.

25. Marco Moro a Giambattista Naldini

Florencia, 21 de enero de 1557

Tiempos duros son estos, compañero, para los pobres. Quema este billete y todos los demás y cesa toda correspondencia conmigo, y ni si te ocurra venir a San Lorenzo, ni trates de verme o hablarme. Por ahora, la valla sigue como estaba por orden del Duque y yo he pasado al servicio de Bronzino, porque este ha ocupado el lugar del otro. En realidad, nada ha cambiado por aquí, salvo que el nuevo pasa menos tiempo en la iglesia y no viene por las noches, al menos hasta ahora. Pero debemos actuar con discreción. De todas maneras, ya no necesito de tus servicios. Volveré a contactar contigo si los necesito. Adjunto a esta nota un fajo de hojas para distribuirlas entre la gente del taller que está concernida, ya sabes quiénes son.

26. Marco Moro a los obreros del Arte dei Medici e Speziali

Florencia, sin fecha

Compañeros, como consecuencia de los acontecimientos que ya sabéis, debemos suspender nuestras reuniones hasta nueva orden y no hacernos notar. Lo cual quiere decir evitar los alrededores de San Lorenzo. Corred la voz por los otros oficios y entre todos aquellos que estaban presentes las veces anteriores, o que mostraron deseos de venir. Pero sed prudentes y no habléis de ello a la ligera. Ya sabéis que los peores enemigos son los traidores que fingen unirse a una causa cuando en realidad solo buscan su propio interés. Mantened un perfil bajo. Nuestra hora llegará.

27. Vincenzo Borghini a Giorgio Vasari

Siena, 23 de enero de 1557

Gracias, querido Giorgio, por haberme incitado a este desvío por Arezzo, ya había olvidado lo extraordinarios que son los frescos de Piero della Francesca. He aprovechado para visitar a vuestra esposa, que me ha preguntado si pensáis volver a casa antes de final de mes. Sabéis lo muy unida a vos que está Nicolosa y cuánto os echa de menos, sobre todo porque la dejáis sola muy a menudo sin nadie que la acompañe, por eso nunca insistiré lo suficiente para que vayáis con más frecuencia a Arezzo, aunque solo sea para proseguir con las obras de vuestra preciosa casa. O bien hacedla venir a Florencia, así ella podrá ocuparse de vuestra madre y cuidarse de las tareas domésticas. He oído decir que aún no habíais acabado de comprar todos los muebles pese a que hace un año que os habéis instalado en via Larga. Viviréis los tres bajo el mismo techo y podréis volver a Arezzo cuando queráis descansar para disfrutar allí de un poco de soledad. Creedme, cuando vuelvo a mi casa de Poppiano, en medio del campo, estoy en el paraíso.

En cuanto a lo que me decís de vuestra investigación sobre el pobre Pontormo, ya que me hacéis el honor de ser vuestro amigo y consejero, creo que es mi deber recordaros algunas verdades. Para empezar, vos no habéis considerado siempre a Durero como la encarnación de Satán; hubo un tiempo, en nuestra juventud, en que reconocíais en él cierta belleza, ¿no os acordáis? Sobre los frescos de San Lorenzo, que criticáis tan duramente sin piedad como si se tratara del tenderete de una carnicería, la verdad es que no sabría contradeciros, puesto que aún no los he visto, pero según me habéis dicho, *la idea* recuerda a la Sixtina. Sin embargo, cuando quien apretujaba cuerpos desnudos era Miguel Ángel, y perdonadme si me equivoco, salvo que me demostréis lo contrario, eso os parecía maravilloso. Sé que los tiempos cambian, pero no estáis obligado a cambiar con ellos.

Para la tarea que os incumbe, permitidme de nuevo daros algunos consejos: sed metódico. Desprendeos de toda pasión. Mirad fríamente los hechos y sopesadlos con imparcialidad ciega. No os dejéis llevar por el rencor o el interés. Recordad las lecciones del sabio Marsilio Ficino: la verdad hace feliz. No dudo de que tomaréis en cuenta mis modestas recomendaciones, pues quien aconseja lo que es justo persuade más fácil y felizmente. Haced, por tanto, una lista de las personas, *sin descartar a ninguna*, que podrían o querrían haber matado a Jacopo (o, mejor aún, ambas cosas). Si os he entendido bien, tenemos al obrero Marco Moro, del que no puedo deciros nada ya que no lo conozco; al aprendiz Battista Naldini, a quien conozco por haberlo empleado como profesor de dibujo en los Inocentes y que nunca me ha causado el menor problema; a nuestro amigo Bronzino (por muy inverosímil que parezca esta suposición, hemos de considerarla); a la Duquesa (no protestéis, estamos haciendo un mero ejercicio mental, nada más) y a la mujer misteriosa que fue a casa de Jacopo estando él ausente (según Battista). Añadamos incluso al Duque, para que no me reprochéis ningún fleco suelto. Lo cierto es que, todos ellos, que estaban entonces en Florencia, podrían haber cometido ese crimen, ¿verdad? Pero tan solo uno de ellos tenía un interés lo suficientemente poderoso como para llevarlo a cabo. ¿De qué naturaleza era ese interés? Esto es lo que debemos descubrir. ¿Se trata de una disputa que se les fue de las manos, en la que la pasión y la cólera habrían motivado ese infame acto? ¿Una discrepancia financiera, engendrada por la codicia? ¿Una rivalidad profesional, dictada por el orgullo o los celos? ¿Una motivación política o religiosa, lo que volvería el asunto todavía más delicado? Vos y yo sabemos que Pontormo no era insensible a los deseos de reforma de la Iglesia, y aunque su nombre esté hoy proscrito en Florencia, es muy cierto que las tesis de Juan de Valdés han circulado por mediación de mi señor Francesco Riccio, que era mucho más que el mayordomo del Duque y que ejerció sobre nosotros (sois demasiado inteligente para ignorarlo) una fuerte influencia, antes de perder la razón. No olvidéis que el Duque lo hizo encerrar en Borgo San Lorenzo, donde guarda reposo desde hace tres años. Quizá podríais ir a hacerle una visita. He oído decir que no estaba tan loco como el Duque quiso hacer creer. Por lo que a mí respecta, sigo recorriendo Italia de cara a nuestra próxima edición revisada y aumentada, ¡sobre todo aumentada! A propósito, ¿habéis pensado en lo que vais a escribir sobre Pontormo? Conociéndoos como os conozco, estoy seguro de que ya ha habéis empezado la redacción del capítulo de las *Vidas* consagrado a él, al menos en vuestra mente, si no ya sobre el papel.

No olvidéis lo que os he dicho sobre Arezzo. No pasa un día sin que Nicolosa os esté esperando. Escribidle al menos. Es lo mínimo para Vasari, el famoso autor, ¿no?

28. Miguel Ángel Buonarroti a Giorgio Vasari

Roma, 23 de enero de 1557

Muy querido amigo mi señor Giorgio, cuantas más vueltas le doy, más pienso que la clave del misterio está en ese cuadro de *Venus y Cupido*. ¿Por qué se ha reemplazado la cabeza por la de la hija del Duque? Pese a que antaño yo mismo dibujé el modelo, sin otra intención que mostrar la belleza del Amor, pero también sus peligros y sus trampas, no puedo ignorar que esta sustitución revela una intencionalidad provocadora y hostil hacia la familia ducal, pues me temo que la joven María, que no debe de contar más de diecisiete primaveras y cuyo padre piensa casar pronto, tiene poco que ver, en lo físico y en lo moral, con mi Venus lasciva y lozana. Por otra parte, no me imagino al bravo Pontormo manifestar, a sus sesenta años cumplidos, un gusto vicioso por las jóvenes vírgenes. Creo que no es a la hija sino al padre a quien va dirigida esa pintura. Pero ¿por qué Pontormo habría querido hacer eso a su protector y benefactor, a quien venía entregando toda su labor desde hacía más de diez años, si no casi veinte? Ahí hay un misterio que no me explico. Vos, que habéis visto el cuadro con vuestro ojo de pintor experto, ¿no habéis reparado en ningún detalle? Admitiendo que Naldini haya dicho la verdad sobre la visita nocturna de una mujer encapuchada, ¿qué podía querer ella, sino algo relativo a ese cuadro? ¿Y quién sino el Duque o su familia podría haberse sentido ofendido por un cuadro así? ¿Sabéis si a la joven María se le han declarado pretendientes? ¿Y acaso uno de estos, enterado de tamaña insolencia, es tan susceptible como para sentirse ultrajado por ella? Tenedme informado, mi querido Giorgio, de las evoluciones de vuestra pesquisa.

29. Giorgio Vasari a Miguel Ángel Buonarroti

Florencia, 25 de enero de 1557

Mi querido Maestro, el segundo mayor creador después de Dios, no sabría cómo agradeceros las reflexiones que habéis tenido la bondad de compartir conmigo. Claro que hay un pretendiente declarado para la mano de la joven María. Se trata del hijo del duque de Ferrara, el joven príncipe Alfonso, que no tiene, a decir verdad, una buena reputación, pero como eso es algo, en fin, muy frecuente entre los jóvenes, no quiero sacar ninguna conclusión prematura. Por otra parte, he podido observar el cuadro a mis anchas y, hasta donde mi ojo puede deducir, juraría que se trata de un cuadro pintado íntegramente por Pontormo a partir de vuestro dibujo. De manera que es posible que la mujer de la capucha haya ido con nocturnidad a por ese cuadro, esperando lógicamente que el pintor se ausentara para llevárselo, pero no contaba con la presencia de Naldini, que la habría hecho fracasar en su empresa.

No puedo imaginar a la Duquesa recorriendo de noche furtivamente las calles de Florencia como una ladrona. En cuanto a la hipótesis de que sea la propia joven María quien se hubiera presentado en casa de Pontormo, haría falta para ello que tuviera conocimiento de la existencia del cuadro, y nada me permite afirmarlo por ahora. Pero, siguiendo vuestros consejos, que sé que están dictados por la benevolencia y el amor que me tenéis, así como por la justicia, voy a tener que decidirme a interrogarla.

30. Marco Moro a Giambattista Naldini

Florencia, sin fecha

Compañero, ¿puedes montarme un encuentro con el aprendiz de Bronzino? Un tal Sandro Allori. Me han dicho que vivía también en casa de su maestro.

31. Agnolo Bronzino a Miguel Ángel Buonarroti

Florencia, 25 de enero de 1557

¡Malditos sean los españoles! La Duquesa quiere que repinte los frescos a su gusto, pero solo me pagará unos pocos florines. Acabaré la obra de mi maestro tan dignamente como pueda y como él habría querido, en la medida de las pobres capacidades que Dios me ha dado. Hago el juramento ante vos y ante la memoria de nuestro malogrado amigo. *O tempora, o mores*: ellos están todo el día con su Cicerón en los labios, pero nosotros somos los que lo padecemos. Esa gente se cree la defensora de todas las virtudes, sin darse cuenta de que, al haber perdido el mensaje de los Evangelios, han caído en la perversión y la corrupción del alma.

32. Miguel Ángel Buonarroti a Agnolo Bronzino

Roma, 27 de enero de 1557

No sabría deciros, mi señor Agnolo, qué alivio me procura vuestro juramento, y sin embargo mi alma sigue intranquila desde la muerte de nuestro pobre amigo. Sin haberlos visto, estoy seguro de que los frescos de Pontormo deben ser preservados a toda costa, pues defienden una idea del arte y de lo divino que yo sé común a nosotros. ¡La idea, mi querido Bronzino! Vos y yo sabemos que no hay nada más elevado. Por eso no dudo de que vos sabréis, mejor que nadie y tan bien como yo, ser fiel a la de vuestro maestro y acabaréis su obra con su mismo espíritu. Al hacerlo, tomaréis parte en la batalla que libramos contra unos poderes muy oscuros y os expondréis a terribles peligros, pues nuestros enemigos trepan por nosotros como arañas. En Roma, temo cada día por mi Sixtina y he llegado a preguntarme si no debería dejar al pobre Volterra que cubra mis desnudos como un mal menor, para no arriesgar la destrucción de la totalidad. En realidad, estoy incluso deseando mi propia muerte, para no tener que ver lo que sucederá con mi obra, pues apenas tengo dudas de que no sobrevivirá mucho tiempo. Además, siento mi final muy próximo, me abate el cansancio y no sé cómo consigo todavía sobreponerme a mis dolencias e ir cada día a las obras de San Pedro. Sin la convicción que tengo de servir a la gloria de Dios, y si no fuera por la preocupación de no abandonar a mi sobrino Leonardo ni a la familia de mi difunto Urbino, tan querido, que tengo a mi cargo, creo que ya me habría dejado morir en mi cama. Son tiempos crueles, amigo mío, para los defensores del arte y de la belleza.

33. María de Médicis a Catalina de Médicis, reina de Francia

Florencia, 1 de febrero de 1557

Mi querida tía, os copio a continuación una carta que he recibido de ese joven caballero, el paje de mi padre el Duque, la cual no puedo ocultar que no me ha dejado insensible, aunque siento que debería. De verdad, ¿tan malo sería responderle? Él ha visto el cuadro, lo que me hace morir de vergüenza. Pero me dice cosas tan gentiles que me sonrojan de alegría. Sin embargo, me es imposible olvidar este envilecedor asunto: mi señor Vasari, uno de los consejeros más allegados a mi padre, ha venido a interrogarme sobre la muerte del pintor. Y lo más extraordinario es que me he sentido culpable, pero ¿de qué? No tengo la menor idea.

34. Malatesta de Malatesti a María de Médicis

Florencia, 28 de enero de 1557

Me sonrojaría mi audacia, señora, si mi sangre no palpitara ya en mis sienes bajo el efecto de un sentimiento mucho más noble y más grave que el de mi temeridad. Desde luego, no ignoro que este arrojo que me impulsa a escribiros podría parecer una insolencia para quien no pudiera descender a mi corazón. Pero quiero que juzguéis por vos misma y, para ello, no quiero ocultaros nada de lo que sucede en él. Además, lo oigo golpear tan fuerte en mi pecho que tengo que dejarlo salir. No podré conciliar el sueño hasta que esta carta no haya sido escrita. Si leéis estas líneas, es que incluso habré hallado el coraje de hacérosla llegar. Pero, en fin, dudo que os enseñe nada nuevo, si os habéis dignado observarme al menos un poco estos últimos días. «A menudo en la frente se puede leer el corazón», como nos enseñó el gran Petrarca, y vuestras miradas vueltas hacia la mía os han informado fatalmente sobre los tiernos sentimientos que albergo hacia vos. Conozco bien mi rango y el vuestro. Pero, pese a no ser príncipe, no soy menos caballeroso, y la educación que me han dado mis padres me ha preparado lo suficiente para reconocer la gracia y la belleza cuando las veo. «Los más grandes pintores no podrían imaginar una belleza más perfecta.» El Ariosto debía de pensar en vos cuando escribió esta frase y, si no lo hizo, anduvo errado sin saberlo, al no haber tenido la dicha de conoceros. Pero qué digo. Creo que sí os conocía, y estos versos lo demuestran:

Su cabello rubio ondulaba en innumerables rizos,
Más suaves y más relucientes que el oro.

¿Seré yo quien os ve por todas partes, hasta en los libros? Mucho debéis de reíros del pobre Malatesta, a quien habéis hecho perder la cabeza.

Sé, señora, que os aflige esa obra infamante hallada en casa del pintor muerto. Pero no debéis afligiros. El cuadro está a buen recaudo, al abrigo de miradas, en un armario del gabinete del Duque. Yo, no quiero ocultároslo, he tenido ocasión de contemplarlo. Desde luego, no se adecúa precisamente al homenaje que una muchacha debe esperar de un pintor de la corte de su padre. Pero, si me atreviera, os diría que, pese a sus inmundicias obscenas y a la pose provocadora de la diosa del amor, no está exenta de una cierta belleza, porque contiene un poco de vos. Puedo juraros por mi vida que, absorto en la contemplación de esa imagen, mi mirada no reparaba más que en vuestro rostro. Qué me importaba ese cuerpo, si no era el vuestro, que además no puede serlo, pues evidentemente no tenéis nada en común con esa criatura lasciva, vos, que armonizáis la inocencia virginal de vuestra blanca juventud con el porte altivo heredado de vuestra real madre. Duquesa, reina, princesa, sois todo eso para mí, y muchas otras cosas, cuando concilio el sueño, al llegar la noche, pensando en vos.

Ya me siento aliviado por haberos confiado mi corazón y mi temblorosa mano puede por fin descansar. No espero nada de vos, salvo una respuesta.

35. Giorgio Vasari a Vincenzo Borghini

Florencia, 1 de febrero de 1557

Noticias de Florencia, mi querido Vincenzo: he interrogado a la señorita María, que no solo no sabe nada de ese Pontormo, con quien no se ha cruzado ni dos veces en su vida, sino que además ignora que está prometida al hijo del duque de Ferrara. Todo ese candor no hace de ella una candidata al crimen muy verosímil. Dudo mucho que esta joven pueda fomentar alguna vez algo deshonesto. Ahora hemos de poner nuestra atención en ese Alfonso d'Este con el que ella debe casarse. ¿Habéis oído los rumores que corren sobre él? Dicen que es taciturno y brutal. ¿Podríais pasar por Ferrara y, con el pretexto de ver los frescos de Tura y Del Cossa, reunir algunas informaciones? Su padre, el duque Hércules, os recibirá lo mejor que le sea posible, pues es un humanista, protector de las artes, y estoy seguro de que no os dejará marchar antes de haberos mostrado su colección de tapices flamencos, a la que concede una enorme importancia.

36. Leonor de Toledo, duquesa de Florencia, a Cosme de Médicis, su esposo

Florencia, 2 de febrero de 1557

Querido, me cuentan cosas muy desagradables sobre el príncipe Alfonso. Dicen que pega a su gente y trata mal a las mujeres. ¿Sabéis lo que se sigue rumoreando? Que una mala caída del caballo lo privó, de niño, de su potencia viril. Os lo ruego, anulad ese compromiso. ¿Vais a entregar a vuestra hija a un castrado hecho un bruto, incapaz de asegurar su descendencia y la nuestra, que solo sabe maltratar a su esposa? Sois el duque de Florencia, las más grandes casas de Italia y de Europa estarían orgullosas de emparentarse con vos. ¿Por qué no un Orsini, o un Farnesio, o incluso un Habsburgo? He oído decir que el hijo pequeño del emperador Fernando, que ya es nada menos que archiduque de Austria y conde del Tirol, sigue sin casarse. ¿Creéis que rechazaría al mejor partido de Italia? Apiadaos de ella, querido. Por amor a mí, escribid al duque de Ferrara. Decidle que nuestra hija es demasiado joven, víctima de humores melancólicos, decidle que tiene el mal francés, qué sé yo, usad vuestras mejores frases diplomáticas, decidle si es necesario que su madre está loca y no quiere que le quiten a su hija, decidle que me va la salud en ello, encontrad la excusa que queráis, pero no le vendáis a María. La sangre de los Médicis vale más que lo que la casa D'Este puede ofreceros. Ya que es preciso vender, vended, pero no regaléis.

37. Cosme de Médicis, duque de Florencia, al duque de Ferrara, Hércules d'Este

Lucca, 2 de febrero de 1557

Esta nota, Duque, es para confirmaros lo que vuestro hijo ya debe de haberos contado: habidas ya las presentaciones con mi hija, me reconforta decir que la impresión que ha causado el joven príncipe fue excelente. No deseo otra cosa que sea recíproca, para que podamos convenir una fecha en primavera. Naturalmente, la ceremonia se celebrará en Florencia, como debe ser, con todos los honores que corresponden a vuestra familia y todos los fastos de los que Florencia es capaz. No penséis que, al fijar la primavera como fecha límite, deseo retrasar un asunto que me importa más que ningún otro, sino que María, querido duque, aunque tiene diecisiete años, es todavía una niña, muy apegada a sus padres y a su ciudad, y la Duquesa y yo mismo no tendremos más que unos pocos meses para prepararla de cara a la gran dicha de unirse a vuestro hijo.

38. Catalina de Médicis, reina de Francia, a Piero Strozzi, mariscal de Francia

Fontainebleau, 3 de febrero de 1557

Querido primo, desearía someter a vuestro criterio dos preguntas que me han asaltado últimamente. ¿Por qué no tengo ninguna noticia de vuestro hombre ni de su misión en el Palacio de la Signoria? Hace un siglo que me prometió cumplir los mayores prodigios y no veo que suceda nada. Lo que me lleva a la segunda pregunta: ¿habéis considerado la hipótesis de que ese hombre, en el fondo, solo sea un mequetrefe? Es cierto que el rey de Francia le daba mucha importancia a su arte, pero para mí tan solo era un rufián muy bocazas que se pasaba la mayor parte del tiempo pidiendo dinero por unas obras que no ha acabado nunca. He llegado a la conclusión de que deberíais ir pensando en algún otro, ya que, en mi opinión, el tiempo apremia si queremos recuperar el cuadro, que se conservará únicamente hasta que se descubra la verdad sobre la muerte del pintor, tras lo cual será destruido.

39. Benvenuto Cellini a Catalina de Médicis, reina de Francia

Florencia, 7 de febrero de 1557

Señora, podéis dudar todo de mí, pero no de esto: a lo que cualquier hombre puede atreverse, yo me atrevo. Me habéis confiado una misión imposible. Y para lo imposible, yo necesito un plazo. Daos cuenta de que no se trata solamente de penetrar en una fortaleza vigilada por mil hombres y sacar de ella un bastidor de madera de seis pies por cuatro ante las narices de todo el mundo. Primero hay que encontrar el objeto, y este asunto en sí mismo no es algo menor. Me dijisteis que estaba en el gabinete del Duque, muy bien, pero esa habitación es un desastre espantoso del que uno no se puede hacer idea hasta haberlo visto, y el Duque no ha creído oportuno colgar el cuadro de la pared para contentar a la Duquesa, cuyas dependencias son contiguas, lo cual entraña complicaciones añadidas. Supongo que el mencionado cuadro está disimulado en uno de los numerosos armarios del gabinete, pero las frecuentes visitas del Duque, de la Duquesa, de sus hijos, así como el paso incesante de pintores, orfebres y artesanos, hacen muy difícil la empresa de registrar a fondo la habitación. Figuraos que, actualmente, el viejo Bacchiacca se pasa allí el día entero decorando las esculturas de madera de una cama destinada al

Duque, y su sola presencia es ya un obstáculo para mis investigaciones. No es audacia lo que me falta para ejecutar el proyecto que habéis tenido la lucidez de confiarme, sino tiempo. Si supiera con precisión dónde está guardado el cuadro, no cabe duda de que encontraría el momento oportuno para apoderarme de él, me bastaría un relámpago.

40. Benvenuto Cellini a Piero Strozzi, mariscal de Francia

Florencia, 7 de febrero de 1557

Cumpliré con mi palabra. Pero ni la reina de Francia ni vos mismo, mi señor Piero, podéis imaginaros las insuperables dificultades a las que vuestro servidor ha de enfrentarse. La Florencia que vos conocisteis y que, si Dios quiere, volverá a ser, hoy en día es una colmena en la que se agitan por todas partes un montón de abejitas cuyo único punto de concentración es el gabinete del Duque. De la mañana a la noche, toda la ciudad desfila por allí y, al anochecer, mil hombres montan guardia. Podría alegar que esa efervescencia se debe a los preparativos del Carnaval, pero no quiero engañaros: la Signoria está en obras desde hace quince años y nada hace pensar que esas obras acabarán algún día, construcción eterna que debemos a Vasari, la puta del Duque,

que presume de trabajar rápido, cuando en realidad sabe muy bien alargar sus encargos para que le lluevan los ducados sobre su carita de rata.

Añadid a esto que es necesario atravesar las dependencias de la Duquesa para acceder al gabinete. Además, desde un oscuro asunto relativo a un collar que no viene al caso detallaros aquí, la Duquesa ha alimentado tal aversión hacia mí que no puede soportar verme ni un instante. A consecuencia de ello, cada vez que voy al palacio, me aburro soberanamente durante un largo rato, pues la Duquesa, para hacer sus necesidades, ocupa las antecámaras por las que yo debo pasar. Como está todo el tiempo mala, nunca paso sin molestarla. Alguna vez me ha ocurrido que, al entrar tan silenciosamente y tan de improviso en sus habitaciones privadas, he hallado allí a la Duquesa aliviándose. Ya veis hasta dónde llegan las empresas más ambiciosas: hasta las cagonas tripas de una española estreñida.

Después de haber superado ese primer obstáculo, todavía habrá que pasar por otra prueba, más difícil que hallar una vela en la flota del Gran Turco o el oro de Atahualpa en las montañas del Perú. No son cuadros lo que falta en el gabinete. Están colgados de la pared varios retratos de los Médicis, a los que por capricho del Duque hay que añadir la jeta de ese viejo zorro de Aretino, pintado por Tiziano en persona. El que falta en la pared, como habéis de suponer, es el de la joven

María. En cambio, los anaqueles rebosan de las estatuas etruscas que tanto le encantan al Duque. La cama del Duque ocupa una sexta parte de la habitación, descontando que Bacchiacca se pasa allí toda la jornada. Encontramos también una enorme cantidad de curiosidades más o menos extravagantes: un espejo que refleja trece veces la propia cara, un camaleón disecado, frascos de cristal llenos de un aceite venenoso, piedras con peces fosilizados, una tira de tela con siete piedras pegadas a las que se les atribuye ciertas cualidades; os ahorro el resto, de un interés sin igual. Si, aun así, uno logra pasar por encima de todo ese revoltijo sin pisar al viejo Bacchiacca y sin que le muerda el gruñón Giorgio, ese perro labrador que está siempre husmeándolo todo, ya solo le queda abrir los algo así como treinta armarios uno por uno: lo que se encontrará en ellos, aparte de una gran cantidad de otros cuadros, será un sinfín de objetos de plata, porcelanas, tapices y toda clase de tejidos. Una vez hallado lo que se ha ido a buscar, para salir del palacio con el botín bajo el brazo y saludando a los hombres del Bargello, habrá que volver a pasar de nuevo por las habitaciones donde la Duquesa estará cagando a sus anchas. Convendréis conmigo en que todo esto no es nada sencillo.

41. María de Médicis a Catalina de Médicis, reina de Francia

Florencia, 7 de febrero de 1557

Mi querida tía, ayudadme porque estoy muerta. Mi padre ha dictado su sentencia y me temo que es inapelable, como todo lo que él decide. Debo casarme con el hijo del duque de Ferrara, ese Alfonso d'Este que me había parecido tan siniestro y del que se cuentan las peores villanías. No puedo esperar ningún apoyo de mi madre, que aprueba por entero el proyecto de su marido, como hace siempre: son tal para cual, jamás he visto que estén en desacuerdo en algo. Solo puedo, por tanto, dirigirme a vos. Creo recordar que lo habéis visto alguna vez en la corte de Francia: decidme, os lo ruego, que ese príncipe es un caballero, más amable de lo que parece, y que el matrimonio no es la prisión que creo entrever. Decidme sobre todo que podré seguir viendo a mi Malatesta.

Sí, porque, como no me lo habíais prohibido expresamente, debéis saber que he contestado a su carta, lo que le ha causado un considerable efecto: parecía tan triste antes y ahora de repente tan feliz. Es increíble el poder que tienen unas frases escritas sobre papel. La alegría recobrada parece haber espoleado su audacia: en cuanto ha habido ocasión, ha venido a mi encuentro y hemos estado hablando como si fuéramos hermanos y nos conociéramos de siempre. ¿Queréis creerme que ha aprovechado un momento en que todo el mundo había salido para llevarme hasta la capilla de mi madre, donde ha tratado de robarme un beso? Os juro que he querido resistirme, pero mis labios se han negado a obedecerme. Era una sensación divina y me he sentido transportada al cielo. No entiendo por qué algo así ha de ser malo.

Por eso, mientras estoy sumida en la mayor felicidad, veo despuntar en el horizonte la peor desgracia. ¿La vida siempre es así? ¿O soy yo sola quien está destinada a tanto infortunio? ¿Por qué Dios es tan cruel que nos quita tan pronto lo que nos ha dado? Quiero creer que hay un designio detrás de todo esto, pero debido a la turbación y a la confusión que me afligen, no sabría decir cuál es.

42. Catalina de Médicis, reina de Francia, a Piero Strozzi, mariscal de Francia

París, 9 de febrero de 1557

¡Dios está con nosotros, querido primo! Leed esta carta de la hija del Popolano y mi respuesta, que os he copiado. Avisad a vuestro hombre de que el paje va a ayudarlo proporcionándole la información que necesita, y así no tendrá más excusas para retrasar su paso a la acción.

Os confieso que cada vez me gusta más esta chica: bajo la apariencia de una perfecta idiota, que es el carácter que se espera de ella y el modelo al que se esfuerza en ajustarse, se esconde una intuición bastante certera de lo que es la maldición de haber nacido mujer, redoblada por una voluntad por sustraerse a ella que nos será muy útil, si las cosas se tornan a nuestro favor. Así, gracias a esta joven, podremos llevar a Cosme a nuestro terreno y debilitarlo hasta tal punto que, con un pequeño esfuerzo, se arruine.

43. Catalina de Médicis, reina de Francia, a María de Médicis

París, 9 de febrero de 1557

Dejad que os hable, mi querida niña, como si fuerais mi propia hija.

También yo, antaño, soñé con el amor. Pero la pesada cruz de haber nacido Médicis, unida a la desgracia de ser una mujer, me hizo comprender muy pronto que no estaba en los planes de Nuestro Señor que su criatura gustase demasiado de la despreocupación y la felicidad. Huérfana de nacimiento, recogida por mi tía, a la que enseguida se llevó Dios, escondida en un convento durante los disturbios de 1527, secuestrada en otro, rapada, alimentada con carne de burro podrida, vendida en un burdel a los diez años por unos facciosos republicanos, salvada por mi tío el papa Clemente, educada por vuestra abuela con vuestro padre, que no estaba aún en la posición que ocupa hoy y que nadie creía que llegara a ocupar, enamorada de mi primo Hipólito, que fue envenenado por su primo Alejandro, enviada a Francia como una mercancía para casarme con el benjamín del buen rey Francisco, curtida ya por una vida azarosa, nublada por la desgracia, endurecida por las vejaciones y el recuerdo de las ofensas, llegué a la corte antes de cumplir los veinticinco años, repartidos entre la pena del exilio y la esperanza de un nuevo hogar. Pero ninguna corte, como muy pronto lo aprenderéis vos misma o como ya debéis de presentirlo, es precisamente el refugio con el que una joven puede soñar. He recibido los honores debidos a mi rango, pero he tenido que aprender también aquí a convivir con trampas e intrigas más mortales que en Italia. Acusada de haber asesinado al Delfín porque su muerte me abría el paso a la Corona, solo le debo a la bondad del rey y al afecto sincero que me profesaba no haber acabado bajo el hacha del verdugo. Durante diez años he sido despreciada como una tripa seca por mis enemigos porque no lograba darle un heredero al nuevo Delfín y he vivido constantemente en el terror de ser repudiada. Sin embargo, convertirme en madre y después en reina no me libró de las injurias. Los franceses, a quienes tan solo les gustan los italianos que son pintores o inventores, nunca han dejado de tratarme como a una extranjera, mientras que consideraban a la favorita de Enrique, mi prima la duquesa Diana, como la verdadera reina, y para ya decíroslo todo, mi querida niña, os debo confesar que, con más frecuencia de lo que corresponde, el rey me deja por esa puta. Pero he sido yo, no obstante, quien ha asumido la regencia cuando Enrique se ha ido a guerrear a Flandes, yo y solo yo quien ha llevado sobre sus hombros el peso del Estado y quien ha garantizado el suministro a los ejércitos franceses, sin el cual las tropas imperiales habrían marchado hasta París. La pequeña huérfana de Florencia ha salvado el reino de Francia.

En cuanto al amor, ya veis que ha tenido en mi vida un espacio muy modesto. ¿Mi matrimonio es feliz? Juzgad vos misma, pero no creo que haga falta ver las cosas en esos términos. La única razón por la que os casaréis con el joven príncipe de Ferrara será para reconciliar a vuestro padre con la poderosa familia D'Este. Nosotras, las mujeres, somos las piezas que se desplazan por el tablero de ajedrez de los imperios y, aunque tengamos algún valor, seguramente nunca podremos movernos con libertad. Vuestro deber como hija de duque es obedecer a vuestro padre, vuestro deber como esposa de duque será servir a vuestro esposo según su placer dándole unos hijos sanos. Os deseo la misma fuerza que me ha permitido tener diez, de los que siete, gracias a Dios, están todavía vivos, y no la fragilidad de mi madre, que no sobrevivió a mi nacimiento. Sufriréis en silencio los caprichos de vuestro amo, sus arrebatos y sus infidelidades, y si Dios lo quiere, os tratará bien, aunque lo que me cuentan del carácter del joven príncipe no me inclina demasiado en favor de esta hipótesis.

Sin embargo, al veros prendada de ese joven paje del que me habláis con tanta pasión, y como se me hace evidente que él también está prendado de vos, faltaría a mis deberes de confidente y de tía si no os previniera contra las ideas que cruzan inevitablemente por la cabeza de las jóvenes. Desde luego, seríais acogida con los brazos abiertos en la corte de Francia si cometierais la locura de huir juntos tanto de vuestra patria como de vuestra familia. Seguro que vuestro padre acabaría por perdonaros, porque los padres perdonan siempre. Pero pensad en el escándalo: le daríais la razón, en cierto modo, a esa innoble pintura que os causa tantos quebraderos de cabeza y preocupaciones por vuestra reputación. Mientras ese cuadro siga en Florencia, vos también debéis quedaros allí. Pero si finalmente, pese a mis firmes admoniciones, escogierais los peligros de la huida y de una vida aventurera con el hombre que amáis, ese cuadro debe desaparecer.

Da la casualidad, al menos para esta empresa, y sin prejuzgar una decisión que implicaría la felicidad de toda vuestra vida, que tal vez yo pueda ayudaros. Decid a vuestro amigo que informe a mi señor Cellini acerca del escondite del cuadro. Él sabrá cómo proceder.

Adiós, sobrina mía, os ruego que no cometáis una locura y no olvidéis que no hay nada más importante para una mujer que su felicidad, y su deber.

44. Marco Moro a los obreros del Arte dei Medici e Speziali

Florencia, 9 de febrero de 1557

Compañeros, los acontecimientos de San Lorenzo no deben ni pueden comprometer lo que hemos empezado. Suponen un parón, pero no un final. Porque nuestra causa es justa y nuestra victoria está asegurada desde hace tiempo. Ahora, lo que tenemos que hacer es rasar los muros ante los hombres del Duque que husmean por todas partes como unos perros. ¿Quién ha matado al pintor? Esta es una cuestión que no nos interesa ni nos concierne. Nuestros salarios y nuestros derechos, eso es lo que nos interesa. La miseria y el hambre, eso es lo que nos preocupa. ¿Acaso encontrar al asesino de Pontormo va a mejorar nuestra suerte? Los perros del Duque acabarán por cansarse y entonces, en una semana o un mes, reanudaremos nuestras reuniones, en San Lorenzo o en otra parte.

Muchos de los nuestros temían reunirse con su propio jefe, aunque lo hacían por la causa del pueblo, pensando que se los podría considerar presuntuosos o acusar de albergar alguna ambición. Pero después de haber observado que, cada día y sin precaución alguna, muchos florentinos se reúnen en sus ámbitos privados o en distintas asambleas, no por asuntos de interés general, sino para servir a su ambición personal, hemos estimado que aquellos que se reúnen para ser útiles y alcanzar el bien de la mayoría no deberían tener nada que temer, porque los que lo hacen para trabajar, sea con el fin de enriquecerse ellos y sus pares, sea para obtener cosas más fútiles, nunca tienen ningún temor. ¿Y cuál es nuestra experiencia? En cada una de nuestras reuniones, algunos obreros de otras artes han venido a engrosar nuestras filas, porque quieren para ellos lo mismo que queremos para nosotros, porque lo que nos interesa a nosotros les interesa a ellos igualmente, porque nuestra condición es la suya y su condición la nuestra, porque, en definitiva, somos hermanos y, por tanto, es lógico y legítimo que nos reagrupemos en una fraternidad que supera las barreras de los oficios y abole las diferencias entre las artes.

El Duque puso fin a las guerras entre los grandes expulsándolos de Florencia, confiscando sus bienes o haciéndolos matar. Pero ¿qué hizo cuando descubrió que los hombres de letras se reunían a filosofar en secreto? ¿Los castigó? Al contrario, los reunió en el seno de una academia que él mismo creó para ellos. El Duque ha mantenido las corporaciones de las artes y las antiguas instituciones de la República. Y aunque gobierna Florencia con mano de hierro, no es hostil en principio a las asambleas ni a sus representantes, como nos lo recuerda cada día la existencia de esos cónsules de las artes que vemos pavonearse con sus bellos ropajes hechos con los mejores tejidos. Pronto el Duque no tendrá otra opción que acceder a nuestras demandas porque son legítimas y somos cada vez más numerosos, demandas que se resumen en esto: los que no somos nada aspiramos a ser algo.

45. Vincenzo Borghini a Giorgio Vasari

Florencia, 9 de febrero de 1557

Estoy muy enfadado con vos, mi señor Giorgio, pues deberíais saber que para ir a Ferrara, como me habíais ordenado, antes tendría que pasar por Florencia. Y he aquí que me encuentro la ciudad patas arriba, con juglares, músicos, polemistas, bailarines y académicos sin parar ni un momento, y a Varchi corriendo por todas partes, y a Boccaccio convertido en estatua de madera subida en un carro, y hasta al mismo Duque, que ha regresado para las festividades del Carnaval, pero de Vasari, nada. ¿Teníais que haber elegido precisamente esta semana para iros a Arezzo? Al menos, saludad a vuestra esposa de mi parte. Me consuela pensar que ella disfrutará por mí la alegría de volver a veros y os besará tan tiernamente como yo lo habría hecho.

Por lo que respecta a nuestro asunto, sabed que he ido a visitar a mi señor Francesco Riccio en el manicomio donde se encuentra, pues, desdeñando mi consejo, habíais pasado por alto esta misión que yo, en cambio, creía útil para vuestra investigación. Pues bien, amigo, mi gestión no era en vano y ahora estoy más convencido de ello. Para empezar, la mente de nuestro hombre está completamente sana, y tan lúcida como cuando era el mayordomo del Duque, sobre el que ejerció antaño tanta influencia. Recordaréis sin duda que el Duque nunca tomaba sin el mayordomo ninguna decisión sobre las solicitudes que le presentabais los artistas de Florencia, lo que suponía un cúmulo de quejas y rencores del que, quizá, no siempre os librabais ni vos mismo. Fue él, además, quien, en común acuerdo con Varchi, estableció el tema de los frescos de San Lorenzo y por eso es a él, más incluso que a Pontormo, a quien podéis reprochar la perplejidad en la que dichos frescos os han sumido, pero ya volveré a ello.

Mas, en realidad, ¿qué ha pasado? Os diré lo

que me ha confiado Francesco, que os relato fielmente: de loco no tiene nada, y si las cargas tan pesadas que llevaba lo habían conducido al borde del agotamiento, su salud nunca fue la causa de su expulsión. El Duque asegura haberlo apartado para protegerlo, pues, con lo que se venía tramando en el Concilio de Trento, consideraba que ya no podía garantizar su seguridad, habida cuenta de sus posiciones valdesianas, en ese momento consideradas como heréticas. En el fondo, el Duque, que fue tan indulgente con esas ideas, no busca más que proteger sus propios intereses (es Francesco quien habla). En su búsqueda del título de rey de Toscana, Su Excelencia Cosme ha sacrificado a su servidor más fiel. Plenamente consciente de los imperativos dictados por la razón de Estado y, sin llegar a reconocer que fue él quien lo echó y mandó encerrar, mi señor Francesco no le guarda rencor a su señor. Nadie ignora que los grandes también tienen sus propias limitaciones, y los compatriotas de Maquiavelo lo ignoramos menos aún.

Me es imposible verificar del todo lo dicho por Francesco. Tal vez tenga razón, o tal vez no, cuando atribuye su pérdida del favor del Duque a las ambiciones de este. Pero de algo estamos seguros: Francesco Riccio está vivo y no está loco. Con esta información en nuestro poder, es fácil ahora deducir con certeza la siguiente conclusión: si alguien del entorno del Duque ha ordenado la muerte de Pontormo, el Duque no tiene nada que ver. De hecho, si ha perdonado la vida a Riccio, pese a sus prejuicios filosóficos y artísticos, no tendría sentido hacer matar a Pontormo, a quien consideraba, aunque no lo creáis, un pintor importante. (Además, el Duque ha perdonado a Varchi, aún en su cargo y con más poder que nunca, del que Riccio me asegura que comparte las mismas simpatías culpables y no es menos partícipe del programa de los frescos.) Nos satisface, pues, poder descartar una hipótesis tan escandalosa, la cual, no necesito recordarlo, no provenía ni de vos ni de mí.

Una palabra más: he pasado por la obra de San Lorenzo a ver a Bronzino. Ya sabéis lo raro que es que yo emita una objeción a vuestro juicio, que considero uno de los más atinados del mundo, y lo muy de acuerdo que casi siempre estamos vos y yo en gustos y opiniones. Pero he visto los frescos y no son como vos decís. Esos cuerpos amontonados son la cosa más horrible que me ha sido dado ver, pero precisamente en eso consiste su valor, en esa bajeza reside el espectáculo de la humanidad que, con todo su esplendor y su miseria, nos ha ofrecido Pontormo. Si Bronzino consigue acabar correctamente su tarea, de la que lo creo muy capaz, el coro de San Lorenzo rivalizará con la Sixtina. De sobra sabéis que no son los hombres quienes mudan sus gustos, sino la política la que muda a los hombres. Lo que desagrada hoy en esas pinturas, aparte de la desnudez de los cuerpos sin necesidad, es la ausencia de santos (con excepción de san Lorenzo, claro está), ángeles, papas y obispos que nos recuerden la preeminencia de Jesús sobre todos ellos, la razón por la que el pintor ha llevado hasta el extremo la audacia de representarlo por encima de su propio padre, y por qué Riccio y Pontormo han querido destacar la relación directa de los hombres con su Salvador sin intermediación superflua, y de sobra sabéis también que basta con eso para que todo el asunto huela a chamusquina, ahora que Roma ve protestantes detrás de cada puerta.

Excuso pediros, amigo mío, que veléis por que esta carta no caiga en malas manos, ya que algunos de sus pasajes podrían ser objeto de mala interpretación.

46. Giorgio Vasari a Vincenzo Borghini

Arezzo, 10 de febrero de 1557

Mi señor Vincenzo, tened por seguro que me incomoda no haberos recibido yo mismo a vuestra llegada, pero cuento con que me esperéis antes de volver a marcharos a Ferrara y celebremos juntos nuestro reencuentro. Se ha debido a un desplazamiento de improviso que no podía ser más inoportuno, en pleno Carnaval, cuando los espectáculos solo están listos en el último minuto y todos acuden a mí para resolver un montón de problemas, que si un decorado, que si paja para los caballos, que si hay que cambiar la rueda de un carro, que si hay que arreglar el roto de un vestido, que si un músico borracho se ha caído al Arno y hay que sacarlo... Como veis, no he venido a Arezzo porque tenga tiempo libre; lo he hecho para responder a la llamada del Consejo de Priores de la ciudad, del que soy miembro y que me eligió confaloniero hace ya cierto tiempo, con la aquiescencia del Duque. Dado mi título, el Consejo ha requerido mi ayuda para un asunto de lo más embrollado: desde hace unos meses, el hospital de Arezzo está ocupado por unas religiosas que se han refugiado allí expulsadas de su convento por la guerra en Siena. El Consejo no logra desalojarlas y, desde que llegaron, el hospital no acoge a nadie más, pues todas las camas están ocupadas por las monjas. Parecen estar dispuestas a dejarse matar antes que salir de allí. Y me han pedido que sea yo quien arregle este *casus belli*.

No quiero aburriros más con esta historia tan estrafalaria y vuelvo al asunto que nos ocupa. Me alegra mucho que hayáis pasado a ver los frescos, porque me gustaría conocer vuestra impresión de la parte del Diluvio que ha sido retocada con ese parche tan burdo que sigo sin explicarme. Conocéis a Pontormo y jamás habría consentido dejar a la vista semejante parche, se habría pasado el día entero rehaciendo por lo menos el cuerpo de Noé, el cordero de la derecha y las patas de la jirafa, para llegar hasta el ángulo de la pared. Se me ha ocurrido de pronto una idea insólita: ¿y si no hubiera sido él quien hubiera repintado esa zona del recubrimiento? ¿Y si fue otro quien repintó a Noé, el cordero y la jirafa? ¿Por qué? Solamente tengo el principio de una explicación. Pero, por muy fantástica que pueda ser mi hipótesis, no lo es menos que la de un Pontormo que descuida sus arreglos. He examinado con la mayor minuciosidad posible ese trozo, y la conclusión a la que he llegado aumenta aún más mi desconcierto: el dibujo es tan fiel al resto que no cabe ninguna duda de que se trata del mismo autor. Sin embargo, hay algo en el color, tal como he podido juzgar ahora que está ya casi seco, que me parece ligeramente diferente, que desentona, en realidad, como si Pontormo hubiera forzado sus tonos acidulados, a los que era siempre tan proclive: el rosa del taparrabos de Noé, los destellos azulados en el lomo del cordero, el amarillo pálido de la jirafa..., como si los hubiera pintado con precipitación, sin prever el cambio de color al secarse.

Os ruego, mi señor Vicenzo, que no le deis demasiada importancia al delirio de un loco, que es en lo que me he convertido a fuerza de darle tantas vueltas a este asunto. Ni yo mismo sé por qué os hablo de estas cosas, que, desde luego, no tienen ni pies ni cabeza. Como toda mi turbación se debe a lo que había creído observar en el fresco, he vuelto a ver el cuadro de *Venus y Cupido*, que el Duque conserva en su gabinete. No sé qué era lo que yo buscaba en ese cuadro, o, mejor dicho, lo sé muy bien, puesto que no lo he encontrado. Cierto es que el cuadro en cuestión es una copia basada en el cartón de Miguel Ángel, pero estoy casi seguro de que esa copia se debe a la mano de Pontormo y de que nadie más que él ha sustituido la cabeza de la hija del Duque. En todos los casos, no he descubierto nada que lo corrobore. Sin embargo, querido amigo, ahora que habéis visto los frescos, ¿podríais volver al palacio para examinar vos mismo esa Venus con la cabeza de María y darme vuestras impresiones? Puede que vuestra sagacidad detecte algo que a mí se me ha escapado.

Hasta entonces, espero hallar con qué engatusar a mis religiosas y adelantar mi regreso lo antes posible para daros un gran abrazo. Id encargando una garrafa de trebbiano donde Gaddi, pues estaré de vuelta en menos de lo que canta un gallo, Dios mediante.

47. Sor Catalina de Ricci a sor Plautilla Nelli

Prato, 10 de febrero de 1557

¡Perdónalas, Dios mío, porque no saben lo que hacen! Tu retrato está tan maravillosamente logrado, Plautilla mía, que no ha dejado de suscitar la envidia de todo el convento. Por fortuna el dedo que Dios puso sobre mi cuna me ha protegido contra los ataques que siempre he recibido por la elección que tomé, ya desde mi tierna juventud, cuando me apartaba de los juegos infantiles de las otras niñas para imitar los misterios de la Pasión ante el crucifijo del monasterio donde mis padres me habían internado. Recuerdo a todos aquellos que, más adelante, dudaban de mis éxtasis cuando Nuestro Salvador venía a entregarme sus palabras y que incluso sospechaban que me infligía yo misma los estigmas de la Pasión. Pero, aunque todos, incluido el papa Pablo III, finalmente admitieron la autenticidad de mis visiones, el mensaje que Cristo puso en mi boca durante los doce años en que me visitaba cada jueves no ha bastado para hacer desaparecer de la tierra ese pecado de envidia que me parece, cada día que pasa, el más capital de todos. ¡Qué reacia es la criatura a las enseñanzas del Creador!

Hemos de dar gracias a Dios por poner a las Plautilla en nuestro camino, así como hemos de aceptar también que el mundo está lleno de pruebas que Él nos envía y que nos toca superar. Antaño, la que me consideraba una impostora era sor María Gabriela Mascalzoni. Después de tu partida, cuando todas estábamos admirando la gracia divina de tu cuadro, surgió la cantinela, sostenida por sor María Serafina, sor María Perpetua y sor María

Modesta (que Dios las perdone), de que, al ofrecerte mi rostro para tu retrato de santa Catalina de Siena estaba incurriendo en pecado de orgullo y de hipocresía. ¡La peste se lleve a esas hembras maledicentes! Por fortuna, mi Señor, que nunca me ha abandonado, ha venido a socorrerme una vez más, tocándome con un éxtasis extraordinario, en el que se me ha aparecido el hermano Jerónimo en persona, con su sayal medio quemado y la cabeza aureolada por una luz brillante, y me ha asegurado que, como no teníamos ningún otro medio de conocer la apariencia de santa Catalina de Siena, era completamente justo y apropiado usarme a mí como modelo y pintar mis rasgos como suyos, teniendo en cuenta que voy tras sus pasos desde el día en que cambié mi nombre de Alejandra por su nombre de Catalina, más todas las señales irrefutables que Dios me ha enviado para alentarme a seguir por esa vía. Ha añadido que tu cuadro era tan hermoso que habría que mostrarlo a los ojos de todos, y esta es la razón por la que, de común acuerdo con la superiora y el padre confesor, lo hemos colgado en el refectorio, con el fin de que todas las hermanas puedan contemplarlo mientras comen, al menos cuatro veces al día (cinco para las más glotonas, pues ya sabes que en San Vincenzo no todas están exentas de ese pecado. Quiera el Cielo que encuentren en tu cuadro la inspiración necesaria para volver a una templanza más conforme con nuestro estado).

48. Sor Plautilla Nelli a sor Catalina de Ricci

Florencia, 11 de febrero de 1557

Sabes que en el fondo de mi corazón santa Catalina de Siena y tú sois la misma, y no podría haberla pintado más que con tu rostro, pues considero que tu santidad ya se iguala a la suya y no me cabe la menor duda de tu futura beatificación. En cualquier caso, siento una enorme alegría al saber que mi retrato es de tu gusto y, aunque no sea digno de ello, me emociona el honor que le haces al colgarlo en el refectorio de San Vincenzo. Si allí asola el pecado de gula, tal vez tu imagen pueda sacar a nuestras hermanas de su error por el ejemplo que les das, pues, como me han contado y yo misma he podido observar, practicas la abstinencia de carne, te niegas a comer ni un solo huevo y no te alimentas más que de hierbas y legumbres.

Pero, en fin, no creo que las hermanas de San Vincenzo que tienes a tu cargo sean tan grandes pecadoras y, si quieres ver un verdadero lugar de perdición, te invito a que vengas a visitarme a Florencia, que en estos momentos no vive exactamente bajo el reinado de la templanza, ya que, como cada año mientras dura el Carnaval, el desenfreno y la embriaguez se extienden por la ciudad hasta tal punto que mis hermanas y yo preferimos quedar enclaustradas antes que salir a las calles, en las que flota por todas partes un olor a orín tan insoportable que seguro que llega hasta Prato. Sin embargo, a mí me trae sin cuidado, porque ahora estoy trabajando en un nuevo cuadro al que dedico casi todo mi tiempo: un *Descendimiento*, pero en un estilo nuevo que, confío, sea de tu agrado, al menos tanto, si no más, que mis pinturas anteriores.

49. Marco Moro a Giambattista Naldini

Florencia, sin fecha

Allori se niega a cooperar y a informarme sobre las idas y venidas de su amo. Si queremos reanudar las reuniones, es necesario asegurarnos de que Bronzino no aparezca y nos sorprenda de improviso. Por el momento, desconozco que haya vuelto a trabajar en los frescos a deshoras, pero el riesgo es demasiado grande, y si llegara a sorprendernos, no podemos estar seguros de que mantuviera la boca cerrada. De lo que deduzco por su situación en la corte, parece más bien probable que nos denunciara al Duque. Ese viejo loco de Pontormo era imprevisible, Bronzino lo es mucho menos, lo que comporta grandes ventajas, pero también lo hace más peligroso, pues cualquier cosa que cuente de nuestras actividades será escuchada y será creíble.

No necesito recordarte lo que está en juego ni que también te concierne a ti. Cuento contigo para convencer al joven Allori de que debería, como tú, ayudar a nuestra causa, aunque fuese, como tú, por dinero.

50. Sandro Allori a Giambattista Naldini

Florencia, 11 de febrero de 1557

Battista, ¿puedes decirme quién es ese Marco Moro? El muy gracioso ha venido a soltarme un discurso del que no he entendido ni papa. Y por cierto, tiene toda la razón: ¿por qué nosotros, los pintores, estamos afiliados a la corporación de los médicos y los boticarios?

51. Giorgio Vasari a Vincenzo Borghini

Arezzo, 11 de febrero de 1557

Tendríais que ver, mi señor Vincenzo, con qué terquedad esas putas monjas dominicas defienden el territorio que ocupan. Promesas, amenazas, no hay nada que hacer, se niegan en redondo a salir de allí, y el Consejo de Priores se ve casi obligado a sitiar el hospital en el que se han atrincherado. A duras penas, dada mi condición de confaloniero de Arezzo, se han dignado recibirme, pero tan solo para comunicarme que no tienen ninguna intención de marcharse, al menos mientras no se les consiga otro techo lo suficientemente grande para acogerlas a todas.

La verdad es que no puedo echarlas a los caminos. He escrito a Siena para solicitar que reingresen en su antiguo convento, pero, como la administración sienesa sigue estando bajo tutela española, mucho me temo que nuestros aliados imperiales no se preocupen lo más mínimo por un puñado de religiosas, ocupados como están en perseguir a los republicanos refugiados en Montalcino.

Mientras tanto, las enfermas son atendidas en el Duomo San Donato, pero esta alternativa sería únicamente provisional, dado que el cura se queja de que tiene que celebrar allí sus misas con enorme dificultad. Esta es la razón por la que el Consejo de Priores me ha suplicado que me quede hasta que se solucione este embrollo, por eso he debido retrasar unos días mi regreso a Florencia. La verdad es que no sé cómo resolver la situación y he pensado que, tal vez, vuestro hospital de los Inocentes, como tiene mayor capacidad que el de Arezzo, podría acoger algunas decenas de monjas, de manera temporal, claro está, solo el tiempo de encontrar donde realojarlas. ¿Qué me decís a esto? ¡Me haríais un gran favor! Sea como sea, estaré en Florencia dentro de dos días, aunque tenga que ordenar el asalto contra esas monjas.

52. Vincenzo Borghini a Giorgio Vasari

12 de febrero de 1557

Temo, mi señor Giorgio, que tengamos otras preocupaciones más graves que vuestras buenas monjas, y me sorprendería mucho que, si teniendo conocimiento de lo que debo informaros ahora, el confaloniero de Arezzo no se montara a horcajadas en el primer corcel que pillara y volviera a Florencia a toda prisa, donde lo reclaman obligaciones mucho más urgentes y capitales. ¡Pero, vale, de acuerdo! Si el asunto es tan importante para vos, y dado el afecto que os profeso, acogeré en los Inocentes a media docena de vuestras monjitas, no más. Pero dejemos eso, os lo ruego, y perdonadme si no os presto toda la atención requerida en esas disputas picrocholinas.* Tened por seguro que el hospital de Arezzo es hoy por hoy la última de vuestras preocupaciones. Querido amigo, si no fuera yo la fuente de la increíble noticia que esta carta debe llevaros, ni yo mismo me la creería.

Siguiendo vuestras instrucciones, volví al gabinete del palacio para examinar el vergonzoso cuadro. Para ello, le pedí que me indicase el camino a un paje del Duque, quien me guio, a tra-

* Picrochole es un personaje de Gargantúa y Pantagruel, novela de François Rabelais. *(N. del t.)*

vés de la leonera que es aquello y que ya conocéis, hasta el armario donde lo habían guardado. A Dios pongo por testigo, Giorgio, de que no soy de esos dados a contar fábulas: ¡el cuadro ya no estaba allí! Hice abrir todos los armarios, nos pasamos toda la mañana y lo revolvimos todo. Del cuadro, nada. Alertada por el alboroto que estábamos montando, la Duquesa, que yo creía ausente porque no me había cruzado con ella al atravesar sus dependencias, vino a averiguar cuál era el motivo de tanta agitación. No necesito describiros el furor que le entró cuando tuvimos que explicárselo. Por un momento creí que íbamos a sufrir de inmediato la misma suerte que los Pazzi, y sigo creyendo aún, en el momento en que os escribo estas líneas, que no ha descartado mandarnos ahorcar, al paje y a mí, con todos los demás que estaban presentes: el viejo Bacchiacca, que trabajaba en la cama del Duque, el joven Buontalenti, que trazaba unos planos, Cellini, que limpiaba unas estatuas etruscas, y al resto de los guardias y criados del primer piso. Tengo miedo, sin embargo, de que su cólera no sea más que un suave y débil beso comparada con la del Duque, que, por fortuna, no está en Florencia, ocupado en recorrer su reino de Toscana. Estoy seguro de que la Duquesa lo ha avisado y esperamos su regreso de un momento a otro. Os suplico que os apresuréis, mi señor Giorgio, si no queréis ver el cuerpo de vuestro amigo balancearse bajo las ventanas de la Signoria, pues el Duque no escucha a nadie más que a vos y solo vos sabréis cómo calmar su ira.

53. Giorgio Vasari al duque de Florencia, Cosme I

13 de febrero de 1557

Con el fin de dar cuenta a Su Ilustre Excelencia, completamente y con todo el detalle que desea, sobre lo que concierne a las circunstancias relacionadas con la desaparición inexplicable del cuadro, constatada el 11 de febrero por mi señor Borghini, he aquí el informe redactado ese día a petición de Vuestra Señoría por su humilde servidor Giorgio Vasari, pintor, arquitecto, historiógrafo y miembro del Consejo Secreto de Su Excelencia.

El 11 de febrero, a la sexta,* el prefecto de los Inocentes don Vincenzo Borghini fue, a petición de Vasari, hasta el gabinete de Vuestra Excelencia para estudiar el mencionado cuadro, con el fin de examinarlo para ver si hallaba en él indicios o rastros que hubieran escapado a nuestra inquisición, y en ese momento pudo constatar que el cuadro estaba ausente. Creyéndolo primero un error, mi

* Hora canónica. *(N. del t.)*

señor Borghini mandó abrir todos los demás armarios, sin éxito. De lo cual se dedujo, una vez recogidos los comentarios amablemente dispensados por Su Excelencia la Duquesa, que, al no haber sido movido de sitio por orden de Su Señoría o de la Vuestra, el cuadro había sido, contra toda lógica aparente, robado.

Según mis primeras conclusiones, sacadas gracias a la colaboración de Vuestra Excelencia, el cuadro no ha podido ser escamoteado más que entre el 6 de febrero, día en que Vuestra Grandeza lo vio guardado en su armario por última vez, y anteayer. Durante estos cinco días se ha constatado el paso por el gabinete de los siguientes caballeros: Varchi, Borghini, Bacchiacca, Ammannati, Bandinelli, Bronzino, Cellini, Bernadone, el carpintero Girolamo, el albañil Mariano di Simone, el proveedor de arena Domenico di Pasquino, los pajes de Su Excelencia, guardias, ayudas de cámara, y gran cantidad de obreros y criados destinados a diversas tareas, cuyo número, habida cuenta de que se ignora el día y el momento exactos en que pudo tener lugar el robo, es difícil de calcular y, por tanto, francamente ilusorio sospechar de alguien de entre toda esa multitud, a falta de una razón que nos hiciera dirigir nuestras sospechas hacia tal o cual de ellos, sobre todo porque, primero, nadie ha visto nada y, segundo, ningún cuadro del tamaño y forma del robado ha sido anotado en los registros de salida. Como se trata de un cuadro sobre madera y no sobre una de esas telas que los pintores utilizan en nuestros días según un uso cada vez más extendido, siendo, pues, imposible de enrollar, habría sido imposible de disimular, por lo que ha de colegirse que su desaparición parece ser un verdadero prodigio.

Sin embargo, es obvio que el autor debe de haber ideado algún medio ingenioso para sacar el cuadro del palacio, engañando a los guardias o mediante otra estratagema, ya que sigue inencontrable pese a las búsquedas realizadas. Sea cual sea el misterio, todos vuestros confidentes están dedicados en estos momentos a hallar su rastro, y los hombres del Bargello registran las viviendas de todos aquellos que han puesto los pies en el palacio estos últimos cinco días. No obstante, como Su Excelencia desea evitar dar demasiado eco a este asunto, conviene actuar con discreción, motivo por el cual no es posible que el Bargello inspeccione todas las casas de todos los barrios de la ciudad.

Aun así, puesto que todo gira en torno al autor del asesinato de Pontormo, seguimos otras pistas de las que puedo garantizar a Vuestra Excelencia que están en un punto de prometedor avance y pronto darán sus frutos. Me refiero a la búsqueda de la mujer que fue vista en la vivienda del pintor, y a esa rareza observada en uno de los recubrimientos de San Lorenzo, que he vuelto a ver para constatar que los colores de la parte retocada, al secarse al cabo de unos días, se habían apartado en cierto modo de los del resto del cuadro, diferenciándose ligeramente, aunque la parte retocada ya es muy visible de por sí, lo que solo puede significar una cosa: que ha sido pintada por un pintor muy hábil, pero no por Pontormo.

No hay duda de que aclarar el misterio de la muerte del pintor nos llevará a entender el del cuadro y su desaparición. Por ello solicito de nuevo la confianza que Vuestra Excelencia siempre ha tenido la bondad de testimoniarme desde hace dos años, cuando regresé a Florencia para ponerme por entero a su servicio: con la ayuda de Dios y la asistencia del prefecto Borghini, prometo a Vuestra Excelencia resolver este asunto y encontrar el cuadro.

54. Giorgio Vasari a Vincenzo Borghini

Florencia, 13 de febrero de 1557

Vincenzo, te mando este mensaje por medio de un alguacil de la milicia y que espero te encuentre en los Inocentes. He remitido mi informe al Duque dándole cuenta de los avances de la investigación bajo la perspectiva más favorable, pero en realidad no tenía gran cosa con la que apaciguar su impaciencia. Esos imbéciles del Bargello ponen la ciudad patas arriba para echarles el guante a todas las prostitutas que pueden, ¡como si fuera así como van a dar con nuestra visitante nocturna! Y yo, tan inútil como ellos, los acompaño para dar la impresión de que hago algo, porque me he quedado bastante anquilosado en San Lorenzo, al tratar de penetrar el secreto de Pontormo dejándome los ojos por mirar su Diluvio, mientras que Bronzino se ocupaba del panel de la Resurrección de las almas. Bronzino no es el viejo huraño que era Pontormo, pero, como todos los pintores, detesta que lo mire mientras trabaja, así que he decidido dejarlo tranquilo. He escudriñado tanto el fresco que tengo la sensación de hincharme como uno de esos repugnantes ahogados víctimas de la cólera de Dios. Admito que hay algo en esos muros que impresiona, como si inspirasen un terror sagrado a quien se sume en su contemplación. Me asfixiaba, y ahora que estoy sentado a la mesa de un burdel de San Spirito, garabateando esta carta mientras, a mi alrededor, los hombres del Bargello echan el lazo a honradas putas en enaguas que se debaten entre gritos, respiro. Este guirigay me ayuda a aclarar la mente. No es aquí, evidentemente, donde voy a encontrar a la mujer que fue a visitar a Pontormo al caer la noche. Pero, aunque, sabiendo como sabemos sus gustos en la materia, podamos descartar la hipótesis de una cita amorosa para placer de Pontormo, quizá debamos seguir reflexionando por este camino: la mujer no fue a encontrarse con el pintor, sino que fue a su casa porque sabía que él no estaría allí. Si tengo razón, ¿qué es lo que había ido a buscar? Si Naldini no nos ha mentido y esa mujer existe, supongamos que fue a buscar el cuadro. Entonces debo admitir que no podemos descartar a la Duquesa ni a su hija, las únicas con motivo, que sepamos, para hacerse con un cuadro que suponía una grave ofensa a su honor y para vengarse por ello de su autor. Es posible también que Naldini nos haya mentido, y en ese caso deben dirigirse hacia él nuestras sospechas. Pero existe asimismo una tercera hipótesis que hemos de tener en cuenta: Naldini no ha mentido y, en efecto, una mujer acudió de noche a la vivienda de Pontormo, pero no iba a por el cuadro. Y si iba para otra cosa, ¿cuál era? Aparte de cuadros, cartones y bocetos, no había nada más que robar. La mayoría eran borradores preparatorios de San Lorenzo. Obviamente hay un nexo entre el coro de San Lorenzo y el taller de Pontormo, y ese nexo tiene que ver con el fresco. Sin embargo, no veo adónde nos lleva todo esto. Os lo ruego, amigo mío, necesito que acudáis en mi ayuda para disipar la espesa niebla de este escabroso asunto: veámonos esta noche donde Daniello, beberemos allí una buena frasca de vino blanco y comeremos un cabrito, y si nos cruzamos con Varchi, nos dará su opinión, pero ni una palabra sobre la Duquesa o su hija, evidentemente.

55. Giorgio Vasari a Miguel Ángel Buonarroti

Florencia, 14 de febrero de 1557

Lástima que no estéis en Florencia, Maestro único y magnífico, para ver el fresco con vuestros propios ojos, pues mucha necesidad tendríamos aquí de la agudeza sin par de vuestra mirada. Estoy casi seguro, actualmente, de que el parche sobre el panel del Diluvio no es de Pontormo, porque hay una diferencia de color, aparecida al cabo de varias semanas de secado, que no tiene para mí más que una sola explicación: quien haya hecho esto ignoraba las fórmulas de Pontormo para mezclar sus colores y, al no poder calcular la alteración de estos al secarse, ha buscado los más aproximados. Pero si tengo razón, el falsificador ha realizado una imitación prodigiosa, que solo puede deberse a un pintor extraordinariamente hábil y dotado de un gran talento. (Lo cual descarta, por partida doble, al moledor de pigmentos, que conocía esas fórmulas, pero no el arte de la pintura.) Como no son precisamente los pintores talentosos los que escasean por aquí, deberíamos sospechar de cualquiera de ellos, con excepción de mi señor Salviati, que está en Francia desde hace un año decorando el castillo del cardenal de Lorena. Pero ¿sospechosos de qué? ¿De haber repintado un trozo de pared? Sigo sin encontrar el nexo entre esta pintura y la muerte de

Pontormo, y sin embargo es indudable que ambas deben de estar vinculadas necesariamente. ¿Sería posible que Pontormo hubiera sorprendido a alguien repintando su Diluvio? Si ya no podía soportar que nadie posara su mirada sobre su obra, menos toleraría que posara en ella el pincel. ¿Se enfureció? ¿Hubo una discusión? ¿Siguió luego una lucha en la que el intruso le da un martillazo y lo remata clavándole el cincel? Si la escena que imagino guarda alguna relación, aunque sea lejana, con la que realmente sucedió a los pies del altar de San Lorenzo, entonces debemos considerar el asesinato bajo el prisma de la rivalidad. Y si a esto añadimos la insólita facultad de falsificar el estilo de Pontormo, todo converge hacia la misma persona. No creo que el joven Naldini fuera capaz de imitar a su maestro con tal perfección de trazo, ya que está aún en su etapa de aprendizaje. A decir verdad, de todos los alumnos que han pasado por el taller de Pontormo, tan solo hay uno que pueda atribuirse la suficiente maestría como para obtener semejante resultado. Decidme, divino Maestro, qué pensáis de estas elucubraciones que me avergüenzan y me quitan el sueño, pero que he de tener muy en cuenta para poder descartarlas finalmente.

56. Agnolo Bronzino a Miguel Ángel Buonarroti

Florencia, 15 de febrero de 1557

Qué singular trabajo me ha asignado la insondable Providencia, convirtiendo una gran pena en un gran honor, al llevarse primero a Jacopo y encargándome después terminar su obra. Quiera Dios que sea digno de ello, pero si resultara que yo no estuviera a la altura de dicha tarea, no sería, sin duda, por falta de cariño ni de abnegación.

No seré yo quien enseñe al divino Miguel Ángel lo que es entregarse en cuerpo y alma a su arte. Sin embargo, quiero transmitiros un sentimiento que quizá hayáis olvidado, pues nunca, claro está, desde la época en que erais un joven aprendiz con Ghirlandaio, vuestro genio se ha puesto al servicio del de otro. No podéis imaginar el estado de exaltación y a la vez de angustia en el que me ponen los trabajos en San Lorenzo. Pesada es la carga de acabar los frescos de Jacopo que me incumbe. Pero, también, ¡qué alegría me procura seguir sus huellas! Día tras día, me dejo poseer por el espectáculo de esas paredes, su Diluvio, su Cristo, su Moisés, sus ahogados, su bestiario, vivo entre leones, jirafas y corderos, tiemblo ante la cólera de Dios, me embriago con Noé, muero con los muertos, resucito con los elegidos, subo al Arca y luego asciendo al Cielo con las almas, y a la vez que me agoto buscando constantemente el tono justo, mis manos sangran como las de Adán y Eva encorvados por el duro trabajo... ¿Estoy en el Cielo o en el Infierno? No sabría decirlo. Como Eurídice, que camina detrás de Orfeo, voy tras los pasos de Jacopo, lo sigo como su sombra y, sin embargo, estoy a merced de su genio. Cuando pinto en lo que él ha pintado, cuando pongo mi pincel sobre el muro, no noto a mi alrededor la presencia de esas personas tan molestas que vienen a comparar su trabajo con el mío. Estoy solo con Jacopo. Tengo que sentir como él, ver como él, pintar como él, pensar como él. Tengo que adoptar su lenguaje. Mi voz tiene que mezclarse con la suya. Tengo que fundirme con su alma. Desde luego, nadie lo conocía mejor que yo, recuerdo incluso cuando la gente confundía nuestras obras, de tanto como sus enseñanzas habían forjado en mí un estilo comparable al suyo. Pero ya sabéis, divino Maestro, que el estilo no es nada sin el espíritu, o, mejor dicho, que el estilo y el espíritu son una sola y misma cosa. Cuanto más trabajo sobre su obra, más creo penetrar su secreto, pero de sobra conocéis, Maestro sin igual cuyo genio es más de naturaleza divina que terrenal, cuán frágiles son las vías de la inspiración: en cualquier instante puede romperse el encanto. En cualquier instante, el fantasma de Jacopo puede aparecer, señalarme con el dedo acusador y, sin necesitar decir nada, expulsarme de allí por impertinente. Debo avanzar, sereno, resuelto, por el bosque oscuro de su alma, reconocer en él cada árbol, cada rama, cada terrón, la textura del musgo sobre una raíz, saber cuándo cantará un pajarillo, con qué vivacidad surge un zorro de su madriguera, qué champiñones recoger, cómo una jabalina amamanta a sus crías, cómo se desliza la savia por un tronco. Debo estar en su obra como en mi propia casa. Debo habitar en Jacopo.

Y al mismo tiempo, no puedo dejar de ser yo mismo. Soy como el intérprete que tradujera las frases de un extranjero: transmite lo que oye lo más fielmente posible, pero escogiendo sus propias palabras. En resumen, tengo que convertirme en Pontormo siendo totalmente Bronzino. No debo tan solo imitarlo. Debo llegar a ser él. Y, no obstante, no puedo dejar de ser yo, pero es que encima soy el único que lo puede saber, o digamos alguien que me conociera a mí y mi arte tan bien como yo conozco a Jacopo y el suyo.

Para las cuestiones técnicas, por suerte cuento con su moledor de pigmentos, que me enseña la preparación y las mezclas y me ayuda a conservar los mismos tonos que Jacopo hubiera decidido en vida, sobre los que desearía más que nada en el mundo que pudierais darme vuestra opinión. Estoy casi seguro de que el Duque, Vasari y todos los florentinos no sabrán distinguir lo que procede de mí y lo que procede de Jacopo, y eso me trae sin cuidado. Es ante vuestro juicio, como prueba suprema, donde yo querría exponer nuestra obra común, la de Jacopo y mía.

Maestro Miguel Ángel, gloria única de las artes y las letras, habéis adivinado mi sueño, que es el mismo de todos por aquí, el de veros volver a vuestra patria, y en lo que a mí concierne, además de la magnificencia que vuestro genio no dejaría de extender sobre nosotros, me haríais el honor de venir a visitarme a San Lorenzo. De aquí a que llegue ese bendito día, no sé si Vasari me habrá autorizado para entonces a corregir esa ligera alteración de colores en la cabeza de Noé, que por lo visto fue el último paño de pared que Jacopo pintó, razón por la cual Vasari me impide proseguir, aunque a fin de cuentas esa acidulación un tanto excesiva de los colores tampoco es algo grave, pues la finura del trazo y la belleza del acabado brillan igual ahí que en el resto.

57. Miguel Ángel Buonarroti a Giorgio Vasari

Roma, 16 de febrero de 1557

Mi señor Giorgio, mi querido amigo, a Dios pongo por testigo de que fue contra mi voluntad y con la mayor de las repugnancias que asumí, hace diez años, por orden del papa Pablo III, la construcción de San Pedro de Roma, y que, si hubiéramos seguido trabajando como lo hacíamos entonces, ese edificio habría llegado hoy a un punto que me permitiría ir a Florencia, como es mi deseo. Pero la falta de fondos lo ha frenado todo, precisamente en el momento en que hemos llegado a las partes más importantes y difíciles. Si abandonara ahora la partida, me cubriría de vergüenza, y, por el amor de Dios, sería, además, un pecado renunciar a la recompensa por todas las penalidades que he soportado durante estos diez años.

Pero volviendo al asunto que nos ocupa, es verdad que tendría que ver por mí mismo ese paño de pared retocado al que parece que dais tanta importancia en vuestra investigación. ¿Estáis bien seguro de que nadie más que Bronzino ha podido repintar ese Noé con su jirafa y su cordero? ¿Habéis visto los últimos trabajos de Naldini? Tal vez el muchacho haya progresado más de lo que podéis imaginar. ¿El propio Bronzino no tiene por asistente al joven Allori, del que tanto se alaban sus cualidades, y con razón, según he podido comprobar yo mismo durante su estancia en Roma? ¿Y vos mismo? ¿No podríais, vos también, haber llevado a cabo ese retoque? Ya veis que, en Florencia, a poco que os toméis la molestia, no os van a faltar sospechosos. Por otra parte, no es absolutamente necesario que el autor del falso parche sea el asesino, ni tampoco hay que excluir, pese a vuestras brillantes deducciones, que el propio Pontormo sea quien haya retocado su obra. Fundáis vuestras sospechas en el hecho de que eso contradice a la vez las reglas de la pintura al fresco y lo que sabéis del personaje, lo cual choca con vuestro gusto por la lógica, pues varias veces me habéis sugerido vos mismo que mi señor Pontormo era poco menos que un excéntrico, por no decir que estaba un poco loco, ¿no? No pretendo llevar la investigación en vez de vos, simplemente deseo invitaros a la prudencia. Sería prematuro, a mi modo de ver, acusar a Bronzino, pues carecéis de pruebas. Sin lugar a dudas, sacar provecho de un crimen no lo convierte a uno en su autor. El duque Cosme, que rige Florencia desde hace diez años como consecuencia de un asesinato en el que no tuvo nada que ver, es la prueba viviente de ello.

58. Miguel Ángel Buonarroti a Agnolo Bronzino

Roma, 17 de febrero de 1557

Mi señor Agnolo, a Dios pongo por testigo de que fue contra mi voluntad y con la mayor de las repugnancias que asumí, hace diez años, por orden del papa Pablo III, la construcción de San Pedro de Roma, y que, si hubiéramos seguido trabajando como lo hacíamos entonces, ese edificio habría llegado hoy a un punto que me permitiría ir a Florencia, como es mi deseo. Pero la falta de fondos lo ha frenado todo, precisamente en el momento en que hemos llegado a las partes más importantes y difíciles. Si abandonara ahora la partida, me cubriría de vergüenza, y, por el amor de Dios, sería, además, un pecado renunciar a la recompensa por todas las penalidades que he soportado durante estos diez años.

Y bien que lo lamento, podéis creerme, pues vuestra carta excita mi curiosidad, al aumentar más aún, si eso fuera posible, el deseo de ver ese fresco, de lo cual no desespero antes de ser llamado por Dios, cuando haya sido terminado gracias a vuestra dedicación, ya que os considero un excelente pintor que no tiene nada que envidiar a su añorado maestro. A propósito de esa divergencia de colores que tanto os solivianta, si pensáis que la parte distorsiona el conjunto, hay que ser decidido y volver a pintar encima. Pero si, por el contrario, estimáis que el matiz es ligero y apenas tan imperceptible que no altera la totalidad, entonces quizá sea mejor dejarlo como está.

En cuanto a vuestra suposición de que nunca me he encontrado en una situación similar, la de tener que continuar y terminar el trabajo de otro, me halagáis, querido Agnolo, pero pensáis demasiado como pintor. ¿Qué creéis que hago en Roma desde hace tantos años? Es innegable que Bramante fue, en arquitectura, tan audaz como el mejor de los Antiguos. Para empezar, trazó la planta de San Pedro, nada oscura, llena de luz y claridad, luminosa y exenta, de manera que no perjudicara a ninguna otra línea del palacio. Al igual que vos hacéis con la obra de Pontormo, frente a la Duquesa que quiere su destrucción, yo defiendo el legado de Bramante, al que deseo salvaguardar, contra el estúpido Sangallo (Dios se apiade de su alma) y todos los enemigos del arte que pululan ahora por doquier, en Roma y en el resto de Italia.

59. Marco Moro a Giambattista Naldini

Florencia, 17 de febrero de 1557

¿Acaso crees, Battista, que tu condición es más parecida a la mía o a la de tu maestro? ¿Has ocupado su lugar, ahora que ha muerto? La realidad es que con quien me cruzo cada día en San Lorenzo es con Bronzino y no contigo. Bronzino es a quien el Duque viene a visitar y quien es recibido en la Signoria. Bronzino es quien viste los hermosos ropajes palaciegos, mientras que tú llevas harapos llenos de grasa. Bronzino es quien se codea con los grandes y hace sus retratos y habla de igual a igual con los Varchi, Vasari, Borghini. Pero ¿quién repara en ti? ¿Crees que te van a dejar vivir en la casa de tu amo por mucho más tiempo? Bronzino será quien la herede y te echará de allí, o quizá un primo lejano salido de ninguna parte, ya lo verás.

Pontormo no te trataba como a su alumno,

sino como a su criado. Yo le mezclaba los colores, tú le hacías los recados, él nunca estaba satisfecho de nada y se pasaba el tiempo gritándote tanto como a mí, pero yo por lo menos lo dejaba al acabar mi jornada de trabajo, mientras que tú volvías a dormir a su casa. Vosotros los aprendices os dais mucha importancia por vuestra habilidad para dibujar. Sin embargo, me parece que tus aptitudes para el dibujo no te han sido de gran ayuda hasta el presente. Para ir al mercado a comprar lo que sea para la cena no hace falta saber de pintura ni de escultura ni de dibujo ni de música.

¿Has olvidado, Battista, que siempre estabas echando pestes contra tu maestro? ¿Estabas satisfecho de tu condición entonces? ¿Acaso lo estás más ahora que ha desaparecido? Me dirás que Bronzino ocupó antaño tu lugar y que quizá tu ocasión esté por llegar. Pero, amigo, escúchame bien lo que te voy a decir: no todo el mundo puede ser Miguel Ángel. Me he informado sobre ese tal Sandro Allori: es el hijo de un próspero herrero que ha hecho fortuna en el comercio de espadas. Es también, por vía materna, el nieto de un acaudalado burgués de Pisa. Bronzino es un viejo amigo de su padre, que lo invitaba todos los días a comer. Por eso comprendo ahora mejor que se niegue a ayudarnos. Pero tú, ¿quién eres tú? El vulgar hijo de un marinero, educado en los Inocentes, comprado más que adoptado por un viejo pintor atrabiliario que te trataba como a su esclavo.

Ellos son el *popolo grasso* que ha pactado con la nobleza después de haber soñado en vano con sustituirla, como antaño los Médicis ocuparon el lugar de los Albizzi y los Strozzi. Tú, en cambio, eres el *popolo minuto*, y si no te andas con cuidado, acabarás volviendo a la plebe de la que habías creído librarte.

¡No esperes ni un momento, Battista! ¡Reunámonos! Si el pueblo de los pequeños artesanos, comerciantes, aprendices, uniera sus fuerzas a las de los obreros, los criados, los dependientes, entonces todos sacarían de ello su mayor provecho, pues podríamos tener el peso suficiente para exigir la creación de nuevas corporaciones, no verticales sino transversales, con las que podríamos reivindicar nuevos derechos. Las artes mayores y menores siempre han estado repartidas en dominios de especialidad, alineadas como columnas antiguas: el paño, la banca, la lana, la seda... Sus representantes son siempre ricos comerciantes, al margen de lo que vendan, y nunca aquellos que trabajan para ellos. ¿No tiene un cardador de lana más intereses en común con un tejedor de seda que con el comerciante que lo emplea? ¿Un mensajero con un dependiente más que con un cambista? ¿Y tú, Battista? ¿Cuál es, según tú, el medio más seguro para mejorar tu suerte? ¿Esperar a que los poderosos se dignen considerar tu trabajo y te honren con un encargo? ¿Por qué habrían de hacerlo, si tienen a su disposición a los Bronzino, los Vasari, los Salviati, los Bandinelli? Es como comprarte un billete de lotería, pues no creo que todos ellos tengan la amabilidad de dejarse asesinar. Y aunque por un casual Bronzino pasara a mejor vida, ¿en quién pensarían para sustituirlo? ¿En ti o en Allori? Ya ves, por tanto, lo azaroso que es ese camino. Yo te propongo otro distinto, que tampoco carece de obstáculos, pero que te sacará de tu aislamiento al proporcionarte hermanos que nunca has tenido, eso que un Allori, puedes apostar por ello, jamás será para ti. En realidad, no te pido nada demasiado extraordinario: basta con que la próxima vez que lo veas, te las arregles para saber qué noche invitan a cenar a Bronzino y luego házmelo saber enseguida.

60. Malatesta de Malatesti a María de Médicis

Florencia, 17 de febrero de 1557

¡Ánimo, señora!, pues el objeto de vuestro disgusto ha desaparecido como por encanto, al cual el orgullo de haber contribuido le disputa en mí la dicha de saberos libre del tormento que os quitaba el sueño. Quiero que vuestros sueños no estén hechos de angustia, sino de amor, como corresponde a la princesa que sois, y para ello me propongo respetuosamente suministraros el medio, ya que, por lo que vuestra bondad me ha dado a entender, mi persona no os ha dejado indiferente, presumo, por una audacia que sigue dejándome estupefacto, de velar por la dulzura de vuestros sueños.

Sin embargo, si el peligro que amenazaba vuestra reputación ha sido descartado, el que va a comprometer toda vuestra vida sigue agazapado detrás de la puerta, presto a penetrar en vuestra habitación y deslizarse hasta vuestro lecho. Decidme, os lo ruego, si habéis cambiado de opinión. ¿Podéis en adelante figuraros sin temor como esposa del duque de Ferrara? ¿La diosa que me ha dado sus labios está dispuesta a darle todo lo demás a otro? Una palabra vuestra y yo, desgraciado de mí, desapareceré y abandonaré el servicio de vuestro padre y jamás volveréis a oír hablar de mí.

Pero si vuestras inclinaciones siguen intactas, como yo creo, pues no dudo que la constancia se añada a vuestras cualidades, entonces regocijaos: en breve seréis libre. Francia nos espera. Pensad en llevar solo lo necesario. ¿Tenéis una sirvienta o una dama de confianza que esté dispuesta a seguiros? Yo me encargo de hallar el coche y los caballos. Vos no tenéis más que fijar el día de partida. Os suplico que no os demoréis, pues no olvidéis que estáis prometida y que cada día que pasa os acerca más a esa boda terrorífica.

61. Piero Strozzi, mariscal de Francia, a Benvenuto Cellini

Roma, 17 de febrero de 1557

A ver, amigo mío, ¿qué te ocurre? ¿Toda Florencia es un hervidero sobre tus hazañas y tú guardas silencio? No nos tenías acostumbrados a tanta modestia cuando estabas en la corte del rey Francisco. La reina arde en deseos de saber cómo diablos lo has hecho, porque Su Majestad, ahora puedo confesártelo, no confiaba plenamente en ti, al menos en lo que concierne al éxito de esta empresa. Hazme saber en concreto cómo piensas sacar de la ciudad el objeto y si necesitas algún tipo de ayuda, veré qué recursos puedo poner a tu disposición. Por amor a mi familia o a la República, todavía, gracias a Dios, hay hombres en Florencia que estarían dispuestos a ayudarte. Dime, pues, querido amigo, qué necesitas y, mientras tanto, recibe las cálidas felicitaciones de la reina, así como las mías. Es magistral el golpe que has logrado. Son pocos los hombres que saben estar a la altura de su reputación. Tan solo te queda completar tu obra volviendo a Roma, donde serás recibido como te mereces. No falta aquí trabajo para un artista de tu categoría, y aunque el papa no sea el mayor amigo de las artes, nosotros, los Strozzi, lo somos, y con nosotros los demás republicanos exiliados, y si no bastara con esto, te presentaré también a las grandes familias romanas, los Orsini y los Colonna (creo que ya conoces a los Farnesio). Tan pronto estés aquí, organizaré un gran banquete en tu honor y, si es de tu agrado, invitaré a Miguel Ángel, que me profesa una gran amistad desde hace veintidós años, cuando lo recogí y cuidé tras el sitio de Florencia. Pero si prefieres ir a Francia, donde no tardaré en regresar una vez que el duque de Guisa, que quiere marchar sobre Nápoles con sus tropas, haya renunciado a ese insensato proyecto, el recibimiento no será menos agradable, y la reina Catalina velará personalmente por que no te falten encargos. Corre, pues, Benvenuto, porque en Francia o en Roma serás por igual bienvenido.

62. María de Médicis a Malatesta de Malatesti

Florencia, 18 de febrero de 1557

¡Cuánta prisa tenéis, mi amigo querido, por arrancarme del afecto de mis padres! ¡Os confieso que vuestra carta me ha alarmado mucho! ¿Creéis acaso que yo podría, de un día para otro, huir por esos caminos como una bohemia? Para empezar, ¿quién os dice que mi reputación está a salvo? De sobra sé que el maldito cuadro no está en el gabinete de mi padre, pero ¿cómo garantizarme su destrucción? ¿Lo habéis quemado? ¿Me traeréis sus cenizas? Hasta donde yo sé, por el decir de los gritos de mi madre, que resuenan en todo el palacio, y del humor de mi padre, que no se desenoja, la horrible cosa sigue inencontrable, pero nada me demuestra que no vaya a reaparecer. Pensad que, cuando el cuadro estaba en casa de mi padre, este al menos podía sustraerlo a las miradas ajenas, mientras que ahora, si cayera en malas manos, quién sabe el uso que podría darle, y entonces, ¿qué sería de la pobre María?

63. Malatesta de Malatesti a María de Médicis

Florencia, 19 de febrero de 1557

Me arrojo a vuestros pies, señora mía, para implorar vuestro perdón. Me reprocháis con razón una precipitación sin precedente. ¿Qué bruto, en efecto, mandaría a una muchacha que abandonase su casa, su familia, su patria, para ir a la aventura, con un hatillo al hombro, y ya no regresar? ¡Es como deciros que saltéis por la ventana en mitad de una noche de tormenta!

Dignaos, sin embargo, considerar esto: pase lo que pase, no viviréis más en el Palacio Viejo de aquí a fin de año. Sé que os cuesta dejar la bella Florencia, pero ya que debéis hacerlo, ¡que sea para ir a París y no a Ferrara! Encontraréis allí no a un duque D'Este que os es extraño, sino a una tía reina de Francia que os ha demostrado su amor al ordenar desde la distancia una operación tan delicada. Y sobre todo, me tendréis a vuestro lado para cuidar de vos y amaros tiernamente hasta la muerte.

En cuanto al cuadro, no temáis: está en manos de uno de los nuestros, del que respondo con mi vida.

64. Benvenuto Cellini a Piero Strozzi (con copia a Catalina de Médicis, reina de Francia)

Florencia, 19 de febrero de 1557

La tarea sobrehumana que me habíais confiado, señor mariscal, va por el buen camino de cumplirse, aunque aún no ha llegado a su término. Dejadme que os cuente las circunstancias extraordinarias, relativamente en nuestro caso, que han conducido a la actual situación, y os explique por qué todavía no he puesto a vuestros pies el objeto que me habéis pedido.

El coraje y la astucia fueron la espada y el escudo de Perseo para matar a Medusa, y yo, que he sobrevivido a la peste, al saqueo de Roma, al sitio de Florencia, a las mazmorras del Vaticano, los he aplicado siempre en todas las empresas que he acometido.

Así pues, mientras merodeaba por el gabinete

con la pretensión de trabajar en un pequeño jarrón dorado, todo él cincelado en bajorrelieve con figuras y otros bellos ornamentos, un jovencillo mequetrefe me abordó con una pinta que olía a conspirador a cien leguas. Lo habría echado a patadas si no hubiera tenido de pronto la certeza, al oírle el galimatías con que balbucía en voz baja, de que vos me habíais enviado a ese mocoso para indicarme el emplazamiento del cuadro, lo cual hizo al señalarme el armario donde estaba guardado. Lo más duro estaba hecho, ya solo me faltaba llevarme el cuadro bajo el brazo, delante de las narices de toda la corte, guardias, Duquesa y Duque incluidos. Para mi desgracia, en efecto, el Duque pasa mucho tiempo en su gabinete, sobre todo porque le encanta verme trabajar durante horas. Afortunadamente, unos asuntos lo requirieron lejos de Florencia, así que por lo menos ese obstáculo quedaba por el momento superado, aunque eso me exigía actuar antes de que volviera.

El problema era que, con Duque o sin Duque, siempre había por allí una multitud de inoportunos, empezando por el viejo Bacchiacca, dedicado a la construcción del lecho del Duque como si se tratase de una galeaza veneciana, más unos jóvenes orfebres que no dejaban de hacerme preguntas porque estaban deseosos de sonsacarme los secretos de mi arte, y luego Varchi, siempre paseando a un embajador turco, a un cardenal romano, a un tapicero alemán o a un emisario imperial, y hay que añadir a esas cucarachas de Bandinelli y Ammannati, sin olvidar al orinal de Vasari. Pero cuando Vasari, también él, hubo de abandonar Florencia por una razón que ignoro, supe que Dios me ofrecía la ocasión esperada.

Fuera seguían las fiestas del Carnaval. Al caer la noche, cuando sonaron las primeras salvas de los fuegos artificiales, los jóvenes orfebres, guiados por el deseo de disfrutar del espectáculo, corrieron a las ventanas del palacio. Atraídos por sus gritos entusiastas, los demás no tardaron en salir de la habitación para unírseles, con excepción de Bacchiacca. Como el mayordomo del gabinete estaba ocupado en sus asuntos, me quedé solo con el viejo. Si el gran César anduvo tan rápido en la idea como en la ejecución, yo también. Corro hasta el armario, saco el cuadro del hueco donde está, voy hasta la cama del Duque y lo deslizo bajo el jergón, de modo que nadie pueda verlo a no ser que repte por debajo. Como oigo que aumentan los fuegos artificiales y los gritos de admiración de mis colegas, fijo el cuadro con unas planchas que clavo para hacerle una especie de caja bajo la cama, así queda completamente invisible. Todo esto apenas me lleva unos momentos, bajo la mirada de pasmo del pobre Bacchiacca. Antes de que vuelvan los demás, le digo que se calle o lo mato, y como me conoce, porque es un viejo amigo, me obedecerá. Al principio, nadie reparó en que el cuadro ya no estaba en su sitio habitual, pero para no despertar sospechas, seguí yendo al palacio todos los días hasta que descubrió su desaparición ese imbécil de Borghini.

Ahora, buscan el cuadro por toda la ciudad, cuando en realidad no ha salido del palacio. Estoy más que contento por tan magistral golpe, pero como veis, señor Strozzi, la reina de Francia habrá de tener un poco más de paciencia para obtener su Pontormo.

65. *Malatesta de Malatesti a María de Médicis*

Florencia, 20 de febrero de 1557

Me ha venido a la memoria una historia de hace mucho tiempo que voy a contaros, señora, para vuestro mayor provecho y el mío, tal vez: había una vez un joven que huía de una guerra civil en Inglaterra donde había sido cambista y regresaba a Florencia para encontrarse con sus tíos. Sin embargo, al pasar por Brujas, halló a una joven inglesa que huía como él de su tierra natal por razones que mantenía en secreto, así como su identidad, ya que iba disfrazada de cura. Los dos jóvenes se hicieron amigos y decidieron recorrer juntos el camino hasta Italia; al detenerse en una posada que estaba llena, tuvieron que compartir el único lecho que el posadero tenía libre. Cuando el joven descubrió quién era el cura, ya tenía en su cama a una mujer de pezones regordetes, firmes y delicados, que le hablaba del amor que la había embargado mientras iban codo con codo por los caminos, y él se vio presa de un vivo placer y, sin saber nada de ella, aceptó tomarla por esposa. Sentados en la cama, ante un cuadro con la efigie de Nuestro Señor, él le puso un anillo en la mano y ella se hizo esposar por él. Luego, en brazos el uno de la otra, para mayor refocile de ambos, estuvieron retozando toda la noche.

La doncella no era sino la hija del rey de Inglaterra, cuyo padre quería casarla con el anciano rey de Escocia, y esa era la razón por la que había huido disfrazada de hombre, llevándose consigo una parte del tesoro de la Corona, para ir a Roma a echarse a los pies del papa. Cuando ella se presentó, efectivamente, ante el sumo pontífice, le pidió que celebrase ante todo el mundo el matrimonio contraído con el joven florentino en la sola presencia de Dios. Su Santidad, comprendiendo que no podían volver atrás, dio satisfacción a su ruego y, después de haber celebrado solemnemente los esponsales, los despidió con su bendición. Fue del agrado del joven cambista y de la princesa ir a Florencia, luego viajaron a París, donde fueron recibidos con todos los honores por el rey de Francia. Desde allí, dos caballeros que escoltaban a la dama regresaron a Inglaterra, donde se emplearon tan a fondo ante al rey para que perdonara a su hija que esta recuperó su gracia y él la recibió con gran alborozo, así como a su yerno. Un poco más adelante, lo nombró caballero honorable y le dio el condado de Cornualles. Este demostró su valía al reconciliar al padre con la hija y poner fin a la guerra, lo que supuso un gran bien para la isla y le valió el favor y el amor de todos sus habitantes.

Espero, señora, que esta historia, realmente verídica, haya sido de vuestro agrado como lo es del mío y que os sea fuente de inspiración para vuestra conducta en adelante y vuestras próximas decisiones.

66. *María de Médicis a Catalina de Médicis, reina de Francia*

22 de febrero de 1557

Tía, perdonadme por dirigirme a vos de nuevo, necesito hablar con alguien en quien pueda o me atreva a confiar. ¡Vos sois tan buena conmigo y yo necesito tanto vuestros consejos! El caballero Malatesta me presiona para que deje Florencia con él, como una ladrona. Insiste en decir que el cuadro está en lugar seguro. ¿Qué hacer? Soy la hija del Duque y no una ladrona. ¿Cómo? ¿Lanzarme a los caminos, huir, vagabundear? ¿Traicionar a mi padre? ¿Matar a mi madre de pena? Estoy segura de que ella no sobreviviría a la pérdida de uno solo de sus hijos. En realidad, me da igual ese cuadro. Que pase lo que tenga que pasar. Soy una Médicis. Pertenezco a mi familia, a mi clan, a Florencia y a Dios.

Pero he de confesaros algo. Como paje de mi padre, Malatesta puede moverse a sus anchas por el palacio, tanto que hasta se introdujo una noche en mi cuarto para contarme los preparativos de nuestra huida secreta. Quería que nos fuéramos esa misma noche y, para convencerme, me cogía por la cintura y me susurraba al oído para no despertar a mi dama de compañía, que estaba en la habitación de al lado. El caballero era tan insistente y sus manos me estrechaban tan fuerte... Os juro que traté de resistirme, pero mi cuerpo se negaba a obedecerme y —mi cuerpo, no yo, que jadeaba «¡no! ¡no!»— cedió a sus caricias. No podía llamar a nadie, pues entonces los criados lo habrían descubierto en mi habitación y mi padre lo habría mandado ahorcar, estoy segura. Carecía de puñal para hacer como Lucrecia y estaba fuera de mí, devorada por un fuego ardiente. Creí que iba a desmayarme. Por fortuna, nadie oyó nada, pues yo temía horriblemente que nos sorprendieran, y el caballero salió de mis aposentos a mitad de la noche sin ser visto, jurándome promesas eternas. Dijo que estábamos casados a los ojos de Dios y aseguraba que, prueba de ello, en algún momento, yo no sabría decir ni cuál ni cómo, yo había dicho «sí». Pero no creo que mi padre compartiera su punto de vista. A Dios gracias, no está ahora en Florencia, porque no podría sostener su mirada.

Permanecí el resto de la noche en tal estado de estupor y de agitación mezclados que no pude pegar ojo, y no he dejado de llorar desde esta mañana, por lo que mi madre, ignorando la razón, está inquieta y me cree enferma. ¡Ay, qué desgraciada soy! De verdad, esta noche ha habido un momento en que creí morir, cuando no sabía lo que hacía, y más hubiera valido que así fuera. ¡Por amor de Dios, decidme cómo debo proceder! ¿O estoy ya perdida? Por otra parte, ¿por qué simplemente no ha destruido el cuadro, si lo tiene en su poder? ¡Me voy a volver loca! Solo vos podéis ayudarme, pero estáis tan lejos. Confío esta carta a mi fiel doncella, que sabe qué hacer para que llegue a la corte de Francia sin despertar sospechas sobre mí.

67. Catalina de Médicis, reina de Francia, a María de Médicis

Fontainebleau, 25 de febrero de 1557

Mi querida niña, no os atormentéis más de lo necesario y dejadme que os repita algunas verdades que la vida me ha enseñado. Lo más importante de vuestro relato es que habéis sabido reprimir el grito. Eso es muy bueno, porque, para nosotras las mujeres, es el escándalo de la gente lo que hace la ofensa y, diga lo que diga vuestro confesor si cometéis la tontería de contarle vuestra aventura nocturna, pecar en silencio no es pecar. Recuerdo ahora lo que me dijo una matrona cuando yo apenas tenía vuestra edad. El honor descansa tan solo en la estima de la gente y esta es la razón por la que una mujer debe emplear todo su talento en impedir que se propalen historias sobre ella: el honor, en realidad, no consiste en hacer o dejar de hacer, sino en dar de sí una idea favorable o no. Pecad si no podéis resistirlo, pero que la buena reputación siga intacta. Para eso, en vista de vuestra situación, lo más seguro es que, a partir de ahora, os caséis en secreto con vuestro paje. Quiero decir con ello que no solo intercambiéis juramentos delante de Dios en la soledad de vuestro cuarto, sino que los reiteréis delante de un sacerdote, así corregiréis lo que no habrá sido más que un desliz que enterraréis en vuestro corazón y del que solamente conservaréis el recuerdo. De este modo, cuando estéis a bien con Dios, nada se opondrá a que aparezcáis ante vuestros padres del brazo de vuestro esposo. Se disgustarán un poco al principio, pero, ante la conmovedora situación de su hija prometida a un honrado caballero que cumple con todos sus deberes, convendrán que, una vez más y a pesar de todo, la voluntad de Dios se ha cumplido.

68. Catalina de Médicis, reina de Francia, a Piero Strozzi, mariscal de Francia

Fontainebleau, 25 de febrero de 1557

Conque todo un éxito, ¿no, primo? ¿De qué nos sirve que el cuadro esté en un sitio u otro, si no ha salido del castillo y vuestro hombre no está en mejores condiciones que antes para sacarlo y traérnoslo?

La joven María, que tiene más sentido común que vos, lo ha entendido muy bien: no se moverá sin tener una prueba de que el objeto está en nuestras manos o ha sido destruido. Por otra parte, esto no tiene demasiada importancia, e incluso casi es mejor así. Si apareciera por la corte de Enrique, y encima para casarse con su amante, el gesto de Francia recibiéndola con los brazos abiertos sería visto inevitablemente como lo que es: no solo un acto desestabilizador, sino una verdadera declaración de guerra contra el Duque, que sin duda vería mi mano detrás de esa empresa. Aunque nuestras relaciones son glaciales, prefiero evitar, en la medida de lo posible, cualquier complicación diplomática superflua. No sirve de nada añadir una crisis a las amenazas y desórdenes que turban hoy en día a la Cristiandad. O mejor dicho: una crisis más en Florencia, y van tres, pero sin que Francia esté oficialmente implicada. En política, como en cualquier otra cosa, la primera regla es no dejarse atrapar nunca. Y la segunda, golpear rápido y por sorpresa. Si finalmente esta pobre niña no se decidiera a fugarse con su paje, lo mejor sería enviarla a Venecia, a Navarra o a cualquier provincia remota.

69. Piero Strozzi, mariscal de Francia, a Catalina de Médicis, reina de Francia

Roma, 1 de marzo de 1557

Hay que ver qué severa sois, prima mía, con un hombre a quien considero que no carece en absoluto de recursos, como puede confirmarlo su último golpe, que no deja de suscitar en mí cierta envidia, tan bien pensado como ejecutado, y del que no os oculto que me habría gustado ser el autor. Queríais audacia y él os ofrece algo más elevado y más escaso: la imaginación. Ahora que creen que el cuadro ha sido robado, será mucho más fácil robarlo realmente. Mientras los hombres del Bargello ponen patas arriba la ciudad, nadie piensa en vigilar el gabinete. Buscan por todas partes, salvo allí donde está. ¿No es genial? Es cierto que aún no estamos más que a la mitad del camino, pero quiero creer que lo peor ya ha pasado, todas las miradas están puestas ahora en el exterior y lógicamente la vigilancia de los guardias que controlan quién sale del Palacio Viejo se verá reducida.

Paciencia, prima, vuestro plan se desarrolla a las mil maravillas. En cuanto a una eventual fuga de la joven María con su paje, no puedo por menos que animaros a incitarla: nada me divertiría más que la realización de un proyecto destinado a humillar a la vez al duque de Florencia y al de D'Este, de quien todo el mundo coincide en decir que es un grandísimo cabronazo.

70. Octavilla de Marco Moro a los obreros del Arte dei Medici e Speziali

Florencia, 1 de marzo de 1557

Un espectro se cierne sobre Italia: ¡el espectro de los Ciompi! Todos los príncipes y notables, que se desgarran entre ellos desde hace tantos años asolando nuestras ciudades y nuestros campos, de Nápoles a Venecia, del papa al emperador, se reconciliarían en una hora y harían causa común para impedir que ese espectro resurgiera; la alianza del pueblo llano y la plebe.

Durante la creación de las corporaciones, numerosas actividades que ejercen el pueblo llano y la plebe se encontraron sin una corporación propia que los aglutinase. Se sometieron entonces a diferentes artes, a aquellas que tenían más que ver con su profesión. Como resultado de ello, cuando el trabajo no estaba lo suficientemente retribuido o eran explotados por sus amos, el único recurso que les quedaba era el jefe del arte al que estaban vinculados y del que nunca obtenían justicia.

Eran los tiempos en que güelfos y gibelinos se entregaban a una guerra continua cuya causa nadie recordaba. Cuando los güelfos triunfaron finalmente y echaron de Florencia hasta al último gibelino, los vencedores se dividieron en otras dos nuevas facciones, Blancos y Negros, para poder seguir guerreando sin motivo. ¿Quién ganó, los güelfos blancos o los güelfos negros? Nada podría interesarnos menos. El cordero solo tiene que conocer el color del pelaje del lobo que va a devorarlo. En el triste mundo en que vivimos, nueve de cada diez viven como corderos, con la cabeza gacha, llenos de locura y malos pensamientos, mientras que unos cuantos se ganan el Cielo aprovechándose del trabajo de los demás. Si os fijáis en la conducta humana, veréis que los más ricos y poderosos solo triunfan gracias al fraude y a la fuerza; veréis que enseguida ocultan la vileza de su conquista bajo la palabra *ganancia*, legitimando lo que han usurpado mediante el engaño o la violencia. Aquellos que, por carecer de prudencia o por un exceso de simpleza, se oponen a esos métodos se hunden en el sometimiento y la indigencia. Los servidores fieles siguen siendo servidores y la buena gente acaba en la miseria.

Oigo a algunos que claman por la República. Pero ¿para qué hacer una república si el poder está en manos de unos pocos, en detrimento de la gran mayoría? ¿Queréis representar otra vez la comedia de la Signoria, con sus priores y sus habas sacadas a suerte de las bolsas de donde extraían siempre los mismos nombres? ¿Creéis que los Strozzi, si vuelven, os defenderían? Nos da igual ser gobernados por uno solo o por varios. Lo que queremos no es la República, sino la justicia, que es el otro nombre que tiene la República para todos.

Los hay todavía, entre los más resignados, que aspiran al reino de Dios, poniendo su esperanza en la vida celestial para consolarse de su miseria terrenal. Pero lo que nosotros queremos no es el paraíso después de la muerte. Queremos el reino de Dios en la tierra, aquí y ahora, en Florencia, en el año de gracia de 1557.

Cuando los Ciompi tomaron al asalto la Signoria, lo que exigieron y obtuvieron fue esto: crear tres nuevas artes, el arte de los cardadores y tintoreros, el de los barberos, los juboneros, sastres y demás artes manuales por el estilo, y el del pueblo llano; tener siempre dos priores provenientes de estas tres nuevas artes; asignar a las nuevas artes unos lugares donde se puedan reunir; prohibir que, en los dos próximos años, sus miembros tengan que pagar deudas inferiores a cincuenta ducados; exigir que las Arcas públicas dejen de cobrar intereses y solo se reembolsen los capitales. Pero como los Ciompi se movían en medio de un gran desorden y fueron traicionados por sus jefes, pronto la fortuna les quitó lo que habían ganado por la fuerza de su audacia.

Ciento setenta años más tarde, no pedimos otra cosa que lo mismo que había pedido el pueblo entonces, pero para obtenerlo y conservarlo, actuaremos con prudencia y sin impetuosidad, con paciencia y sin tumultos, y cuando seamos suficientemente poderosos y estemos organizados, obtendremos lo que habían obtenido los Ciompi, aunque, a diferencia de nuestros hermanos de entonces, nosotros no dejaremos que nadie nos lo quite.

71. Sor Catalina de Ricci a sor Plautilla Nelli

Prato, 1 de marzo de 1557

Decididamente, hermana, al diablo no le faltan máquinas de guerra contra nuestra Santa Madre Iglesia, siempre perseguida.

He recibido tu cuadro. Por fortuna, nadie más lo ha visto. ¿Cómo podría habérselo enseñado a alguien? Creo, mi querida Plautilla, que la visión de las pinturas obscenas de Pontormo te ha hecho perder la razón. ¿Cómo puedes pensar hacer un homenaje a Nuestro Señor Jesucristo imitando el estilo de ese maldito sodomita? ¿He de recordarte que en estos momentos arde en el Infierno por la gracia de Dios? No, claro que no.

¡Toda esta carne! Parece que el cuerpo —¡y que Dios me perdone!— está descompuesto al mismo tiempo que posee sensualidad, excitando los instintos innobles en aquellos que lo rodean y que deberían llorar ante semejante espectáculo en vez de mostrar ese aire extasiado. «El espíritu es el que da vida, pero la carne no da ningún provecho.» ¿Has olvidado estas palabras de Juan? La pintura, que tan solo era una simple criada, ha sabido seducir como una prostituta a un gran número de hijos de la Iglesia y ha acabado por arrastrar a esa misma Iglesia a su propio deseo carnal. De hecho, las mujeres mezclan a veces veneno con la harina y sin ninguna precaución la guardan en algún lugar para matar alimañas. Pero sus hijos la encuentran y la comen sin saber que está mezclada con veneno y mueren por la harina.

La finalidad del pintor es trasladar a los seres humanos alguna idea virtuosa mediante una representación decente, del mismo modo que un alimento produce horror si se lo presenta bajo el aspecto de algo abominable, o bien, por el contrario, causa apetito si es presentado bajo el aspecto de algo hermoso y admirable. ¿Por qué, mi querida hermana, has querido cambiar tu antiguo estilo, tan puro, verdadero e inocente? Te conjuro, por el amor de Dios, a que rectifiques mientras el Maligno no se ha introducido en ti del todo todavía. Vuelve a tu ser, Plautilla. Aguardo tu próxima visita. Empezaremos entonces un nuevo retrato. Nada ha cambiado, ¿verdad? Todo volverá a la normalidad.

72. Giorgio Vasari a Vincenzo Borghini

Florencia, 2 de marzo de 1557

Vincenzo, amigo mío, dejad todo lo que estéis haciendo en el convento de Santa Catalina. Una carta del mayor interés ha sido interceptada por nuestros agentes, que vigilaban a un mensajero proveniente de Prato. Salgo hacia la Signoria con una patrulla de seis hombres y os encontraré allí. Os esperaremos delante de San Marcos.

73. Sor Petronilla Nelli a sor Catalina de Ricci

Florencia, 2 de marzo de 1557

Hermana, excusad a mi mano el temblor que le impide formar bien estas frases que garabateo apresuradamente. Ha sucedido esta mañana algo inaudito. La priora de nuestro convento, a quien me unen lazos consanguíneos, pues es también mi hermana pequeña, ha sido arrestada por la policía del Duque. Ocho hombres han venido a prenderla. Apenas si le han dejado ponerse algo de abrigo. Mientras registraban su celda, a la que acudí corriendo, alertada por la inhabitual agitación, ella pudo murmurarme al oído que era preciso avisaros, lo cual estoy haciendo ahora, con la esperanza de que pudierais sacarme de la confusión en la que me ha sumido este inverosímil suceso. ¿De qué se trata? ¿Qué quieren de ella? ¿Qué le va a pasar? Nadie ha querido responder a mis preguntas. Decidme algo, por el amor de Dios, porque no entiendo nada, salvo una cosa: que estaban buscando un cuadro.

74. Vincenzo Borghini a Giorgio Vasari

Prato, 3 de marzo de 1557

Mi señor Giorgio, esto quizá pueda interesaros. Hemos llegado al convento de San Vincenzo poco antes de la hora de cenar y hemos mandado llamar a sor Catalina de Ricci, a quien hemos mostrado su propia carta sin que se inquietara demasiado, pero no ha podido darnos ninguna explicación satisfactoria acerca de lo que ella entendía por «pinturas obscenas de Pontormo». En cambio, hemos encontrado en su habitación unas obras del monje dominico Jerónimo Savonarola, y en el hogar de la chimenea unos restos calcinados de lo que podría haber sido un cuadro cuyo formato corresponde muy bien al del que estamos buscando, aunque el estado del cuadro, prácticamente reducido a cenizas, no permite afirmarlo con certeza. Hemos cogido también su correspondencia.

Confío en regresar a Florencia por la noche, con sor Catalina, a quien voy a llevar a la Signoria para que vos mismo podáis interrogarla mañana, a primera hora.

75. Giorgio Vasari al duque de Florencia, Cosme I

Florencia, 4 de marzo de 1557

Para informar sin más dilación a Su Excelencia Ilustrísima sobre los nuevos elementos concernientes a la muerte de Pontormo y a la desaparición del cuadro asociado a ella, se adjunta el memorándum redactado por vuestro devoto servidor a partir de las declaraciones de dos monjas dominicas, sor Plautilla Nelli, priora del convento de Santa Catalina de Siena de la plaza de San Marcos, nacida Pulisena Margherita, hija de Piero di Luca, comerciante, y sor Catalina de Ricci, priora del convento de San Vincenzo en Prato, nacida Alessandra Lucrezia Romala, hija de Pier Francesco, banquero, ambas interrogadas por separado en la Signoria al despuntar el día de la víspera, domingo 3 de marzo, sin interrupciones hasta la hora nona de hoy.

Así pues, a estas dos monjas pertenecientes a la Orden de Santo Domingo, influenciadas, como les sucede a menudo a todos los dominicos, por el recuerdo y los escritos incendiarios del hermano predicador Jerónimo Savonarola, se les había metido en la cabeza perseguir y acosar la impiedad que reina (según ellas) en la sociedad de los artistas florentinos al servicio de Vuestra Excelencia, y más concretamente en la de los pintores, a quienes ellas califican (cada una por separado, con ligeras variaciones en la formulación) de «sodomitas degenerados de costumbres bestiales cuya alma debe arder en el Infierno».

Habiéndoles llegado rumores acerca de los frescos de San Lorenzo, deseaban verificar por sí mismas todo el mal que habían oído al respecto, dispuestas sin duda a denunciar la obscenidad a bombo y platillo, para lo cual decidieron que al menos una de ellas tenía que ir a verlos con el fin de determinar formalmente su carácter blasfematorio, encargo que recayó en sor Plautilla, ya que vivía en Florencia, muy cerca de la capilla, y no en la otra, que vivía en Prato.

Se ha podido establecer ahora que la tal sor Plautilla penetró nocturnamente, y varias veces, en la capilla de San Lorenzo, con la complacencia del sacristán, que la dejaba entrar dado su carácter de religiosa (o eso aduce él), saltándose así las órdenes estrictas que había recibido, y también fue ella la que se presentó en el domicilio de Pontormo, visita confirmada por el señor Naldini, quien la ha reconocido e identificado. Esto, además, ella no lo niega.

En cambio, sigue desmintiendo una y otra vez que sea responsable de la muerte del pintor. Sin embargo, la carta interceptada por los servicios de Su Señoría deja pocas dudas sobre el hecho de que ella estaba en posesión del cuadro de Venus hallado en casa de Pontormo y que envió a sor Catalina a Prato, cuadro destruido antes de nuestra llegada porque esta creía, al parecer, que Plautilla era la autora del mismo. (Las increíbles circunstancias del escamoteo del cuadro siguen todavía sin explicarse.) Sor Plautilla no deja de jurar por todos los santos que se trata en realidad de un *Descendimiento* que ella había pintado y mandado enviar a sor Catalina, pero nada permite respaldar sus declaraciones, cuando todo hace pensar más bien en una invención para declararse inocente.

En consecuencia, la hipótesis más probable es una conspiración de dos mujeres contra la obra juzgada como antinatural de un pintor del que reprobaban tanto las costumbres como el estilo. ¿Sorprendió Pontormo a sor Plautilla en la capilla, entablándose una pelea entre ambos, y ella lo golpeó para poder huir sin que nadie supiera de su presencia, o más bien ella había preparado su fechoría? Este punto está todavía oscuro. Sor Catalina, de todos modos, parece convencida de la culpabilidad de su amiga, quien según ella habría actuado para mayor gloria de Dios.

En cualquier caso, lo cierto es que sor Plautilla es también pintora, y con cierto éxito. Una Cena pintada por ella puede apreciarse ampliamente en el refectorio del convento de Santa Catalina en San Marcos, así como varios retratos de sor Catalina de Ricci en el convento de San Vincenzo en Prato. Por tanto, aunque ella todavía no ha confesado su crimen, puede casi establecerse que sor Plautilla disponía de un motivo, de una ocasión y, posiblemente (si bien este punto exige unas cautelas que expondré más adelante), de la capacidad necesaria para llevar a cabo su crimen en las circunstancias ya conocidas, a saber: que alguien golpeó al pintor, anciano y débil, y repintó por encima la parte de pared afectada. Porque, si se sigue pensando, como es mi caso, que esa parte de la pared, que ha sido repintada y que muestra a Noé rodeado de animales, no es obra del propio Pontormo, sino de su asesino o de alguien presente en el momento del asesinato, el hecho de que sor Plautilla domine el arte de la pintura acrecienta en gran medida la posibilidad de su implicación en los hechos de la noche del crimen (aunque seguimos ignorando por qué se habría tomado la molestia de repintar ese paño de pared cuyas imágenes tanto la injuriaban). Tampoco podemos descartar la hipótesis de que el cuadro hallado en casa de Pontormo haya sido pintado, o al menos retocado, por ella, como parece creer sor Catalina. De ser así, este crimen de lesa majestad habría sido motivado por la voluntad de ofender a Vuestra Excelencia, a quien consideraba responsable de las supuestas obscenidades de los frescos de San Lorenzo. Pero, como el cuadro ha sido hallado en casa del pintor, esto supondría que hubo varias visitas e incluso varios encuentros anteriores con Pontormo, lo que nos parece muy improbable.

Una segunda objeción es la perfección con que el estilo de Pontormo ha sido imitado. Sería fácil, no obstante, probar con multitud de ejemplos cómo las mujeres han brillado en todas las ciencias y las artes que ellas han querido cultivar. Hasta ahora sor Plautilla se ha distinguido ante todo por su capacidad para las copias. Sin embargo, una Natividad de Cristo, que ella hizo basándose en otra de Bronzino, demuestra a qué altura habría llegado si ella, como el resto de los pintores, hubiera aprendido a pintar del natural. Sus propias obras revelan que las cabezas de las mujeres, que le estaba permitido estudiar en su tiempo libre, son muy superiores a las cabezas de los hombres, que obligatoriamente tenía que imaginar. Con frecuencia reproduce en sus cuadros los rasgos de diversas damas con tal perfección que no podría hacerse mejor. No sucede otro tanto con los hombres, que parecen en sus pinturas títeres sin vida. Por tanto, el interrogante que subsiste es este: sor Plautilla, admitiendo que ella hubiera puesto el rostro de la señorita María en el cuerpo de Venus, pues contaba con la suficiente habilidad para hacerlo, ¿tenía la capacidad de pintar la cabeza y el cuerpo de un Noé con el mismo estilo de Pontormo, hasta el punto de parecer un estilo solo?

Seguiré manteniendo informado a Vuestra Señoría tan pronto como pueda aportar nuevas conclusiones.

76. Cosme de Médicis, duque de Florencia, a Giorgio Vasari

Florencia, 4 de marzo de 1557

Mi señor Giorgio, recibid todas mis felicitaciones. Una vez más, has justificado la confianza que pongo en ti por tu eficacia, siempre confirmada desde el primer día de los casi cuatro años que te tengo a mi servicio. Veo que aún quedan algunos flecos por aclarar en este asunto, pero, en fin, nada que el suplicio de la estrangulación no pueda sacar a la luz, supongo. Por lo demás, no tengo ni tiempo ni ganas de entrar en los detalles de una conspiración de fulanas savonarolistas. Envíame las confesiones pormenorizadas de la monja cuando las hayas obtenido, luego la colgaremos desde las ventanas de la Signoria junto con su cómplice, como se hacía antes. Aunque no es mi deseo dar eco más allá de lo debido a un asunto que no lo merece, razón por la cual no nos extenderemos en los motivos del castigo, nunca es bueno dejarse llevar por un exceso de clemencia. Por eso nuestra voluntad es que los cuerpos de esas dos conspiradoras sean echados a los cuervos de aquí al término del Carnaval.

En cuanto a vos, mi señor Giorgio, pasad a verme mañana a la tercia,* os hablaré de mis proyectos para el Palacio Pitti y sus jardines.

77. Vincenzo Borghini a Giorgio Vasari

Florencia, 4 de marzo de 1557

Giorgio, Varchi nos invita a cenar para celebrar el arresto de las aguafiestas. Únete a nosotros donde Daniello sin tardanza. Hasta la noche, señor inquisidor.

78. Vincenzo Borghini a Giorgio Vasari

Florencia, hospital de los Inocentes,
5 de marzo de 1557

No sé vos, mi señor Giorgio, pero para mí el dios Baco es un ingrato, pues menudo homena-

* Tercera hora después del amanecer, que suele coincidir con las nueve de la mañana. *(N. del t.)*

je le rendimos anoche y, como recompensa, me ha dejado un concierto de abejorros en los oídos y una flaqueza corporal que me impide hacer tarea alguna, empezando por la de salir de mi casa. A duras penas he podido arrastrarme hasta mi mesa para escribiros esta misiva, después de haber devuelto a la tierra buena parte de ese excelente trebbiano que, para mi desgracia, como el tonto que soy, ingerí en tan inmoderadas cantidades. Por eso no me veréis esta mañana en la Signoria, y os suplico que me excuséis. Ya veis las consecuencias de actuar sin medida, olvidando que en el otoño de mi vida mi complexión ya no es la del joven que fui, capaz de beberme un tonel por la noche y partir a la guerra por la mañana, fresco como una rosa o casi. Sin embargo, y como no quiero por nada en el mundo desmerecer la confianza que vuestra amistad pone en mí, voy a tratar de juntar los pocos átomos que me quedan con el fin de llevar a cabo el servicio que me pedisteis ayer, que es el de examinar las cartas de sor Plautilla que cogí en la celda de sor Catalina, en Prato. Contad con mi puntual informe y os haré saber a la mayor brevedad si encuentro en ellas un indicio que pueda ayudaros a disipar las últimas sombras de este tenebroso asunto.

79. Giorgio Vasari a Vincenzo Borghini

Florencia, Palacio de la Signoria,
5 de marzo de 1557

Juntad vuestros átomos, querido Vincenzo, y descansad cuanto necesitéis, pues os quiero concentrado en esta tarea como vos sabéis estar. Es cierto que ayer nos dejamos llevar por ciertos excesos y supongo que Varchi no se verá con más fuerzas que vos, esta mañana. Por otra parte, no ha aparecido todavía por el palacio. Por lo que a mí respecta, he tenido que hacer un gran esfuerzo para salir de la cama y no puedo ignorar el tornillo que me trepana el cráneo. ¡Bah, no importa, lo pasamos bien anoche! Estoy seguro de que deberíamos haber hecho como Alberti, que anotaba sus charlas de sobremesa. Pero vos sabéis como yo que la paciencia del Duque tiene un límite y el verdugo trenza ya la cuerda de la que han de colgar esas dos monjas. El tiempo apremia para la verdad. Sin embargo, la noche no ha hecho más que aumentar el escepticismo del que os hacía partícipe ayer en la taberna, y voy a explicaros por qué.

No ignoráis que, mientras nosotros lo festejábamos, las dos desgraciadas monjas estaban siendo interrogadas hasta hora avanzada. Esta mañana, el hombre encargado del interrogatorio me ha dado su informe. Como ocurre siempre, las respuestas no coincidían. Sor Plautilla afirma que no sabe nada en absoluto de un cuadro que representa a la princesa María como Venus y se obstina en hablar de un *Descendimiento* de Cristo que había enviado a Prato. Sor Catalina de Ricci, por su parte, niega absolutamente haber recibido ese *Descendimiento* y rehúsa decir qué cuadro ha quemado ni por qué razón. La una clama su inocencia, la otra parece convencida de la culpabilidad de su amiga. Sor Plautilla ha redactado una carta de confesión que os he copiado, en la que veréis que no dice nada nuevo. ¿Cómo saber quién dice la verdad? He vuelto a leer con atención la carta de sor Catalina que nos ha llevado a sor Plautilla y he encontrado sustancia para unas reflexiones que quiero compartir con vos.

¿Y si el «cuerpo descompuesto y sensual» del que ella habla no fuera el de Venus, sino el de Cristo muerto? Y además, ¿por qué los que contemplan el cuerpo deberían «llorar ante semejante espectáculo» si en realidad se trata de la Venus lasciva inspirada en el cartón de Miguel Ángel, cuyo objetivo es representar el «triunfo del amor»? Me diréis que tal vez sor Catalina se escandalice de ese atentado al pudor, como haría el monje Savonarola con quien ella tanto se identifica, y que, para ella, quienes contemplen una obscenidad semejante deberían llorar de vergüenza. Comprendo esta interpretación, pero la considero un tanto forzada, pues es obvio que esas personas no son los espectadores de los que ella habla, sino más bien los personajes del cuadro: «aquellos que lo rodean». Y además, ¿quiénes son los que, según ella, muestran «ese aire extasiado»? Tanto en el cartón de Miguel Ángel como en la versión de Pontormo no hay en torno a Venus y Cupido más que unas máscaras con muecas que representan las alegorías de los peligros del amor. En cambio, si admitimos que de lo que habla Catalina de Ricci es en realidad de un *Descendimiento*, todo se aclara: aire extasiado es el que expresa la madre del Cristo muerto y los que la acompañan habitualmente, María Magdalena, José, Nicomedes, quizá uno o dos ángeles, qué sé yo... En esta hipótesis, ya no es la obscenidad de los muslos separados de Venus lo que indigna a la monja, sino el aire embobado de María y de los demás personajes, que parecen, por lo que ella dice, regodearse en la muerte del hijo de Dios (lo cual, suponiendo que diga la verdad, podría defenderse desde un punto de vista teológico, ya que el sacrificio de Jesús es la redención de los hombres, pero en un cuadro así ofendería a muchos, y más aún a los religiosos macerados en devoción, como todo lo que va en contra de la religión).

Por otra parte, tú que has visto la Venus de Pontormo, ¿calificarías su cuerpo de «descompuesto»? Ciertamente el «¡toda esta carne!» que dice la Ricci es un comentario más ajustado. Pero ¿no es propio de cierta gente de Dios ese odio a la carne? ¿No es la obsesión de Savonarola y de quienes son como él? He conocido un Cristo en la cruz de Bronzino, demacrado a más no poder, que haría sonrojar de vergüenza a más de una monjita.

Y para acabar, si se trata de la Venus de Pontormo, ¿por qué sor Catalina cree o pone cara de creer que ese cuadro es obra de Plautilla? ¿Se trata de un código? ¿Tan ignorante es la Ricci en materia de pintura? En conclusión, si, como yo creo, lo que ha ardido en la chimenea de Catalina es en realidad un *Descendimiento* de Plautilla, vamos por un camino equivocado.

80. Sor Plautilla al duque de Florencia, Cosme I

Florencia, 5 de marzo de 1557

Soy culpable, Vuestra Excelencia, y debo confesarlo.

Culpable de haber encontrado a Dios y a sor Catalina cuando yo todavía era una niña.

Culpable de haber aprendido a leer con las Escrituras y de haber intentado comprender el mensaje y extraer de ellas unas normas de conducta.

Culpable de haber soñado con un mundo puro siguiendo las huellas de fray Jerónimo Savonarola. Culpable, como él, de haber deseado obrar por la grandeza de Nuestro Señor y contra la corrupción de los hombres. Culpable de haber combatido el orgullo y hecho voto de humildad. Culpable de haber querido ayudar al prójimo, cuidar de los pobres y conducir a las almas perdidas por el camino recto.

Culpable de haber aprendido dibujo y pintura a mi más tierna edad, culpable de no haber arrojado al fondo de un pozo el pincel que mi padre puso entre mis manos. Culpable de haber perseverado en ese arte y de haber tenido algún éxito. Culpable de haber querido pintar como un hombre.

Es verdad que he deseado la muerte de Pontormo. Cuando descubrí los frescos de San Lorenzo, mi primer impulso fue coger una antorcha y quemarlo todo, pero Dios retuvo mi brazo, ya que habría sido un sacrilegio cometido en su casa. Acerqué mi antorcha a la pared y, poco a poco, vi aparecer otra cosa en esas formas que yo había creído ver al principio como la obra del demonio. Al mirarlas más de cerca, el horror cedió el paso a la admiración. Por impuras que fuesen sus costumbres, no era Satanás quien había inspirado a ese hombre. En ese montón de cuerpos torturados, en esos rasgos deformados por el temor a la muerte y al juicio, lo que yo vi desfilar fue la historia de la humanidad, su condenación, su redención y su salvación, más reales y aterradoras que en ninguno de mis sueños. Era como sumergirme en los sermones de fray Jerónimo. De pronto, a la vista de esas paredes, yo también sentí los éxtasis de sor Catalina. Y yo, que no he ido jamás a Roma y en realidad apenas conozco alguna de las maravillas de Florencia, descubrí en los cuerpos y los rostros que había pintado Pontormo una fuerza y un poderío que jamás había sospechado.

Desde ese día he querido aprender, y también de esto soy culpable. Noche tras noche, volvía allí y aguardaba a que Pontormo se fuera para deslizarme silenciosamente detrás de la valla de la capilla y me quedaba allí, a la luz de las antorchas que me quemaban los dedos, contemplando esas formas que lo decían todo del destino y del drama de la humanidad. Pero estaba oscuro y siempre temía ser sorprendida. Quería penetrar más en los secretos de su arte. El deseo de comprender su estilo incrementaba mi audacia, y entonces fui a su casa, con la esperanza de robarle algún cartón que me sirviera de modelo. Pero Dios no quiso que triunfara en mi empeño: unas veces porque él estaba en la vivienda, otras porque estaba su asistente, y la noche en que este me sorprendió, yo estaba firmemente convencida de que esa vez la casa estaría desierta y por fin iba a poder penetrar en su taller, donde me imaginaba mil maravillas; ya había puesto un pie en la escala cuando el joven Naldini sacó la cabeza y me dio un susto que me disuadió de volver.

Pero como no podía seguir así, pues las formas que había visto pintadas al fresco en las paredes me obsesionaban y me quitaban el sueño, regresé a la capilla. La noche en que Pontormo murió, vi que había luz y que no estaba solo, así que me volví a San Marcos. No era la primera vez que regresaba con las manos vacías; en otras ocasiones, al oír voces, daba media vuelta sin esperar a saber más.

Tengo que dejar de escribir, también soy culpable de tener el hombro dislocado por el buen hacer de mis carceleros, que me han tenido suspendida por los brazos atados a la espalda y dejado caer a plomo varias veces en el vacío. Ha querido Dios que soporte esta prueba y le doy las gracias por haber aprendido que los frescos de Pontormo y su estilo tienen tanto valor para mí como si Miguel Ángel en persona hubiera sido mi maestro.

81. Vincenzo Borghini a Giorgio Vasari

Florencia, hospital de los Inocentes,
5 de marzo de 1557

Mi señor Giorgio, de nuevo os dicto mi respuesta enfermo en cama; decididamente mis tripas y mi cráneo no se portan como Dios manda. Dicho esto, la poca clarividencia que empiezo a recobrar me induce a daros a conocer sin dilación una idea que he tenido al leer vuestra carta. No diría yo, como vos, que las confesiones de sor Plautilla no conducen a nada. Más bien nos dicen una cosa: que a fuerza de merodear por San Lorenzo, ha acabado por estudiar a fondo el arte de Jacopo. ¿No habéis convenido vos mismo que estaba dotada para las imitaciones, al mencionar una espléndida Natividad que había copiado de Bronzino? ¿Por qué, entonces, no podría haber copiado ella misma la Venus de Pontormo? ¿O, incluso más sencillamente, repintar la cabeza de Venus con los rasgos de la princesa María? Porque si Naldini la sorprendió una noche, impidiéndole penetrar en el taller de Jacopo, nada demuestra que ella no hubiera ido allí en otras ocasiones.

En cuanto a los frescos de San Lorenzo, de los que vos habéis pensado siempre que la parte repintada era la clave del misterio, todo indica que estudiar a fondo el estilo del pintor puede haberle proporcionado lo que le faltaba, además del motivo (el asesinato, al menos, a falta de entender qué la habría empujado a ese extraño trozo añadido) y de la ocasión: la aptitud para pintar cuerpos masculinos.

No quiero decir con esto que ella fuera forzosamente la asesina de Jacopo, tan solo digo que no puede ser descartada del pequeño número de pintores capaces de igualar e imitar su pintura con tanta perfección. En el pésimo estado en que me encuentro, para olvidar mis males me ha dado por pensar en esos pintores, y me he regodeado pergeñando una lista que me propongo someter a vuestro preclaro juicio.

Por de pronto conviene descartar a los que pretendidamente pueden estar a la altura de Pontormo, pero no viven en Florencia o estaban ausentes de la ciudad en el momento del crimen: Miguel Ángel y Daniele da Volterra en Roma, Tiziano y Tintoretto en Venecia, Salviati en Francia... A decir verdad, nuestra ciudad es tan rica en talentos que hay de sobra para llenar la hoja: Bronzino, Allori, Naldini, Bandinelli, a los que hay que añadir ahora a Plautilla Nelli... y a vos mismo, mi señor Giorgio, pues sería una grave ofensa no unir el vuestro a esos nombres prestigiosos a los que vuestro talento y vuestro renombre no tienen nada que envidiar. Tengo dudas sobre si anotar también el nombre de Cellini, porque este pájaro es solo un orfebre y no un pintor, pero tampoco era escultor antes de fundir su *Perseo*, que, hay que reconocerlo, es motivo de admiración para todos y rivaliza con el *David* de Miguel Ángel.

82. Giorgio Vasari a Vincenzo Borghini

Florencia, Palacio de la Signoria,
5 de marzo de 1557

Gracias, querido Vincenzo, por vuestra aportación siempre valiosa, máxime en un día en que parecéis estar a punto de pasar a mejor vida.

En efecto, he de hacer algunas observaciones a vuestra lista. Estoy de acuerdo con que los últimos datos registrados no nos permiten descartar a Plautilla Nelli. Si aplicamos vuestro brillante razonamiento también a los demás, es verdad que desconocemos los progresos que ha llevado a cabo Naldini, y lo mismo podríamos decir, y con más motivo, de Allori, cuyas primeras obras revelaban ya un talento prometedor. En cambio, dudo mucho que Bandinelli, que es un pintor completo y maduro desde hace mucho tiempo, haya podido mejorar repentinamente para llegar al nivel de Pontormo.

Hay algo en que debo admitir que tenéis razón, Vincenzo: por muy extraños que sean y por muy corrompidos que estén por el estilo alemán que haya corroído el espíritu de Pontormo hasta causar sin duda su locura, esos cuerpos enredados unos con otros no están al alcance del primero que pasa y, aunque mi vanidad sufra por ello, os confieso que ni yo mismo habría sido capaz de pintar esos frescos.

Queda Cellini, cuyo caso es, a decir verdad, siempre un poco particular. No sé qué deciros. Supongo que no podemos tacharlo de la lista. Quizá lo mejor sería preguntárselo a él: «Mi señor Benvenuto, ¿seríais capaz de pintar exactamente igual los frescos de la capilla de San Lorenzo?». Si responde que no, conociendo su proverbial vanidad, el asesino es él, sin duda.

Sin embargo, dejémonos de especulaciones. Cuanto más miro vuestra lista, más veo brillar en ella un solo nombre que destaca como una hoja dorada en un cuadro de Giotto. Aunque me cueste decirlo, el único que reúne las condiciones que deben darse y que nosotros sabemos, el que se acerca más al nivel de un Miguel Ángel, el mejor alumno de Pontormo, el más apto para copiar a su maestro, del que tanto le ha costado distinguirse, es Bronzino y nadie más.

83. Agnolo Bronzino a Miguel Ángel Buonarroti

Florencia, 7 de marzo de 1557

Últimamente corre por toda Florencia el rumor de que soy el asesino de Jacopo. Lo ha lanzado Vasari. ¿Quién sino yo, en efecto, podría haber repintado ese extremo del fresco imitando tan perfectamente el estilo de mi difunto maestro? ¿No soy el principal beneficiario de su muerte, puesto que el Duque me ha encargado terminar esa prestigiosa obra? Y sobre su Venus pintada a partir de vuestro cartón, ¿no habría sido para mí un juego de niños sustituir su rostro por el de la princesa María, ya que esta posa para mí desde hace meses?

Pero yo también puedo plantear otras hipótesis. No cabe duda de que Vasari es un pintor mediocre, cuya principal cualidad consiste en su rapidez de ejecución (algunos dirían que es un experto chapucero). Sin embargo, vos conocéis como yo esa regla de la naturaleza, querido Maestro, que dice que incluso el pintor más vulgar no está a salvo de un momento de gracia. ¿Conocéis su retrato de Lorenzo el Magnífico? Es de una originalidad asombrosa para un pintor tan falto de carácter. Si algunas veces el mejor pintor puede hacer un cuadro horroroso, también debe ocurrir, casi inevitablemente, a lo largo de una vida, que el mal pintor se vea traspasado por un destello de genialidad y ofrezca de pronto una pintura inmaculada, plena de inspiración surgida de las profundidades del alma, habitada por un aliento divino, resplandeciente de colorido armonioso, poblada de personajes con proporciones tan perfectas que parecen más vivos que los vivos, lo cual de pronto lo eleva al rango más alto de los grandes maestros de su tiempo, y todo por un cuadro, por un único cuadro solamente.

Yo creo que Vasari fue enviado por el Duque para destruir el fresco de Jacopo, cuyo estilo, pese a su extraordinaria belleza, ya no es del gusto actual, ahora que Roma prohíbe los desnudos. ¡Quién sabe hasta dónde llegará el Concilio de Trento con su obtuso fanatismo! Vos y yo pensamos lo mismo de ese maldito Pablo IV. Pero sabemos, vos y yo, que el Duque estaría dispuesto a complacer al Diablo en persona con tal de garantizarse el título de rey de Toscana, que tan solo el puerco que actualmente ocupa el trono de la Santa Sede tiene el poder de concederle. ¿Había ordenado el Duque a Vasari matar a Pontormo, o en realidad se trata de un accidente? ¿Es que Pontormo lo pilló por sorpresa? ¿Fue el sacristán quien se despertó? La misión de Vasari tal vez no fuera matar a Pontormo, pero su muerte permitiría interrumpir la obra. El Duque y la Duquesa, que no tuvieron otra opción que confiarme a mí la finalización de los frescos al estar Vasari demasiado ocupado en redecorar la Signoria, pensaban contar con la mayor docilidad por mi parte, algo en lo que no podían estar más errados: aunque me cueste la vida, siempre defenderé la obra de mi maestro. Si Dios quiere, sobrevivirá a la de Vasari.

84. Cosme de Médicis, duque de Florencia, a Giorgio Vasari

Florencia, 8 de marzo de 1557

Mi señor Giorgio, sigo sin ver a las dos monjas balancearse colgadas de las ventanas de la Signoria. Sin embargo, sé que, por lo general, no os demoráis en ejecutar mis órdenes. ¿Podríais decirme, por favor, a qué se debe este retraso?

85. Vincenzo Borghini a Giorgio Vasari

Florencia, 9 de marzo de 1557

¡Maldito borracho soy! Giorgio, os he fallado, he traicionado vuestra confianza, y ruego para que mis graves incumplimientos no tengan consecuencias irreversibles. Cuando dormía la mona, el otro día, vos me habíais encargado examinar la correspondencia de sor Catalina de Ricci, pero, en vez de eso, en mi ingenuidad, preferí abrumaros con elucubraciones sobre la lista de pintores capaces o no de imitar a Jacopo. Mientras lo hacía, no vi, entre el montón de cartas que cogí en Prato, la que exime de culpa a sor Plautilla, escrita de su puño y letra. Leedla vos mismo: «Sin embargo, a mí me trae sin cuidado, porque ahora estoy trabajando en un nuevo cuadro al que dedico casi todo mi tiempo: un *Descendimiento*, pero en un estilo nuevo que, confío, sea de tu agrado, al menos tanto, si no más, que mis pinturas anteriores». En mi descargo aduzco que este párrafo estaba al final de la carta en cuestión y lo dejé escapar al echar un mero vistazo por encima. Pero la carta está datada el 11 de febrero, la fecha corresponde a la respuesta de sor Catalina de Ricci, que acusa recibo del cuadro que tanto la indigna el primero de marzo.

Os suplico que hagáis lo necesario, mi señor Giorgio, para salvar la vida de esa inocente.

86. Giorgio Vasari a Vincenzo Borghini

Florencia, 9 de marzo de 1557

Mi querido Vincenzo, calmaos. Que quien nunca haya bebido un vaso de más os arroje la primera piedra si quiere, pero tened por seguro que no seré yo.

Sin duda alguna, vuestro descubrimiento es de la máxima importancia, pero no exime a la religiosa. Si, en efecto, el párrafo que citáis atestigua que el *Descendimiento* pintado por sor Plautilla ha existido inequívocamente, la reacción ultrajada de sor Catalina indica que el estilo pictórico de Plautilla ha cambiado de un modo radical, lo que hace plausible que pudiera imitar perfectamente el estilo de Pontormo, y por tanto pintar también el Noé de los frescos y la Venus del cartón de Miguel Ángel. Sea como sea, el valor de vuestra información es suficiente para suspender la ejecución de las dos monjas, incluso para liberarlas.

Y sobre todo, si ese *Descendimiento* es lo que acabó en la chimenea de sor Catalina, entonces significa solo una cosa: el otro cuadro no ha sido destruido, está escondido en alguna parte y tenemos la obligación de encontrarlo.

87. Benvenuto Cellini a Piero Strozzi, mariscal de Francia

Florencia, 9 de marzo de 1557

Siempre, mi señor Piero, a los problemas más complejos hay que buscarles las soluciones más simples. Como todo el mundo estaba ayer en Santa Croce para ver el partido de *calcio** contra el equipo de Santo Spirito, que, desde que os fuisteis se ha reforzado considerablemente y ahora supera al de Santa Maria Novella, el palacio estaba prácticamente vacío. Quedaban los guardias, que tenían orden de controlar hasta el más insignificante paquete que saliera por las puertas de la Signoria, redoblando la vigilancia desde la desaparición del cuadro, ya que fueron amonestados con dureza a causa de ese insólito agravio, pese a no tener nada que ver con el extraordinario robo del que solo yo era culpable. ¿Qué hacer, entonces? Una vez más, aplicaría de nuevo la única táctica de la que soy capaz y que tan buenos resultados me ha dado, la de la audacia, madre de la sorpresa. Para evitar a los guardias de la entrada bastaba con... no pasar por la puerta.

Cuando todo el mundo se fue y, como sucedió

* El calcio, originariamente conocido como calcio florentino, era un juego similar al fútbol; se jugaba entre dos equipos en la explanada de la Santa Croce. *(N. del t.)*

la otra vez, no quedaba nadie más que el viejo Bacchiacca, quien parece haber echado raíces en el gabinete y al que me referiré luego. Me puse a desmontar el bastidor de la cama, recuperé el cuadro que había envuelto en mi capa y subí hasta las murallas del palacio, donde tomé la precaución de dejar puesta una cuerda en el punto más alejado de la *piazza*, precaución inútil, pues la plaza estaba más desierta que un día de peste negra. Até la cuerda al cuadro y lo hice deslizar a lo largo de la muralla. No tenía más que salir por la puerta principal ante las narices de los guardias, sin llevar nada en las manos, más ligero que el aire, para ir a recogerlo.

Desafortunadamente, la vida me ha enseñado, como a vos, mi señor Piero, que nada pasa como está previsto, y esa aventura no iba a ser una excepción. Al descender de las murallas, oí que los guardias subían por la escalera. Como no había motivo para que yo estuviera allí, me sería muy difícil justificar mi presencia si me cruzaba con ellos, así que volví a subir a toda prisa. Pero vos conocéis la Signoria mejor que yo y sabéis por tanto que no hay sitio donde esconderse en la terraza de las murallas. Corrí hasta las almenas: un salto desde esa altura sería mortal de necesidad, incluso para mí. Pero Dios recompensa a los temerarios: a los pies de la muralla había una carreta de heno, dejada allí por algún palafrenero. Todo pasó en unos segundos: la decisión y la ejecución. Me puse sobre el parapeto, abrí los brazos como un

Cristo crucificado, cerré los ojos y salté. Mientras caía, oí el grito de un águila que desgarraba el cielo. Aterricé como sobre un lecho de plumas, sin golpes ni daños.

Solo tenía ya que coger el cuadro, disimularlo entre la paja y llevármelo de allí tirando a duras penas de la carreta.

Me faltaba aún poner mi botín en lugar seguro. Aunque había escapado de los guardias y nadie me había visto saltar a ciegas, lo preferible era que, dada mi reputación, ese objeto no se hallase en mi casa. Se me ocurrió la idea de llevarlo a otro sitio: esconderlo en casa de quien yo estaba seguro de no hallarse en ella, y con razón. Me dirigí a la vivienda de Bacchiacca, donde metí nuestro cuadro en lo más recóndito de su taller, entre viejos cartones llenos de polvo. Y ahí sigue todavía, en el momento en que escribo esta carta. Saludad a la reina Catalina por mí y no seáis avaro en el relato de mis hazañas: la corte de Francia merece conocerlas.

88. Marco Moro a Giambattista Naldini

Florencia, 9 de marzo de 1557

Escucha, Battista, la historia de ese hijo de cardador de lana que se llamaba Donatello. Cuando el genial escultor era viejo y estaba a punto de morir, vinieron a visitarlo unos parientes con la esperanza de que repartiera con ellos una propiedad que él tenía en Prato. Y mira lo que aquel gran hombre les contestó a su petición: «No puedo complaceros, ya que me parece razonable dejar esa propiedad al campesino que la ha trabajado todos los días con su esfuerzo y no a vosotros, que no habéis hecho nada por ella y queréis heredarla haciéndome esta visita. Idos y que Dios os bendiga».

¿Sabes, Battista, que cualquier día un primo lejano vendrá a echarte del taller de tu maestro, donde nunca antes ha puesto los pies? Cuando eso suceda, ¿quién se alzará en defensa de tus intereses?

89. Giambattista Naldini a Marco Moro

Florencia, 15 de marzo de 1557

Dentro de cuatro días cenaré con Allori en casa de Bronzino. Así que vía libre durante toda la velada, hasta el amanecer, porque este no es de los de ir a pintar en mitad de la noche.

90. Giambattista Naldini a Giorgio Vasari

Florencia, 15 de marzo de 1557

Bien sabéis, mi señor Giorgio, lo unido que estaba a mi maestro, el bueno de Jacopo, quien, pese a algunos accesos de mal humor, siempre se comportó como un padre conmigo. Por tanto, como sé que estáis decidido a vengar su muerte, quiero prestaros mi ayuda. Dentro de cuatro días, tendrá lugar en San Lorenzo una reunión clandestina. Apenas puedo deciros más al respecto, porque desconozco los detalles, pero es posible que las personas que encontraréis en esa reunión estén relacionadas con el crimen. Se reunirán en la capilla mayor, a la hora de la cena.

91. Giorgio Vasari al duque de Florencia, Cosme de Médicis

Florencia, 20 de marzo de 1557

Para dar cuenta a Su muy magnífica Señoría acerca de la operación de cuya responsabilidad vuestro humilde servidor ha sido encargado, relativa a las informaciones concernientes a una reunión secreta habida en la iglesia de San Lorenzo, según las indicaciones dadas por el señor Naldini, paso en adelante a dar relación detallada de los hechos acaecidos en la noche de ayer, seguida de la transcripción del discurso oído en dicha reunión.

Una vez que los guardias habían rodeado el edificio después de haberles asegurado que un número inusitado de visitantes se había introducido en él con nocturnidad, vuestro fiel servidor entró a hurtadillas en la iglesia por la nueva sacristía para acercarse sigilosamente hasta el coro y, oculto en la sombra bajo el púlpito de la Pasión del prodigioso Donatello, vio y oyó lo que sigue.

Sesenta individuos de condición claramente mediocre escuchaban a un orador que, subido sobre el andamio dejado por Pontormo, los arengaba diciendo frases sediciosas.

Al principio creí que se trataba de una reunión de herejes y me esperaba encontrar las viciosas frases de un Juan de Valdés o de un Reginald Pole con la pretensión de expandir por Florencia, bajo la mirada de Dios, en el seno mismo de la iglesia de los antepasados de Su Señoría, la bilis sacrílega del monje alemán.

Pero, una vez que me habitué a la oscuridad, enseguida reconocí al obrero Marco Moro (al que Vuestra muy juiciosa Excelencia me había mandado vigilar especialmente) y, prestando atención a sus palabras, oí que exhortaba al auditorio a la revuelta contra la gente principal, como hacía antaño el hermano Savonarola (sin referirse todo el tiempo a la cólera divina, a diferencia del fraile). Sin embargo, las frases políticas del moledor de pigmentos, aunque pudiera parecer un predicador en el púlpito, desde su posición en el andamio y por el tono apasionado que empleaba para intentar atraer al auditorio a sus ideas, tenían que ver con asuntos más bien terrenales, como Su Excelencia podrá constatar en la transcripción adjunta al presente informe.

Cuando escuché lo suficiente para concluir sin ninguna duda que se trataba de una reunión clandestina con visos sediciosos, me retiré sin hacer ruido por la sacristía por donde había entrado y regresé a ordenar al capitán de los guardias que arrestaran sin más dilación a los individuos congregados en la capilla.

Por desgracia, pese a mis recomendaciones, los guardias no tuvieron el menor cuidado en evitar que sus armas y sus armaduras entrechocaran al entrar en la iglesia, lo cual produjo un tumulto en detrimento de su misión, porque fue como si hubieran anunciado la llegada del papa o del emperador a golpes de clarín. Los sediciosos, alertados así, se dispersaron de inmediato como un vuelo de pájaros, unos por la capilla de Brunelleschi, otros por los jardines del claustro, otros por los pasillos de la nave. Se encontró a uno tratando de esconderse en el sarcófago de los señores Pedro y Juan, gloriosos ancestros de Vuestra Excelencia.

A pesar de ello, cincuenta y cuatro fueron arrestados, casi la totalidad de los participantes, entre los cuales la mayoría son obreros en diversos talleres de pintura, pero otros trabajan también en las imprentas o las tejedurías. Hay también un calcetero, un cerrajero y un cardador de lana. Muy pocos han conseguido escapar, entre los cuales lamento informar a Su Excelencia que se encuentra el obrero Marco Moro.

Por el decir de los primeros prisioneros interrogados, las reuniones tenían lugar en secreto en la capilla desde hace varios meses a instancia de Moro. Los conspiradores eran avisados con unos días de antelación, a veces el día anterior o el mismo día, mediante mensajes difundidos clandestinamente de taller en taller. El objetivo de esas reuniones era, según ellos, mejorar su condición.

Para concluir sin abusar del valioso tiempo de Vuestra Excelencia serenísima, me veo obligado a mencionar un accidente debido a la intervención de los hombres del Bargello y al desorden consiguiente. Sin duda Su Señoría se acuerda de los maravillosos *tondi* de estuco que el Maestro Donatello consagró a los evangelistas en la vieja sacristía. Uno de ellos ha sido dañado, no sé cómo ni por quién, pero por suerte no es nada irreparable, y si Vuestra Excelencia tiene a bien renovarme su confianza, supervisaré personalmente su restauración, encargándosela a Ammannati o a Bandinelli, que sabrán muy bien cumplir con esa tarea, doy fe de ello.

91 bis. Marco Moro a los obreros del Arte dei Medici e Speziali

(Transcripción del discurso de San Lorenzo, 19 de marzo de 1557)

Compañeros, acordaos del antiguo lema de los Médicis: «El tiempo siempre vuelve». Hacedlo vuestro y preparaos. Difundid la noticia en vuestro entorno: el tiempo siempre vuelve. Cuantos más adeptos ganemos a nuestra causa, más fuertes seremos para exigir al Duque que nos conceda los derechos a los que aspiramos. Los pescadores y los pescaderos, excluidos de las corporaciones, son nuestros hermanos. Los mineros de Volterra que se matan a trabajar para los ricos pañeros son nuestros hermanos. Los campesinos que cultivan las tierras de Toscana para beneficio de sus propietarios que viven en las ciudades son nuestros hermanos, como lo eran los de Alemania a los que los príncipes masacraron hace treinta años porque se sublevaron contra su iniquidad. Si queremos tener mejor suerte que ellos, tendremos que presentarnos ante el Duque desde una posición lo suficientemente fortalecida para exigir que nos proteja de la codicia de los comerciantes que nos emplean. Solo cuando el *popolo minuto* se reúna y forme un ejército tal que sea imposible vencerlo, podremos arrancar leyes que prohíban que la avaricia de unos pocos hunda en la miseria a la gran mayoría. A aquellos que piensan que se trata de fantasías inconsistentes y no de exigencias perfectamente razonables, hay que recordarles que tan solo en Florencia podrían suceder estas cosas. En Florencia es donde se determina la cantidad de acero que hay que usar para fabricar un casco. En Florencia un tendero tiene prohibido vender ciertos objetos para no invadir la especialidad de otro. Nada será, por tanto, más fácil para el Duque, en una ciudad en la que ya hay leyes para todo, dictar una que establezca un salario mínimo.

92. Cosme de Médicis, duque de Florencia, a Giorgio Vasari

Livorno, 20 de marzo de 1557

Entonces, si he entendido bien, ¿Florencia, la ciudad que Dios me ha confiado, está infestada de sediciosos Ciompi, además de conspiradores savonarolistas? Ya basta, hay que limpiar todo esto. Encontrad a ese Marco Moro, arrestadlo y metedlo en la más oscura y húmeda mazmorra. ¡Cuánto lamento hoy haberme deshecho de esos leones que apestaban la Signoria! ¡Qué más da! Si ese moledor de pigmentos quiere hacerse pasar por Espartaco, que lo haga, yo lo crucificaré con sus secuaces por toda la via Larga.

Será un magnífico espectáculo para celebrar el Año Nuevo.

93. Giorgio Vasari a Vincenzo Borghini

Florencia, 20 de marzo de 1557

¡A la mierda con la monjas de San Marcos, de Prato, de Arezzo o de cualquier otra parte! Dejad a vuestros huérfanos y reuníos conmigo en la Signoria tan pronto como recibáis esta nota. El Duque nos ha dado cinco días de plazo para encontrar al obrero. Todas las puertas de la ciudad están ya en alerta, lo que quiere decir que no podrá salir de Florencia. Es obvio que está escondido, pero ¿dónde? Preguntémonos más bien con quién.

94. Marco Moro a Giambattista Naldini

21 de marzo de 1557

El miedo, Battista, nunca ha permitido lograr grandes cosas. Al revés, a menudo ha sido el origen de las acciones más viles. Sé que has sido tú el que ha avisado a los hombres del Duque, como buen hijo de puta que eres. ¿Creías que podrías estar tranquilo entregándome al Bargello? Me conozco San Lorenzo mucho mejor de lo que tu padre ha conocido jamás a tu madre para parir a su pequeño bastardo. Cuando Vasari soltó los perros del Duque en la iglesia, yo estaba encima del andamio; aprovechando la confusión, subí hasta el agujero que habían abierto tiempo atrás los estudiantes de dibujo que querían ver los frescos ocultos detrás de la valla. No tuve más que quitar unas cuantas tejas que yo mismo había recolocado previamente para escapar por el tejado. Por eso sigo en libertad. Finalmente, la locura de Pontormo habrá servido para algo, porque ha sido ella la que me ha salvado.

Tú, en cambio, has elegido el bando de los grandes, del que nunca formarás parte. A falta de lucidez, has tenido el coraje del traidor. Sin rencores, amigo mío, solo le pido a Dios que te proteja y te dé salud. Pero ándate con ojo, no olvides mirar hacia atrás cuando vayas por la calle, no te acerques demasiado a las orillas del Arno y, cuando vayas a la taberna, asegúrate de que no te pongan algún veneno en el vaso. Saluda a tus nuevos amigos de mi parte. Sé el perro de compañía de esa gente, Battista, porque esa es tu ambición. Deseo que te tiren muchos huesos. Pero ten mucho cuidado y acuérdate de esto: la muerte de Pontormo ha demostrado que entre ellos se comportan como lobos. ¿Estás seguro de verdad de que quieres sentarte a su mesa? Déjame que te dé un último consejo: sigue siendo un perro y no trates de convertirte en lobo. Nadie debería llevar un traje que no esté hecho a su medida.

95. Benvenuto Cellini a Piero Strozzi, mariscal de Francia

Florencia, 22 de marzo de 1557

Ojalá esta misiva encuentre a su destinatario en la persona del magnífico y valeroso señor Strozzi, del que se rumorea que vuela sobre el reino de Nápoles como Júpiter sobre Leda. Deseo, mi señor Piero, que el ejemplo de vuestra bravura devuelva a esos condenados franceses un poco de la furia de la que hicieron gala sus ancestros tiempo atrás, aunque, a decir verdad, ellos siempre parecieron más dotados para el arte de la retirada. Sea como sea, estoy seguro de que, bajo vuestro mando, esta campaña será más exitosa que la del difunto Carlos VIII.

Por lo que a mí respecta, debo a mi previsión haberme librado de las mazmorras del Duque. No os podéis imaginar qué frenesí se ha apoderado de Florencia estos días, y no es precisamente por el Carnaval. Los hombres del Bargello saquean la ciudad con el pretexto de buscar a un moledor de pigmentos sedicioso, del que se dice que aviva el proyecto de sublevar a la plebe para derrocar al Duque. Ningún taller escapa al furor inquisitorial de este, y han llegado incluso a penetrar en mi casa. Por supuesto, no han encontrado nada, obviamente, porque, en el asunto que nos concierne, soy el ladrón, pero no el perista. No obstante, acabarán por acordarse del viejo Bacchiacca. Si queréis recuperar vuestro cuadro antes que ellos, hay que encontrar a alguien para esa labor, pues los espías del Duque nos vigilan a todos y, por esta vez, vuestro fiel Benvenuto no puede encargarse de ello él solo. Creedme, nadie está a salvo: han llegado a arrestar a Allori, el favorito de Bronzino.

96. Agnolo Bronzino a Miguel Ángel Buonarroti

Florencia, 22 de marzo de 1557

¡Qué listo sois por haber huido a Roma y qué tontos somos los que no hemos seguido vuestro ejemplo! No volváis nunca a Florencia, porque es un sitio del que la justicia ha desertado. Os quejaréis, y con razón, de ese Carafa que odia a los artistas, pero al menos él no los mete en la cárcel. Una prueba de cómo el Duque recompensa a sus más fieles servidores es que mi mejor aprendiz, mi hijo, mi amigo, el joven Allori, ha sido detenido. No sé qué pinturas de Sandro habéis podido ver durante su viaje de aprendizaje a Roma, pero no me cabe duda de que vos, cuyo ojo detecta a la primera la inspiración y el talento, sabríais reconocer estas cualidades en ese joven.

Han hallado en su cuarto unos bocetos del rostro de la princesa María con un parecido muy cercano al reproducido en vuestra Venus. ¡Menuda cosa! Como, encima, tiene amistad con Naldini, lo cual le da acceso al taller de Jacopo, es sospechoso de haber metido mano en ese maldito cuadro. Y, por tanto, de tener algo que ver con la muerte de nuestro amigo, ¿por qué no? Poco importa que Sandro siempre le haya manifestado un enorme afecto filial, poco importa que su hermana Alessandra siempre nos haya servido cenas para el mayor deleite de Jacopo, poco importa que la familia Allori siempre lo haya tratado con la máxima consideración. No hace falta mucho hoy en día para ser acusado de asesinato. Basta con que Sandro blanda un martillo para que golpee con él a Jacopo por la espalda. Basta con que Sandro se haga con un cincel para que atraviese el corazón de un hombre que lo quería como a un hijo. ¡Pobre Sandro! ¡Pobre Florencia! Todos estos años de labor al servicio del Duque sin nunca fallarle, pintando los retratos de Médicis vivos o muertos, decorando la capilla de la Duquesa, cumpliendo todas sus peticiones, viendo mis cuadros servir de presentes para todos los príncipes de paso, y he aquí mi recompensa. Durante mucho tiempo creí gozar de la protección del Duque cuando las noticias que nos llegaban del Concilio de Trento nos hacían percibir, día tras día, el olor de la hoguera. ¡Pero el Duque haría cualquier cosa con tal de obtener la corona de rey de Toscana! ¡Qué vil sumisión! Para reinar, tiene que castigar, y si considera que la cabeza de mi Sandro es el precio de su autoridad, sacrificará sin inmutarse la vida de ese joven inocente. ¡Que la peste se lleve a todos los Médicis! ¡A los de su casa y a los de la casa de Toledo! Pontormo tenía razón. Nuestro tiempo se acaba. Decía que el mundo nos deja de lado, que ya no ocupamos en él el sitio que teníamos, y que ya se encargará la gente principal de hacérnoslo entender.

97. Giorgio Vasari a Vincenzo Borghini

Florencia, 23 de marzo de 1557

Mi señor Vincenzo, confío en que halléis esta carta a vuestro regreso. He ido a esperaros a la taberna, porque si me hubiera quedado en la Signoria, creo que yo también habría acabado por matar a alguien. Después de haber puesto toda la ciudad patas arriba, no han encontrado a Marco Moro, pero esos imbéciles del Bargello han arrestado a Allori basándose en unos cartones que había tirados por su cuarto, lo cual es de una idiotez sin par, porque, si hubiera sido él el pintor del cuadro, ¿cómo es que este ha sido hallado en casa de Pontormo? Y es que no hay que darle más vueltas: si un cuadro está en casa de Pontormo, es que ha sido pintado por Pontormo. ¡Los que han sido retocados por una mano extraña son los frescos! Pero ¿cómo explicarles esta obviedad a esos rufianes sin cerebro? A partir de ahora, se les ha prohibido que visiten a los pintores o a los escultores si no van acompañados por vos o por mí. Quiero pediros, querido amigo, que me ayudéis en esta ingrata tarea, porque la experiencia ha demostrado que no podemos dejar que esos bárbaros actúen solos, a merced de su deplorable criterio. En cuanto a Marco Moro, que sigan buscándolo el tiempo que quieran por las casas de los obreros de las artes. Si lo encuentran, tanto mejor. Aunque el tipo parece más astuto que ellos y, mal que me pese, que nosotros también, por ahora. Sabe Dios dónde se habrá refugiado ese diablo.

Allori será liberado dentro de unos días, para que el Duque no nos reproche no haber tenido en cuenta todas las pistas. El muchacho nos dirá lo que ya sabemos: que practicaba imitando los retratos de la princesa María pintados por su maestro Bronzino. Ya conocéis mis sospechas sobre Bronzino. Es verdad que el misterio del cuadro sigue sin dilucidarse, pero si alguien está implicado, es él y no su aprendiz. Por lo que respecta a Marco Moro, dudo mucho que un pintor tan instalado en la corte esté mezclado en esa conspiración de obreros.

98. Agnolo Bronzino a Miguel Ángel Buonarroti

Florencia, 24 de marzo de 1557

Si vuelvo a escribiros, divino Maestro, es porque esta vez necesito vuestra ayuda como sea.

He recogido y ocultado al moledor de pigmentos de San Lorenzo. Perseguido por los hombres del Duque, el desgraciado no tenía ningún lugar adonde ir, porque todos sus amigos han sido arrestados. El motivo de ello, según me ha confesado, serían unas reuniones prohibidas entre obreros de las artes. En el palacio se habla abiertamente de una tentativa de revuelta como la de los Ciompi. Sea como sea, poco importa. Nunca he tenido queja de él desde que trabaja para mí y, como lo conozco bien, estoy seguro de que no ha matado a Jacopo, así que de ningún modo se lo entregaré a Vasari. ¡Ni a él ni a nadie! Mi moledor de pigmentos no se unirá a mi aprendiz en las mazmorras del Bargello. Por ahora, se aloja en la habitación de Sandro, donde a nadie se le ocurrirá la idea de ir a mirar.

Pero el Duque lo está haciendo buscar por todas partes: los hombres del Bargello ya han venido una vez y seguro que volverán. Hay que sacarlo de la ciudad como sea, el tiempo apremia y todas las puertas tienen severos controles. Y precisamente en esto, divino Maestro, es en lo que podéis ayudarme, ya que fuisteis vos quien alzó las murallas de Florencia, ¿no es así?, en tiempos de la República, cuando los españoles nos asediaban. Por eso debéis conocer algún medio de salir de aquí secretamente, un pasadizo, una trampilla, un túnel, ¡qué sé yo! Tal vez lo hayáis construido con vuestras propias manos. Ayudad a este pobre desgraciado, Maestro, en recuerdo de la República que tanto defendisteis tiempo atrás.

99. Malatesta a María

Florencia, 24 de marzo de 1557

Tan pronto como acabe la misa, fingirás una indisposición y pedirás permiso para ir a tus aposentos a descansar. Harás como que te diriges a la Signoria, pero en realidad irás a la puerta de San Gallo, acompañada solo de tu sirvienta. Yo te estaré esperando allí con un salvoconducto que tu padre ha firmado sin leer. No olvides vestirte con una capa con capucha bajo la cual puedas ocultar tu rostro. En medio de las celebraciones, no te será difícil mezclarte con la muchedumbre, pero procura no llamar la atención. Es fundamental que se den cuenta lo más tarde posible de que la hija del Duque ha abandonado la ciudad. He escogido dos buenos caballos españoles que unciré mañana. Antes del mediodía, cargaré tus cosas en el carruaje, mientras estés todavía en Santa Maria. Reúnete conmigo y luego ¡a Francia! Hasta mañana, adorada mía, y desde entonces ya para siempre tuyo.

100. Leonor de Toledo a Cosme de Médicis

Florencia, 25 de marzo de 1557

He dado orden al portador de esta carta de encontraros a toda costa y de entregárosla de inmediato, aunque estéis en compañía del mismísimo emperador. ¡Vuestra hija ha desaparecido! Nadie la ha visto desde que salió de Santa Maria. He hecho mis averiguaciones y faltan un carruaje, dos de nuestros mejores caballos y vuestro paje Malatesti. ¿Cómo es posible, querido mío, que estéis rodeado de tan mala gente? Ese sobornador la habrá secuestrado aprovechando las fiestas de Año Nuevo, y todo hace creer que esa putilla lo ha seguido por voluntad propia. ¡Y yo que me preocupaba por ella! Pero también es culpa vuestra: la reputación de ese Alfonso, mitad animal y mitad eunuco, sin duda que no habrá contribuido a afrontar las perspectivas del matrimonio con toda la serenidad requerida. En cualquier caso, si insistís en vuestro proyecto de venderla al duque D'Este para enviarla a Ferrara, lo primero que hay que hacer es encontrarla. ¡Encontrad a mi hija!

101. Cosme de Médicis a Leonor de Toledo

Florencia, 25 de marzo de 1557

Acuciantes asuntos me requieren de nuevo en Pisa y me obligan a partir de inmediato para estar allí mañana por la mañana, pero dudad de todo menos de esto: vuestra hija os será devuelta sin la menor dilación, os doy mi palabra. Y a ese semental de Malatesti lo mandaré castrar con una hoz, para que María no tenga luego nada que echar de menos. Y te prometo algo más: antes de verano, estará casada con el príncipe D'Este. Ya sé que creéis que es un inepto para procrear, pero quién sabe si nuestra hija no le dará muy rápido un heredero. Este tipo de milagros ya se han visto antes. Sabéis como yo que en toda Italia las cortes están llenas de bastardos nacidos prematuramente. Así es como vuestra hija os agradece que hayáis intercedido tanto por ella. María ha desafiado la autoridad de su padre y como recompensa, en cuanto vuelva a Florencia, la mandaré de camino a Ferrara, aunque tenga que escoltarla un regimiento.

102. Cosme de Médicis, duque de Florencia, a Giorgio Vasari

Pisa, 26 de marzo de 1557

Tomad cuantos hombres sean necesarios. Vuestra misión es encontrar, detener y traer de nuevo a Florencia al señor Malatesta de Malatesti y a la princesa María. Quiero a mi hija intacta y a Malatesti vivo.

103. María de Médicis a Catalina de Médicis, reina de Francia

26 de marzo de 1557

Mi buena tía, no me riñáis. Mi corazón brinca en mi pecho, pero no sé si de terror o de euforia. He cometido la locura de huir con mi Malatesta. Lo he seguido porque de ahora en adelante nos hemos unido ante Dios, aunque no aún ante los hombres, y porque me ha jurado que el cuadro había sido destruido por una caritativa monja poseída.

Así que he dejado atrás a unos padres demasiado crueles y un país adorado. Vos habéis conocido el exilio antes que yo, y vuestro ejemplo me da la fuerza necesaria para tal empresa. Soy una fugitiva, en cambio vos fuisteis vendida como una esclava. No sé cuál de las dos suertes es menos envidiable.

Habladme de Francia, os lo ruego, eso me dará valor. ¿De verdad que seremos bienvenidos en la corte del rey Enrique? ¡Pero qué tonta soy! ¡Si no podéis escribirme, al no saber dónde me encuentro, y además ni yo misma lo sé! Estoy en un oscuro bosque. ¿Cómo voy a poder salir de aquí sin vuestra ayuda?

Hemos dejado Florencia el día de Año Nuevo del antiguo calendario y avanzamos con mucha prudencia fuera de los caminos rastreados para escapar de los hombres que mi padre habrá lanzado tras de nosotros. Tiemblo por mi Malatesta, porque aunque el Duque no carece de sentimientos, estos no nos son en absoluto favorables: él no conoce la piedad, solo conoce la cólera. Aquí, en Toscana, e incluso más allá, la cólera de mi padre equivale a la cólera de Dios. Ya sabéis cómo mandó asesinar a Lorenzino, en Venecia, once años después de que este hubiera matado a su primo Alejandro. Dicen que arrojaron su cadáver a la laguna. Me pregunto si son los mismos asesinos los que vienen en nuestra búsqueda.

104. Giorgio Vasari a Vincenzo Borghini

Pistoya, 27 de marzo de 1557

El Duque sabe que mi fidelidad hacia él no tiene límite y por eso abusa de ella. Yo creía que le sería más útil en Florencia en vez de correr detrás de una princesa extraviada, aunque fuera su hija. Soy pintor y arquitecto, no niñera ni dama de compañía. De todos modos, confío estar pronto de regreso, pues me temo que la damisela haya volado ya muy lejos con su niño bonito. Una pareja joven por esos caminos, sin escolta, abandonada a su suerte, no tardará en llamar la atención, eso si no los atracan. El muchacho suerte tendrá si no es dado por muerto en una zanja. Y la chica, no creo que sea el tesoro de su virginidad lo que vaya a perder, en cuyo caso se quita un peso de encima, aunque también una parte de su valor. Bienaventurados aquellos sobre los que la espada de Damocles ya ha caído, sobre todo si ellos mismos han cortado la cuerda.

105. Piero Strozzi, mariscal de Francia, a Benvenuto Cellini

Roma, 27 de marzo de 1557

Para serte franco, mi querido Benvenuto, aún queda mucho para que Nápoles sea nuestra, pues sigo estando en Roma, donde me llega tu carta. Montluc, que es el único francés mínimamente razonable, ha conseguido frenar por ahora los quiméricos proyectos del duque de Guisa. Al menos Carlos VIII entró en Nápoles antes de que lo echaran de Italia. A nosotros nos está costando salir del Lacio. He liberado Ostia y Tívoli, pero las tropas del duque de Alba siguen merodeando. En realidad, si no la paramos, después de Florencia y de Nápoles, esta maldita familia de Toledo no tardará en apoderarse de toda la península. Me habías hablado de tus problemas con la Duquesa, pero créeme que su tío no es más fácil, sobre todo desde que es virrey de Nápoles. Quizá sea un cagón, pero tiene un ejército y sabe usarlo.

Por lo que respecta a nuestro asunto, hago lo que puedo. Dentro de tres días, habrá un hombre a tu lado que se ocupará de Bacchiacca.

106. Catalina de Médicis, reina de Francia, a Piero Strozzi, mariscal de Francia

Fontainebleau, 30 de marzo de 1557

Leed esta carta de María que he hecho copiar para vos. ¿No es reconfortante? ¿No es deliciosa? ¿No es anticuada a más no poder? Ayudémoslos a llegar a Francia. Ya habrá tiempo luego de exiliarlos en alguna parte. Pero nos sigue faltando el cuadro. Yo los mandaría a todos a que se juntaran en Venecia para que los venecianos pudieran juzgar directamente el parecido entre la modelo y su retrato. ¡Pero lo cierto es que me encantaría ver a esos dos! Quiero decir a los tres.

107. María de Médicis a Catalina de Médicis

28 de marzo de 1557

¡Ay, tía, si supierais! Quiero que lo sepáis. Cuando el caballero de Malatesti me coge en sus brazos y me besa, me siento mujer. No lamento lo que me parecía entonces una locura, al contrario, tengo ahora la certeza ante Dios de haber decidido bien, pues siento el soplo divino cada noche creada por Dios. ¿No crea Dios a los hombres libres? ¿No son las mujeres también criaturas de Dios? Ya no soy la misma, ni en mi cuerpo ni en mi espíritu. He huido de mi padre y eso es un pecado, lo sé, pero al hacerlo me he acercado más a Dios, estoy segura. Una prueba de ello es que no he sangrado este mes. ¿No redimió Nuestro Señor mis pecados en la cruz?

108. Miguel Ángel Buonarroti a Agnolo Bronzino

Roma, 28 de marzo de 1557

Mi señor Agnolo, he aquí el plano de las fortificaciones que he tenido que rebuscar entre todos los papeles. No os imagináis cuánto he podido acumular en una vida de trabajo, entre dibujos, planos, contratos, facturas y libros de cuentas. He señalado el emplazamiento del pasadizo por donde podréis sacar a vuestro hombre con toda discreción.

109. Giorgio Vasari a Vincenzo Borghini

Bolonia, 29 de marzo de 1557

Soy como un furtivo que va identificando excrementos de conejo de posada en posada. Pero nuestros dos tortolitos son como las liebres que cambian de dirección para escapar de los perros. No sé cuándo volveré a Florencia, razón por la cual os pido, amigo mío, que os encarguéis de visitar personalmente a los pintores y artistas que figuran, por un motivo o por otro, en nuestra lista. (En realidad, creo que, a poco que sepan pintar, todos lo son.)

En cualquier caso, pensaba pediros que visitarais vos a Cellini, porque no me soporta. Volved a visitar también a Bronzino. Quién sabe si no encontraréis allí algo que se les haya escapado a esos inútiles del Bargello cuando fueron a arrestar a Allori. Llamad a la puerta de Ammannati y de Bandinelli. Y si no he regresado de aquí a una semana, id a casa del viejo Bacchiacca para que podamos decir que no hemos descartado ninguna hipótesis. Es evidente que el moledor de pigmentos se oculta en alguna parte. Y quizá, cuando demos con él, encontraremos también el cuadro, así como a un cómplice, si no al asesino mismo.

110. Agnolo Bronzino al prior de la cartuja de Galluzzo

Florencia, 31 de marzo de 1557

En los próximos días, Dios mediante, un hombre enviado por mí llamará a la puerta de vuestro convento. Tened la bondad, padre, de acoger a este amigo mío como hicisteis conmigo antaño, por puro amor, sin hacerle preguntas a él ni pedirme respuestas a mí, en recuerdo de los frescos que Jacopo ha pintado en vuestra casa, sobre los que Dios me ha concedido el honor de poner mi mano.

111. Giorgio Vasari a Vincenzo Borghini

Parma, 31 de marzo de 1557

Querido amigo, ¿habéis hecho ya lo que os pedí?

Mis dos estorninos han sido vistos en Módena y en Parma, pero parecen haber partido en dirección a Mantua. Mucho me temo que, en realidad, no sepan adónde ir, lo que hace tan erráticos sus desplazamientos y tan difícil su búsqueda. Es imposible predecir las artimañas de quienes cuyas propias intenciones son cambiantes, oscuras y ocultas para sí mismos. El cerebro de los jóvenes es como la arena. Nos hundimos en ella al querer penetrarla. Os cuento esto para deciros que mi misión lleva camino de mantenerme todavía lejos de Florencia hasta Dios sabe cuándo. Me aflige fallaros, pero tendréis que llevar a cabo vos solo las visitas de las que hemos hablado. No es tiempo ya de andarse con miramientos. Registrad por todas partes, no tengáis compasión con nadie. Sobre vos recae ahora la responsabilidad de la investigación y la de encontrar al moledor de pigmentos. Tenedme al tanto del resultado de esas visitas y, sobre todo, de lo que encontréis en casa de Bronzino.

112. Vincenzo Borghini a Giorgio Vasari

Ferrara, 2 de abril de 1557

Ya sabéis, mi señor Giorgio, que siempre podéis contar con vuestro leal Vincenzo para cumplir las tareas que le asignéis, aunque circunstancias excepcionales le obliguen a cierto retraso. Así pues, he ido a la corte D'Este, como me habíais pedido, y sin más dilación paso a daros el informe de mis reflexiones.

Antes que nada he de decir que el duque Hércules sabe ser un buen anfitrión. No ha habido noche que no haya ofrecido un banquete a sus huéspedes digno de la corte francesa. Baste con deciros que mi barriga no ha estado vacía desde hace cuatro días, y eso que estoy cagando cada dos por tres si no quiero reventar como un odre. Vivo, por así decir, en el país de Gargantúa, y tampoco mis oídos se vacían de música, pues a este duque le gustan tanto los músicos y los juglares que no hay casi ningún momento del día en que una tonada de laúd no acompañe un espectáculo de teatro o danza.

Este Duque es todo un amante de las artes, como lo atestigua su colección de tapices flamencos, así como la abundancia de cuadros de pintores de los que siempre ha gustado de rodearse, como los hermanos Dossi antaño, Girolamo, de quien lamento comunicaros que ha fallecido el pasado invierno, el joven Bastianino, que sigue sus pasos, y el mejor de todos, a mi modo de ver, Garofalo, que, sin igualar a nuestros maestros florentinos ni justificar el título de «Rafael de Ferrara» que la ciudad le ha otorgado demasiado pronto, podría aspirar a tener un sitio en nuestras *Vidas* sin desmerecer. He de confesaros que con los Dossi ha pintado retablos agradables a mi mirada, y quiero creer que, si algún día Dios dirige vuestros pasos por aquí, sabrán conquistar la indulgencia de la vuestra.

No vayáis a creer, sin embargo, que el duque D'Este es tan solo un mero protector de las artes que festeja. Este príncipe gobierna su ciudad con mano de hierro y la piedad es un sentimiento que le es absolutamente ajeno. Él mismo me ha contado, delante de su mujer, cómo la encerró en las prisiones del castillo porque se había reunido con la jerarquía de los luteranos y luego la entregó a la Inquisición hasta que ella aceptó asistir a la santa misa. En esas mismas mazmorras mantiene a su tío por haber conspirado tiempo atrás contra su padre: el pobre hombre tiene setenta y nueve años y se ha pasado cincuenta y uno en una celda, pero el Duque, que parece haber heredado el rencor paterno, se niega obstinadamente a indultarlo.

Si su hijo sale a él, puedo comprender que la princesa María no se sienta invadida por una alegría desmesurada ante la idea de ser su esposa. No sé si los rumores que corren por ahí son ciertos, pero he estado con el joven príncipe y no me ha parecido dotado de ninguna de las cualidades que han de esperarse de un gentilhombre. Su mirada torva, su desdén, la manera como trata a su gente, con una dureza que linda con la crueldad, me abocan a esta conclusión: hemos de añadir a este hombre a nuestra lista. Juraría que tiene un temperamento de asesino. Además, ¿no estaba precisamente en Florencia en el momento de la muerte de Jacopo? Suponed que hubiera descubierto el cuadro, tan ofensivo para su futura esposa. Quién sabe cómo habría reaccionado un hombre de carácter bilioso, inclinado por naturaleza a la cólera.

Si nuestra lista aumenta, conservo la esperanza de que podamos sacar de ella de una vez los nombres de las dos monjas. Antes de irme, pasé a ver a la pobre Plautilla, que se reponía de su interrogatorio, le llevé lo necesario para pintar y le pedí que hiciera un *Descendimiento* como el que dice haber entregado a sor Catalina de Ricci. Así veremos de lo que es capaz y cómo imita los cuerpos masculinos.

Una cosa más: para que las obras de la Signoria no se retrasen más por vuestra ausencia y la mía, he contratado al joven Naldini. Creo que será de excelente ayuda para vos.

113. Giorgio Vasari a Vincenzo Borghini

Mantua, 7 de abril de 1557

¡Vincenzo, so burro, me traen sin cuidado Ferrara y su duque! ¡Me importan un bledo vuestras historias de banquetes, flautistas, de viejos en mazmorras y esposas reformadas! ¡El marido puede comerse estofada a su mujer si le apetece! ¡Que le den por el saco a esa familia! Ahora resulta que el duque D'Este y su hijo os parecen unos degenerados. ¡Pues claro! ¿Acaso sois el único que ignora que la madre del Duque era Lucrecia, la muy puta hija de Borgia? ¿Es que vais a quedaros mucho tiempo por allí estudiando las costumbres y hábitos locales? El asesino es un pintor. ¿El hijo del Duque sabe pintar? ¿No os he dicho que volváis a registrar la casa de Bronzino? Allí es donde hay que buscar, estoy seguro, pero yo continúo condenado a recorrerme toda Italia persiguiendo a mi presa. No alcanzo a entender si nuestros dos jóvenes descerebrados desean ir a Francia o a Venecia. Me dirigía ya a Piacenza cuando comprendí que habían puesto rumbo al norte. Me saca de quicio el tiempo que estoy perdiendo en esto. ¡Y encima vuestra carta me ha llegado con una semana de retraso! Os suplico, amigo mío, que no os entretengáis más con esos mamarrachos ferrareses con los que me calentáis los cascos y salid de inmediato de ese castillo encantado que os ha trastornado y revuelto las tripas.

114. María de Médicis a Catalina de Médicis, reina de Francia

Verona, 7 de abril de 1557

Si todos los hombres que están a su servicio fueran tan listos e inteligentes como mi Malatesta, mi padre sería muy afortunado. Pero lo dudo mucho, la verdad. Deberíais oírle inventar toda clase de cuentos para justificar que una joven pareja se haya lanzado así por los caminos. La última vez le ha dicho al posadero que estábamos recién casados y que me llevaba a visitar sus tierras en Lombardía. Además, siempre me presenta como su mujer, lo cual me llena de tranquilidad. ¡Lo amo tanto! ¡Desearía tanto que vos lo amaseis como lo amo yo! Bueno, no tanto como yo. ¡Ya veis qué tonterías digo! Es que tengo la impresión de estar en uno de esos cuentos de Boccaccio en los que hay mujeres misteriosas que poseen un secreto y viajan a caballo de incógnito, a veces disfrazadas de hombre, y encuentran el amor en su camino. ¡Qué aventura! A veces tengo tanto miedo que vomito, pero no me importa. No me arrepiento de nada y mi decisión no tiene vuelta atrás. ¡Que quien lleva el timón de mi destino despliegue mis velas! Y pensar que al principio dudaba en seguirlo... Pero ahora preferiría morir antes que volver a Florencia. Si Dios quiere, pronto estaremos en Milán, y de allí conseguiremos llegar a Suiza y luego a Francia. ¡Que Dios nos proteja! Os mando un beso, querida tía, porque oigo a mi Malatesta que me llama desde el balcón, al que ha ido a escrutar el cielo para saber qué tiempo hará mañana (también sabe descifrar los secretos de la naturaleza, ¡sabe tantas cosas!), pero confío en que nos veamos pronto.

115. Vincenzo Borghini a Giorgio Vasari

Florencia, 15 de abril de 1557

Siento mucho que mi viaje a Ferrara no os haya complacido, sobre todo porque, con mi visita al duque D'Este, yo creía, por el contrario, satisfacer una petición que me habíais hecho expresamente. Soy un idiota, claro está, pero un idiota sumiso y fiel, siempre pendiente de complaceros. Vuestra carta, lo confieso, me ha avergonzado y confundido, y lamento muchísimo haberos contrariado. Pero ya sabéis que no hay que decirme las cosas dos veces. En cuanto terminé de leerla, me puse en camino a Florencia sin despedirme del Duque.

Flanqueado por toda una escuadra, me he presentado de nuevo en casa de Agnolo. Lamentablemente, esta visita no ha permitido confirmar vuestras convicciones. Los guardias han vuelto a registrar su casa y su taller hasta en los más pequeños rincones y no hemos encontrado nada. Había, ciertamente, bocetos y borradores de retratos inacabados de la princesa entre decenas y decenas de otros más, pero ¿no es lo normal en casa de quien pasa por ser, por así decir, el retratista oficial del duque de Florencia, de su familia, de sus hijos e incluso de sus antepasados? En definitiva, el único resultado de nuestra intrusión es haber disgustado mucho a Agnolo, que está que trina y hecho una furia. No me sorprendería nada que fuera a quejarse al Duque.

Una vez liberado de la tarea que me habíais asignado, he asumido la responsabilidad de sacar a sor Plautilla de la cárcel, con la aquiescencia del Duque, que me lo ha concedido sin titubear, ya que, como vos sabéis mejor que nadie, en estos momentos tiene asuntos más graves que atender. He llevado a la pobre mujer a los Inocentes, donde podrá pintar a sus anchas. Por lo que llevo visto, sus cuadros no carecen de cierto encanto, pero están muy lejos de la *terribilità* de los frescos de San Lorenzo y de la pujanza horrífica que le atribuía Catalina de Ricci a propósito de su misterioso *Descendimiento*.

Por lo que respecta al obrero Marco Moro, sigue inencontrable, aunque, en fin, según vuestro razonamiento, poco importa que esté metido en algún agujero o vaya de camino a Nueva España, porque él tampoco podría repintar el fresco al estilo de Pontormo.

De Giambattista Naldini, descartado de nuestra lista por las mismas razones, os comunico que ha sido contratado en las obras de la Signoria. Ya os dije que lo conozco desde niño y era un buen muchacho y no dudo de que lo siga siendo. Sobre su pintura, que vos seguís juzgando inferior a la de su maestro (lo que, en cierto modo, es una suerte para él, ya que eso lo exime de toda culpa según vuestra opinión), nada hace suponer que, en contacto con vos y siguiendo vuestras lecciones, no llegue a parecérsele, aunque no a igualarlo. Entretanto, estaréis contento de tener un ayudante más, y así todo el mundo se beneficiará de ello.

116. Giovanni Battista Schizzi, miembro del Senado y regente del ducado de Milán, a Cosme de Médicis, duque de Florencia

Milán, 15 de abril de 1557

Milán, que siempre ha sido amiga de los Médicis, se felicita por las excelentes relaciones que mantiene con el duque de Florencia, Cosme I. Por eso no deseamos de ninguna manera, querido Duque, que haya el menor malentendido sobre nuestra actuación ni sobre el motivo de esta carta. No ocultaré a Vuestra Excelencia que dicho motivo es causa de cierto apuro.

Hace poco hemos capturado en nuestro territorio a una pareja de jóvenes que viajaba desde Florencia con la intención de ir a Francia. El hombre se nos ha escapado, pero la joven dice ser vuestra hija primogénita. Aunque, en efecto, estaban en posesión de un salvoconducto firmado por vos, el hecho de que viajaran completamente solos, sin escolta ni personas de compañía salvo una sirvienta, hospedados en una posada en lugar de anunciarse a las autoridades de la ciudad, con un pequeño baúl lleno de ropa a la moda española por todo equipaje y joyas de gran valor, no ha dejado de intrigarnos y nos ha parecido oportuno retenerlas hasta aclarar el asunto.

Si esta damisela es en verdad la hija de Vuestra Excelencia y si se nos hubiera avisado de su visita, la habríamos recibido evidentemente con todos los honores que merece su rango. Sin embargo, ante nuestras reiteradas preguntas, he aquí lo que la pretendida princesa finalmente ha consentido responder: que había sido enviada junto a la reina de Francia en misión diplomática secreta. El joven, según ella, sería su guardaespaldas. Pero, de ser así, ¿por qué huir? A esto ella no ha sabido dar ninguna explicación satisfactoria. Uno por otro, el asunto nos ha parecido bastante confuso. Os rogamos, querido Duque, que nos ayudéis a resolver este misterio y nos digáis lo que deseáis que hagamos con la joven dama.

117. Giambattista Naldini a Agnolo Bronzino

Florencia, 15 de abril de 1557

Unas palabras, mi señor Agnolo, para pediros que hagáis llegar la carta que os adjunto a Marco Moro, si por ventura sabéis dónde encontrarlo. No os asustéis, no debéis temer ninguna indiscreción por mi parte. Sandro, a quien apreciáis como a un hijo y yo como a un hermano, me lo ha contado todo. No pretendo comparar mi alegría con la vuestra cuando ha sido liberado, pero su arresto me sumió en una desesperación más negra que la noche. Estad seguro de que nunca cometeré ninguna acción deshonesta que pudiera perjudicarlo a él o a vos.

118. Giambattista Naldini a Marco Moro

Florencia, 15 de abril de 1557

Ni soy Miguel Ángel ni lo seré jamás. ¿Acaso creéis que no lo sé? Pero si yo, Giambattista Naldini, huérfano de los Inocentes, consigo vivir de mi arte, por algo será, ¿no? ¿O pensáis que, porque no tenemos padres, debemos carecer de la menor ambición? ¿Me reprocháis que, saliendo de la nada, intente hacerme un hueco, un muy pequeño hueco, apenas un nicho bajo un retablo cualquiera de una capilla de la más oscura iglesia, entre los grandes maestros de Florencia? Y si lo consiguiera, ¿no sería la prueba de que tengo algún mérito? Cada uno trata de escapar a su destino como puede.

Es verdad que os he entregado a Vasari. Sí, fui yo quien lo envió a San Lorenzo para pillaros allí la noche de vuestra reunión secreta. No era muy difícil de adivinar, ¿no creéis? ¿Qué otro podía tener interés en hacerlo? ¿Allori? Allori está bajo la protección de Bronzino y ya le hacen encargos. Allori puede permitirse no denunciar a nadie. Pero yo he perdido a mi maestro y estoy solo. Parece ser que Dios, que me ha concedido un poco de talento, no me ha dado lo suficiente para que pueda progresar sin recurrir a alguna artimaña. El Señor, en su infinita misericordia, no ha querido que los guardias del Bargello os atrapen. Pero ha querido que yo saque algún beneficio de mi traición, porque pronto voy a engrosar el número de ayudantes de Vasari en las obras del Palacio Viejo. He podido así hacerme un favor a mí mismo, dándome a conocer como pintor a lo más granado de la corte florentina, sin por ello causaros un daño irremediable. Ya veis que no hay que juzgarme con severidad. Cada cual aprovecha su suerte con los medios de que dispone. ¿Qué podía hacer yo, después de la muerte de mi maestro? ¿Qué habríais hecho vos en mi lugar? Sé muy bien el camino que habéis escogido. Incitáis a los demás obreros a rechazar su destino, os proclamáis su jefe y los lanzáis a la revuelta. ¿Para qué? ¿Queréis deponer al Duque? ¿Y quién os dice que el que venga no será peor? ¿Deseáis un nuevo Savonarola para defender a los menesterosos? ¿Sabéis qué castigo reservaba un hombre como él a la gente como yo? Por lo menos el Duque cierra los ojos ante esos comportamientos que la Iglesia condena y que el mundo reprueba. El Duque quizá os habría mandado ahorcar si hubierais caído en sus manos. Pero yo sería quemado vivo si cayera en las del papa. No todo el mundo es Cellini para sobrevivir a una acusación de sodomía.

Desconozco si habéis matado al viejo Pontormo. Lo creo posible porque recuerdo cuán odioso podía llegar a ser, tanto con vos como conmigo; había días en que lo habría estrangulado con mis propias manos, de lo furioso que me ponía. Si es el caso, no debéis castigaros más que a vos mismo, pues todo lo que os ha sucedido después procede de ese primer acontecimiento. Si Pontormo no hubiera muerto, jamás os habría denunciado. Pero vuestra verdadera falta, seáis o no responsable de su muerte, es haber querido reanudar vuestras reuniones mientras los hombres del Bargello merodeaban por todas partes en busca del asesino. No era difícil saber que os detendrían y, entonces, torturado en las mazmorras del Bargello, cuando os hubieran preguntado quién os informaba sobre las idas y venidas del viejo, ¿estáis seguro de que mi nombre no saldría de vuestra boca? Por tanto, considerad que os he denunciado para tomar la delantera y evitaros causar mi perdición. En cierto modo, al empujaros a huir, nos he salvado a los dos. Naturalmente, no espero que me deis las gracias, pero me gustaría que cuando leáis mi punto de vista, podáis afrontar las cosas desde otra perspectiva.

119. Marco Moro a Agnolo Bronzino

Galluzzo, 15 de abril de 1557

Antes de abandonar el refugio que me habéis procurado, he garabateado unas líneas que os hará llegar el prior. Ignoro por qué un cortesano como vos ha ayudado a un obrero como yo, pero no quiero pasar por desagradecido. Me habéis salvado. Así pues, gracias. Parto ahora para Suiza y después a Alemania, o tal vez a Flandes. La fama de los italianos en nuestra especialidad es tan buena que no me costará mucho encontrar trabajo allí donde esté. Me esforzaré por hacer todo lo posible para que el reino de Dios sea en esta tierra y no solo en el más allá, y para que no esté reservado a unos pocos, sino a todos.

¿Y vos qué vais a hacer? ¿Ha sido liberado vuestro aprendiz? Ojalá, pero adivino que vuestros amos ya no darán más satisfacción a lo que deseáis. Ayudarme era un acto de coraje y de rebeldía. Si en el futuro os quitáis la cadena y la correa de oro que lleváis al cuello, quizá vos también, a vuestra manera, sentiréis el deseo de actuar contra ciertas cosas de este bajo mundo que os parezcan completamente injustas. Hasta entonces, adiós. Estoy convencido de que sabréis terminar la obra de vuestro difunto maestro rindiéndole el homenaje que su trabajo merece. Desde luego, no era el más fácil de los hombres y él y yo tuvimos muchas discusiones, pero, aunque yo no era más que un simple moledor de pigmentos, lo respetaba por el amor que ponía en su arte, y en sus frescos, cuya belleza admiraba.

120. Catalina de Médicis, reina de Francia, a Piero Strozzi, mariscal de Francia

Chenonceaux, 21 de abril de 1557

Recordaréis, sin duda, que yo no tenía muchas esperanzas en la huida de mi sobrina. Pues bien, querido primo, ved cuánta razón tenía: la muy torpe se ha dejado prender en Milán. Cuando recibáis esta carta, probablemente ya la habrán devuelto a Florencia. Así pues, el mejor botín se nos ha escapado de las manos, sin embargo, hemos heredado al joven paje, con el que no sabemos muy bien qué hacer. No os lo vais a creer, pero prudentemente ha decidido dejar tirada a su amada para alcanzar París él solo. ¿Qué hago? ¿Lo tomo a mi servicio? Después de todo, ¿quién mejor que este paje podría darme información sobre su amo y señor?

Me consuela de este fracaso saber que Cosme ha recuperado a su hija preñada y que ahora va a tener que trabajar duro para salvar lo que quede de su reputación. En fin, sé muy bien lo que yo haría en su lugar: casarla enseguida con el hijo D'Este para legitimar al futuro bastardito. Cosme no es ningún imbécil y forzosamente habrá llegado a esta misma conclusión. ¿Dará el duque D'Este su consentimiento? Esa es otra historia.

Por otra parte, todavía podemos jugar nuestra carta inicial, ¿no? ¿Dónde está el cuadro? ¿Podemos esperar verlo antes del fin de los tiempos, o esta historia será tan larga como la construcción del Duomo?

121. Cosme de Médicis, duque de Florencia, a Hércules d'Este, duque de Ferrara

Florencia, 21 de abril de 1557

Disculpad el exceso de escrúpulos, qué digo, la pusilanimidad que me ha empujado a querer postergar el matrimonio. Creo que María está ya totalmente dispuesta a convertirse en la esposa de vuestro hijo Alfonso y, si no lo estuviera, no importa: arrojándolos al río es como se enseña a los niños a nadar. Por tanto, sabed que su madre y yo estamos dispuestos a fijar una fecha para la boda. ¿Qué os parece el próximo mes? ¿Pongamos el 1 de mayo? O digamos el 8, para dar a mi gente tiempo para preparar unas festividades a la altura del acontecimiento. No sabría expresaros con suficiencia, Duque, la alegría y el orgullo que me causa la perspectiva de la unión de nuestras dos casas.

122. Benvenuto Cellini a Piero Strozzi, mariscal de Francia

Florencia, 21 de abril de 1557

Me he encontrado con el Scoronconcolo* de Vuestra Excelencia y ya puedo deciros que, a mi modo de ver, me habéis enviado a todo un zopenco. Mirada carbonosa, barba espesa, de caderas anchas, alto de estatura y con esa manía de hablar en voz baja. Mucho me temo que tendré que acompañarlo en su labor, pues me da a mí que no está muy dotado para las artes y no será capaz de discernir cuál es el cuadro de Pontormo en el taller de Bacchiacca. Iremos a primera hora, mañana o pasado mañana, si Dios quiere. Moverse a la luz del día hace todas las acciones más arriesgadas de lo que deberían, pero por otra parte es la única manera de asegurarnos de que Bacchiacca no estará en su casa, ya que estará en el palacio, como cada día que Dios nos da, trabajando en el lecho del Duque, que, a tenor del tiempo que lleva invertido haciéndolo, debería ser digno del *David* de Miguel Ángel o de mi *Perseo*.

* Scoronconcolo, sobrenombre de Michele del Tavolaccino, uno de los asesinos de Alejandro de Médicis. *(N. del t.)*

123. Giorgio Vasari a Vincenzo Borghini

Bolonia, 21 de abril de 1557

Si no es el obrero, ni la monja ni el asistente, no nos queda más que un solo culpable posible, ¿no es así? El hecho de no haber hallado nada en su casa no cambia las cosas. Hemos tardado demasiado, por un sentimiento de excesiva confraternidad, pero, en fin, no vale la pena darle más vueltas: lo hecho hecho está, no se hable más. Ahora bien, ¿cómo desenmascararlo? Examinad minuciosamente todos los informes del Bargello, interrogad a los vecinos de Bronzino. Llegaré a Florencia mañana antes de mediodía, pero como tendré que devolver a la princesa a su padre y redactar para él mi informe, no estaré disponible el resto del día. Perdonadme si mi última carta era un poco subida de tono, pero es que ya hemos perdido mucho tiempo. Olvidémonos de Ferrara. Cuento con vos, amigo mío, para engañar a Bronzino. Por mi parte, para que no penséis que os encargo las faenas más engorrosas, iré con dos guardias a visitar a Bacchiacca, aunque dudo que el pobre viejo tenga nada que ver en esta historia.

124. Hércules d'Este, duque de Ferrara, a Cosme de Médicis, duque de Florencia

Ferrara, 29 de abril de 1557

Querido Duque, nos halaga esta presteza tan repentina por casar a nuestras dos familias, y creed que yo también ardo en deseos de poder llamaros hermano. Sin embargo, recordad vuestra carta anterior. Vuestra súplica me había conmovido. ¿Cómo no ceder ante un padre que vela tanto por su hija? En consecuencia, os escribo hoy para daros satisfacción al respecto, de total acuerdo con Alfonso, a quien nada desagradaría más que maltratar a su prometida. A vuestra encantadora niña la atemoriza ser arrancada de unos padres que tanto la quieren, quizá la asuste la austera frialdad del castillo de los D'Este y se vea arrojada a una corte en la que, pese a ser bien acogida, no conozca a nadie. Siente pánico, no está preparada aún. No se diga más. Al fin y al cabo, no hay ninguna prisa. ¿No es suficiente con que se haya manifestado la mutua voluntad de los D'Este y los Médicis, firme e inquebrantable por ambas partes, de unirse, mediante un matrimonio u otro, para sellar la amistad de nuestras dos familias y la alianza de nuestras dos ciudades? Duque, bajo ningún concepto quiero que dudéis de mi voluntad de complaceros y, para demostraros que no son solo palabras, voy a daros una prueba de ello: retrasemos el matrimonio al otoño. Así, veremos disiparse los malvados rumores que circulan por ahí, obra de viles calumniadores que nunca dejan de abundar en circunstancias como esta. He oído que vuestra querida María había ido a Milán recientemente. Espero que no esté demasiado cansada, los viajes siempre son agotadores para las damas, sobre todo para las damiselas. Procurad que vuestra hija se recupere y transmitidle que nada nos importa más a mi hijo y a mí que su buena salud.

125. Sor Catalina de Ricci a sor Plautilla Nelli

Florencia, 29 de abril de 1557

Dios ha querido que recobres la libertad, dándonos así una nueva prueba de su misericordia. A mí, en cambio, me han trasladado al Bargello y seguiré sufriendo hasta que Él quiera, pues estoy casada con su hijo, Nuestro Señor: desafío a cualquiera que, en adelante, al ver mi cuerpo martirizado por la soga como el Suyo lo fue en la Cruz diga lo contrario. Además, los estigmas han vuelto a aparecer. Gracias, Dios mío, por haber cerrado la boca a sor María Serafina, a sor María Perpetua y a sor María Modesta, esas impías rameras que nunca han soportado mi divina elección. No me sorprendería que, en el futuro, se diera mi nombre al convento de Prato.

Tan solo lamento una cosa, que es haber quemado tu cuadro, cuyo gran valor no supe reconocer. Pero es que esta nueva manera de pintar me había desconcertado. Eso tiene que haber sido. Porque era el mejor que habías hecho. Perdóname, hermana mía. ¿Es cierto que el prior de los Inocentes te ha acogido y animado a seguir por esa vía? Seguro que sí, porque es él quien me ha autorizado a escribirte, lo cual está bien. Ese hombre es bueno. Por amor a mí, la próxima vez que lo veas háblale de mi miserable condición. Mi alma se reunirá pronto con la del hermano Jerónimo, pero, ya que no tendré la suerte de subir a la hoguera para ser inmolada allí como él, me gustaría fallecer en una celda que Dios nos tiene reservada en el convento, y no en el Bargello.

126. Vincenzo Borghini a Giorgio Vasari

Florencia, 29 de abril de 1557

He pasado tantas horas entre los muros del Bargello que al final he llegado a pensar que estaba allí encerrado como todos esos pobres diablos cuyos gemidos todavía resuenan bajo la bóveda de mi cabeza. El eclesiástico que soy no puede quejarse del sacerdocio que supone la tarea de ayudaros, pero espero que después de un día y una noche enteros examinando con todo detalle los archivos del año en curso y seis meses del anterior, me hayáis absuelto de mi escapada a Ferrara. Dicho esto, pese a lo fastidioso que ha sido ese trabajo, no puedo negar que ha dado algún fruto, como podréis constatar vos mismo en la carta que adjunto a este pliego, fiado de la diligencia de un guardia que tiene orden de entregárosla en propia mano. En efecto, después de haber buscado en vano en los informes de la guardia el rastro de algún incidente, de la naturaleza que fuese, relacionado con Bronzino, se me ocurrió la idea de meterme a fondo en la montaña de cartas de denuncia que llegan cada día al Bargello, donde son escrupulosamente conservadas. ¡Y ved lo que he encontrado! Debo aclararos que esta carta no es la única de su especie, más bien al contrario, hay media docena de otras parecidas, pero fijaos en la fecha: eso es la que importa.

Me perdonaréis si no me reúno con vos en la Signoria ni más tarde en la taberna, pues, agotado como estoy, necesito lo que hace mantenerse vivos a todos los seres, el sueño, así que se impone que me vaya a dormir sin dilación.

127. X al Bargello

Florencia, 1 de enero de 1557

La noche pasada, a la una (lo sé porque la campana del Duomo sonó en ese preciso momento), oí claramente cómo el señor Angelo di Cosimo di Mariano, también conocido por el nombre de *Bronzino*, pintor, follaba con su aprendiz, el joven Sandro Allori, en su vivienda sita en Corso degli Adimari. Lo sé porque no es la primera vez que los oigo y porque no lo ocultan durante el día: Bronzino no se corta en hacerle carantoñas, como pellizcarle la mejilla o darle palmaditas en las nalgas, como se haría con una doncella. Además, todo el mundo en el barrio está al corriente. Es imposible confundirse de persona, porque los dos comparten solos un piso anexo al de la familia Allori, que vive al lado, detrás de la armería del difunto Tofano Allori, que en paz descanse.

Creo, como nuestro buen Duque, que los que se entregan a la sodomía deberían ser castigados severamente. Por eso cumplo con mi deber y os informo de estos hechos incalificables que ofenden a Nuestro Señor y a las leyes de Su Excelencia. No deseo la muerte a nadie, pero ¿para qué hacer leyes si no se castiga a los culpables? He de añadir que han estado fornicando durante un tiempo considerable y que han parado justo antes del alba. Pese a ello, he observado que Bronzino salía de su casa a la hora de maitines sin parecer cansado tras una noche tan agitada, e incluso diría que lucía un aspecto bastante fogoso. Es sorprendente que un hombre de su edad dé pruebas de semejante vigor, y sospecho alguna brujería detrás de ese estupro.

Por lo demás, tan solo soy un sujeto fiel y obediente que desea poder dormir sin que se le altere el sueño con ruidos de copulación bestial y contra natura, y os aseguro que todas las personas honradas de la calle piensan como yo.

128. Giorgio Vasari a Vincenzo Borghini

Florencia, 30 de abril de 1557

No cabe duda, mi señor Vincenzo, que vuestro celo en la tarea encomendada ha sido recompensado y que no cabría esperar ni un minuto más para transmitiros mis absolutas felicitaciones. ¿No es maravilloso? Exculpáis a nuestro principal sospechoso por una carta de denuncia que lo acusa de otro crimen. ¡Menudo talento el vuestro! ¡Menudo artista de la paradoja y de la comedia! Deberíais escribir obras de teatro. Desde luego, la coartada de Bronzino es por lo menos original. Solo nos queda verificar que sea auténtica, claro.

Vuestra carta ha trastornado otra vez mi agenda y he tenido que postergar mi visita a Bacchiacca para ir a llamar a la puerta de Bronzino. Ya os informaré en detalle de su declaración cuando hayáis acabado de hibernar, pero os adelanto que cuando le he hecho partícipe de las acusaciones de que era objeto, ha protestado con toda la energía que le quedaba, lo que me ha sorprendido mucho, pues no puede ignorar los rumores que circulaban ya en la época en que, siendo joven, vivía en casa de Pontormo. Por otra parte, pese a las recientes leyes que establecen la pena de muerte para los sodomitas, el Duque nunca ha manifestado mucho interés en esas cuestiones. ¿Recordáis el altercado que enfrentó a Cellini con Bandinelli? El segundo había tratado a nuestro intrépido rufián de «infame sodomita» delante de Su Señoría, en presencia de toda la corte, impidiéndole al Duque cerrar los ojos ante el asunto como había venido haciendo hasta entonces. El gracioso Benvenuto salió con una de sus ocurrencias: «¡Como si Dios hubiera permitido que me iniciara solo yo en tan noble arte!». Y empezó a glosar una práctica supuestamente reservada a los dioses de la Roma antigua, a los emperadores y a los reyes, mientras que él, pobre engendro, no era digno de «algo tan admirable». La bufonada había ido tan lejos que eximía de toda reacción que no fuera una carcajada general. No hizo falta más para que el Duque se creyese dispensado de aplicar algún castigo, y esa época no es tan lejana como para imaginar que ya ha pasado. Por otra parte, ¿por qué Bronzino se niega a asumir un papel que lo libraría de toda sospecha en la muerte de su maestro? Hay algo que no me encaja en todo esto.

Sea como sea, os confieso que este giro inesperado, que debemos a vuestra admirable obstinación, enreda aún más nuestra pesquisa. Bronzino reunía los tres elementos propios de los culpables y cuyo conocimiento permite desenmascararlos: el móvil, los medios y la ocasión. Si damos por bueno que dice la verdad, la carta de vuestro denunciante anónimo le priva, al parecer, de la ocasión, pues rehacer una parte del paño de pared requirió varias horas, toda la noche, en realidad, ya que hubo que aplicar una capa de enlucido antes de repintar encima. Está claro que, al buscar una prueba de su culpabilidad, lo habéis convertido en inocente. Comprendo que necesitéis refugiaros en los sueños, porque hasta yo mismo me siento agobiado y poseído repentinamente por una especie de desaliento. ¿Qué hacer, si nadie reúne los tres criterios? ¿Nos bastaría con dos? Pero si descartamos la ocasión, entonces nuestra lista se alarga considerablemente: entre los que podían repintar el fresco tan bien como Pontormo habría que añadir a Salviati en Francia (ya que, si mal no recuerdo, fue el primero en quien se pensó para pintar los frescos de San Lorenzo), a Tiziano en Venecia, a Miguel Ángel en Roma... Me da un ataque de vértigo. ¿Cómo podría cometerse un crimen desde la distancia? Todo esto no tiene sentido, y creo que también yo voy a ir a acostarme. Que Bacchiacca espere un poco más antes de verse honrado con mi visita.

129. Benvenuto Cellini a Piero Strozzi, mariscal de Francia

Florencia, 1 de mayo de 1557

Nada tengo que enseñar al soldado experimentado que sois, y menos aún al mayor condotiero de Italia y de Europa que también sois, pero, en fin, hay una verdad que nos conviene recordar: la fortuna es mujer. Se da o se niega sin que sepamos nunca por qué.

El viejo Bacchiacca ha caído enfermo y, en consecuencia, ha de guardar cama en su casa. Me ha costado un mundo convencer a vuestro sicario de que aplacemos nuestra visita a su taller. El grandullón no quería entender que hemos de recuperar el cuadro *en su ausencia*.

Deseo que la suerte os sea más favorable y que, aunque no hayáis recuperado ese puñetero cuadro, podáis al menos tomar Nápoles, lo que no sería mala compensación, ¿no creéis? Hasta entonces, paciencia. Seguid depositando vuestra confianza en mí: nunca hallará un sitio mejor.

130. Agnolo Bronzino a Giorgio Vasari

Florencia, 1 de mayo de 1557

También vos, mi señor Giorgio, vais a tener que decidir quién sois. ¿El enamorado de las artes o el cortesano servil? ¿El autor de las *Vidas de los pintores* o el que le hace los trabajos sucios al Duque? ¿No habéis comprendido todavía por qué Jacopo pintó ese cuadro que buscáis por todas partes? Vos, que tenéis la mirada tan aguda para penetrar en las pinturas, ¿tan ciego estáis cuando se trata de las cosas de este siglo? Este papa, este concilio, estos reyes católicos y esta Inquisición: he aquí las autoridades a las que nuestro Duque debe rendir vasallaje si quiere que le den el título de rey de Toscana, algo que nunca se le concederá, si queréis saber mi opinión. A nuestro Duque, tan liberal, tan propicio a los artistas que tanto le gustan, ¿verdad?, cierto es que le traen sin cuidado los sodomitas y las brujas y los judíos, incluso los luteranos, mientras estos no amenacen la seguridad de sus Estados. No es de esos fanáticos que quieren demostrar a Alemania y al mundo entero que la fe católica no es esa guarida de corrupción poblada de monjes lascivos y Borgias degenerados. Pero en el fondo es aún peor. Puede que el Duque nos quiera, pero, para complacer a esa gente que nos odia y que odia nuestra pintura, debe aparentar que nos odia también, y si tuviera que darnos muerte o entregarnos a Roma en jaulas como animales, lo haría sin dudar, porque nada ni nadie lo desvía de su empeño por hacerse con la corona de Toscana. Jacopo quiso protestar contra esa gigantesca hipocresía al pintar su cuadro, tan ofensivo para la familia de los Médicis. Estaba encolerizado porque se sentía abandonado y traicionado. ¿Acaso no tenía motivos para estarlo? En vuestra opinión, ¿hasta dónde es capaz de llegar el Duque para dar garantías a aquellos de quienes depende su corona?

Sospecháis que he matado a Jacopo y yo debería sentirme halagado por ello, ¿no es así? Porque pensáis que soy el único capaz de igualar a mi maestro para repintar su fresco. Pero, creedme, si yo hubiera tenido que repintar el coro de San Lorenzo después de haberlo matado, os aseguro que no lo habría hecho idéntico a como estaba. Habría mostrado a un Noé ebrio completamente desnudo, como Miguel Ángel lo pintó antaño en el techo de la Sixtina cuando todavía se toleraban imágenes así, y habría hecho más gordos sus cojones y su polla para que los vieran bien los Pablo IV y los Felipe II y los discípulos de Savonarola que siguen pululando por ahí, y todas las duquesas españolas cuya mojigatería, afectación y altivez me asquean y me dan ganas de asesinarlas.

Pero no soy culpable del crimen de haber matado a mi maestro. Del otro crimen del que se me acusa, somos todos criaturas de Dios y dejo que vuestra conciencia juzgue si merece el castigo que la ley prevé en casos semejantes. Sea lo que sea que decidáis, tened la bondad de salvar a Sandro, que es tan joven y tendrá toda la vida para volver al camino recto.

131. Benvenuto Cellini a Piero Strozzi, mariscal de Francia

Florencia, 2 de mayo de 1557

¡Maldito sea el bruto que elegisteis! No ha querido esperar a que Bacchiacca se restablezca, por lo que me he visto obligado a acompañarlo al alba (pues el toque de queda hacía mucho más arriesgada cualquier salida nocturna) a la vivienda del viejo pintor, ataviado con un manto con capucha y solo con mi valentía, a falta de convicción en una empresa tan insegura. ¿Cómo podía ser de otro modo? La verdad es que entrar allí ha sido un juego de niños, pues ninguna cerradura se resiste a un orfebre como yo. Sabía dónde había escondido el cuadro y oíamos gemir al viejo en su lecho. ¿Y qué creéis que pasó? Puede que Bacchiacca estuviera enfermo pero no sordo. Nos oyó trajinar por su taller y no estaba tan débil como para no levantarse de la cama. Se nos presentó, atónito, en el umbral con mirada febril, la mandíbula desencajada, tocado con un gorro de dormir. «¿Benvenuto?», preguntó, pues yo me había bajado la capucha porque me molestaba y me producía una sensación de ahogo. Iba a asegurarme de su silencio soltándole un discurso parecido al que le había dado durante mi increíble golpe de audacia en el palacio; me venía ya a los labios esa mezcla de palabras tranquilizadoras y amenazas sin réplica, cuando de repente vuestro Scoronconcolo (lo llamo Scoronconcolo por no decir su verdadero nombre, pero, en fin, el sicario de Lorenzino seguro que estuvo más inspirado cuando lo ayudó a matar a Alejandro) sacó su daga y se la lanzó a Bacchiacca, que se desplomó entre estertores. ¡Menudo imbécil! ¡Ni que nos hiciera falta otro cadáver!

Para colmo del infortunio, y como si Dios hubiera querido hacernos pagar la estupidez de vuestro hombre, el cuerpo del viejo no había tocado aún el suelo cuando oímos pasos en la escalera. ¡La guardia! ¿Por qué increíble sortilegio podían ya estar allí? Y esto no es todo: en medio del tintineo de las armas que acompaña a sus torpes pasos, reconocí la voz de esa pequeña puta que es Vasari.

Con Bacchiacca agonizante en el suelo y Scoronconcolo, que parecía llevar la palabra «asesino» grabada en la frente, ya era demasiado tarde para poner cara de circunstancias ante ese pequeño gruñón y contarle un cuento de mi cosecha. Así que inmediatamente comprendo la situación y decido un plan: golpear fuerte y correr rápido. En semejantes circunstancias, ser resolutivo garantiza el éxito. En cuanto los guardias se inclinan sobre el cuerpo del pobre Francesco y, sin darles tiempo a reaccionar, me abalanzo como un dogo. Degüello a dos de ellos con mi daga, a continuación me abato sobre el tercero, que estaba en la puerta.

Espantado por mi ferocidad y por la visión de la hoja ensangrentada de mi puñal, este retrocede y cae de espaldas. Paso por encima de él y corro escaleras abajo, dejando a vuestro hombre forcejeando con los otros guardias (no sé cuántos eran, pero me pareció que Vasari había ido con todo un batallón). Una vez en la calle, me pongo a gritar «¡Al asesino, al asesino!» para crear una confusión propicia a mi huida, me mezclo con la gente madrugadora y luego desaparezco por las callejuelas como un fantasma.

Así es como he podido escapar milagrosamente del Bargello. Ese desafortunado encadenamiento de contrariedades no me ha permitido recuperar el cuadro, y creed que es un duro golpe dado a mi honor, pues ya me había comprometido con vos y con la reina de Francia, pero ya veis que no ha sido por mi culpa. De ninguna manera vuestro hombre ha podido huir de allí, salvo que los haya matado a todos, pero Vasari está vivo, al menos no me ha llegado ninguna noticia de su muerte. Queda confiar en que vuestro Scoronconcolo haya dejado este mundo, o que haya podido escapar, o que, si ha sido detenido, mantenga la boca cerrada, si no estoy perdido. Por si acaso, estoy dispuesto a dejar la ciudad, pero sé por experiencia que el miedo nunca es buen consejero, así que he decidido esperar sin hacer nada que pueda llamar la atención sobre mí, ya que estoy casi seguro de que Vasari no me reconoció en el fragor del momento, al ser mis gestos demasiado rápidos para el ojo humano.

132. Giorgio Vasari a Miguel Ángel Buonarroti

Florencia, 2 de mayo de 1557

Os doy mi palabra de que llevo diez veces repitiendo mi historia a Borghini y aún no puedo comprender lo que me ha pasado, y él aún menos, que me escucha con la boca abierta y me estrecha en sus brazos. Porque Vincenzo es mi amigo, pero no es pintor. Todavía me tiembla la mano, me duele el hombro y me arde la mejilla, pero solo a vos quiero referir los increíbles acontecimientos de esta mañana, a vos, que sois el enviado de Dios en la tierra y el dechado de todas las virtudes, entre ellas la de escuchar, que equivale a la de ver a distancia. Que el Duque espere mi informe. Tengo que contároslo a vos para poder ver claro, trazando de nuevo mi alucinante aventura como si la dibujara.

Es obvia la influencia celeste que hace recaer los más preciados dones sobre algunos seres humanos como vos, mi divino Maestro, genio universal sin parangón en el siglo. (Hasta el magnífico Leonardo os era inferior, pues carecía de vuestra aterradora piedad y de vuestro dominio escultórico.) Pero el benévolo señor de los cielos, que os ha enviado a la tierra para hacernos ver la belleza del mundo por medio de vuestros ojos y vuestras manos, y para ofrecer en la emoción que produce la contemplación de vuestras obras una idea sensible de la profundidad de nuestras almas, no ha olvidado, en su misericordia infinita, otorgar su gracia de vez en cuando, pero de manera completamente sobrenatural, a hombres como yo. Prueba de ello es esta mañana, en la que, sin la intervención divina, me habría unido a los tres hombres, tal vez cuatro, que yacen en el suelo para siempre.

Así pues, me dirigía esta madrugada a casa de Francesco Ubertini, apodado Bacchiacca, a quien dudo que recordéis lo más mínimo: fue discípulo de Pietro Perugino, muy hábil pintor de pequeñas figuras, con gusto por lo grutesco, razón por la cual, sin duda alguna, el duque Cosme lo hacía llamar a menudo para decorar su mobiliario. Una muestra de su capacidad es visible en San Lorenzo, en la grada de la historia de los mártires y en otra grada de la capilla del Crucificado, pero esto no lo convertía a mis ojos —¡faltaría más!— en un candidato a asesino de Pontormo, pues, si en otro siglo y en otro lugar Bacchiacca hubiera parecido un pintor de primera fila, en nuestros días era un artista más de los muchos que abundan y, en cualquier caso, no poseía talento suficiente para repintar el fresco de San Lorenzo de manera idéntica. Bueno, al menos es lo que yo creía. Por eso me dirigía a su casa, tan solo para satisfacer las exigencias del Duque y no dar la impresión de que descuidábamos ninguna pista. Pese a mi convicción de que Bacchiacca no tenía nada que ver en este asunto, no llevé conmigo más que dos guardias, que debían bastar para registrar su taller, pues nuestra prioridad siempre fue hallar el cuadro desaparecido.

Sin embargo, al llegar a la casa, empezamos a oír un extraño alboroto, como el ruido de una caja al caer al suelo, y encontramos la puerta abierta. Guiados por el sonido de sus estertores, hallamos a Francesco agonizando, con una daga clavada en el pecho. Pero en el momento en que me inclino hacia él para socorrerlo, oigo silbar en el aire una segunda hoja que se clava en la espalda de uno de los dos guardias, que cae delante de mí, fulminantemente muerto. Apenas tengo tiempo de levantar la cabeza para comprobar de dónde procede el ataque, cuando un tercer filo me roza la mejilla y se clava en un cuadro que representa a un joven tañedor de laúd, tras el cual se ve una montaña nevada pintada en *sfumato* y unos caballos tirando de la estatua de un Cupido. ¡Ojalá me hubieras dado tu arco, pequeño Cupido! El segundo guardia y yo mismo nos damos cuenta de que estamos expuestos a un peligro mortal y, al unísono, nos resguardamos detrás de una pila de cuadros. Desde la otra punta del taller oímos de repente los pasos de un hombre que corre hacia la puerta. El guardia se levanta para detenerlo y lo apunta con su ballesta, pero desde el lugar de donde había procedido el primer lanzamiento recibe él también una daga en plena garganta. Supongo entonces que uno de los compinches ha emprendido la huida sin esperar más, le oigo bajar por la escalera a toda prisa, me digo que sin duda será un chivato de poca monta asustado por el cariz de los acontecimientos, pero asimismo comprendo que el asesino que acaba de matar a tres hombres sigue escondido en el taller y que yo seré su próxima víctima.

Ha llegado mi hora; lo que oigo en ese momento, detrás de mi improvisado refugio, me lo confirma: pasos pesados moviéndose por el taller, lentos, amenazantes. El guardia muerto a mi lado sujeta todavía su ballesta en el puño. Quiero quitársela, pero el puño la tiene muy aferrada. Me veo obligado a separar cada dedo, uno por uno, pero el pulgar se resiste, entonces le arranco el guante entero y me hago con el arma. Sin pensarlo, me levanto rápidamente y voy a disparar, pero el aparato pesa demasiado y, como nunca lo había manejado antes, el dardo cae de su raíl y me veo como un estúpido frente a un gigante con rostro demacrado, barba rala, cicatriz bajo el ojo y nariz chata fruto de alguna antigua fractura que me es completamente desconocido. Apenas tengo tiempo de percibir el brillo de una llama cuando oigo el crepitar de la mecha y, de repente, una detonación seguida de un dolor ardiente en el hombro, me fallan las piernas aunque sigo detrás de la pila de cuadros que me servían de escudo, pero en mi caída hago tambalear esa frágil pirámide y de pronto surge la esquina de uno de los cuadros y veo —¡veo!— el rostro de la princesa María sobre el cuello desnudo de vuestra Venus. ¡Así que era Bacchiacca (a quien todavía oía agonizar lentamente) quien había robado el cuadro del gabinete! Pero ¿cómo había podido sacarlo del palacio?

No tenía tiempo de pensar en ese misterio porque estaba oyendo al asesino prensar la pólvora dentro del cañón de su pequeño arcabuz. El individuo, al saberse descubierto, había renunciado a toda discreción. También sabía que yo estaba solo, pero armado con una ballesta, y aunque había podido constatar mi lamentable torpeza, no quería correr ningún riesgo al rematarme con un disparo. Otra vez oí el crepitar de la mecha. ¿Por qué lado vendría ahora? ¿O tal vez franquearía el montón de cuadros para caer sobre mí? No podía aguardar la respuesta, so pena de muerte inminente. El hombro me ardía y empezaba a sentir vértigo, pero conseguí coger de nuevo el dardo y deslizarlo en la ballesta. Por fortuna recordé un croquis de Leonardo que había visto hacía tiempo: sabía que había que tensar la cuerda hasta armar el mecanismo, y pude hacerlo a costa de un esfuerzo sobrehumano. Lo que sucedió a continuación fue como un relámpago, aunque tuve la impresión de que duró un siglo, incluso dos. Medio acostado, me deslicé fuera de mi escondite con el arma en la mano. Vi al hombre girar hacia mí la suya, el agujero negro del cañón de su pistola y la mecha que se acababa de consumir. En ese instante sucedió el fenómeno sobrenatural al que me referí antes: el individuo que me apuntaba, la habitación a su alrededor, los cartones, los muebles, los marcos en las paredes, las telas, los bastidores, los caballetes, las manchas de pintura por el suelo, el guardia muerto en primer plano, el muerto al fondo, Bacchiacca agonizante (ya no oía sus estertores ni ningún otro sonido), todo se me apareció como un cuadro perfectamente compuesto. Pero esto no es todo: vi cómo se trazaban unas líneas en el espacio formando una cuadrícula geométrica y reconocí el esquema de Alberti, su pirámide de rayos que convergen hacia un único punto. Eran las leyes de la perspectiva que se materializaban ante mí, tan claras como si yo mismo las hubiera trazado con una regla; tocaba la superficie de las cosas, pues ya no era el mundo real lo que yo veía en profundidad, ¡o más bien sí!, pero lo veía como a través de la *camera obscura* de mi señor Brunelleschi —¡cuyo nombre sea venerado hasta el fin de los tiempos!—, y así, en el lapso de un segundo, el mundo se me apareció como una superficie plana, hábilmente cuadriculada, con toda la deslumbrante claridad de la teoría que nos fue revelada por estos genios supremos: Brunelleschi, Alberti, Masaccio, ¡a mayor gloria de vos, que sois el ejemplo de la Toscana eterna! Entonces, cuando el individuo iba ya a dispararme, pues la mecha, como os he dicho, acababa de consumirse (esto también lo percibía perfectamente), vi —¡vi!— el punto de fuga dibujado en su frente como por Alberti en persona y recordé estas palabras del gran maestro que me dieron valor: «Es inútil que tenses tu arco si no sabes dónde dirigir tu flecha», ¡y yo lo supe, lo supe en ese instante!, así que monté mi ballesta y el dardo, siguiendo la trayectoria impecable que mi mente había *calculado* y que una mano invisible había trazado en el aire, fue a clavarse *exactamente* entre sus ojos. Cayó para atrás, su disparo erró el tiro y me pareció que la detonación me despertaba de un profundo sueño que había durado un segundo.

Pero no había sido un sueño. Me había *acordado* de la perspectiva. Y esto es lo que quiero comentaros, mi señor Miguel Ángel, mi querido Maestro. ¿Acaso, en nuestra ansia por encontrar una nueva manera de pintar para superar, o más bien bordear la perfección alcanzada por nuestros padres, la vuestra, la de Rafael y la de Leonardo, los tres que habéis elevado a los genios de siglos pasados al rango de precursores de vuestro reinado, esa línea de profetas toscanos que va de Giotto a Botticelli antes del advenimiento de vuestra Santa Trinidad, nos hemos olvidado de lo que era justamente la esencia de esa perfección? No es que la ignoremos, porque hemos estudiado la teoría de Alberti. Pero, poco a poco, todos nosotros, Sarto, Rosso, Beccafumi, Salviati, Pontormo, Bronzino, vos mismo incluso y vuestros amigos romanos, hemos deseado liberarnos de ella, la hemos abandonado, la hemos menospreciado. Y hemos empezado a estirar los cuerpos, a hacerlos flotar en el espacio, a alargar los escorzos, a crear paisajes ensoñados y a deformar lo real más que a realzarlo según unos principios matemáticos que juzgábamos demasiado austeros. El orden, la simetría, todo eso se nos hizo insoportable. Nunca hemos renegado de nuestros grandes ancestros, Brunelleschi, Masaccio, Uccello, pero, sin dejar de rendirles homenaje, los hemos apartado a un lado, como a unos viejos pesados que desvarían y a quienes se relega a un extremo de la mesa en los banquetes y los demás invitados no les dirigen la palabra más que con algunas frases banales, por mera educación, para saludarlos, sin tenerlos en cuenta el resto de la comida, cuando en realidad sin ellos no habría platos ni vino ni banquete. Sin ellos, no habría nadie a la mesa, ¿verdad?

Hoy que le debo la vida, me siento muy ingrato por haber sido capaz de escribir tiempo atrás que Paolo Uccello había desperdiciado el talento y la salud en sus investigaciones sobre la perspectiva. Y qué cruel me parece Donatello, que se burlaba de su amigo y lo interpelaba entre risas: «¡Eh, Paolo! Tu perspectiva te hace confundir lo cierto con lo incierto. ¡Todo eso no son más que disparates!». Y la verdad es que ahora pienso lo contrario. No hay nada más cierto que la perspectiva, es lo único esencial y lo más eterno. Más que todas las batallas y todos los poemas y todos los tratados de Maquiavelo o Castiglione, la perspectiva ha hecho inmortal a nuestra Toscana, y por ella se hablará de nosotros por los siglos de los siglos, de la China a las Américas. «¡Ah! ¡No hay nada más dulce que esta perspectiva!», se extasiaba mi señor Uccello en su estudio cuando su mujer lo reclamaba en mitad de la noche. Y si es cierto que le fue dulce, no menos cierto es que, gracias a él, les fue útil a los que la emplearon después. Ya veis lo que mi desventura me ha hecho recordar esta mañana y de lo que quería haceros partícipe. Perdonad a vuestro amigo, mi querido Maestro, tales elucubraciones dictadas por la fiebre.

133. Vincenzo Borghini a Giorgio Vasari

Florencia, 5 de mayo de 1557

Después del terrible peligro del que habéis escapado milagrosamente, y pese a los cadáveres que se acumulan a nuestro alrededor, o más bien en razón de la epidemia mortífera que afecta a las personas de vuestra corporación, no podría daros mejor consejo que el de que abandonéis todas las obras emprendidas en el Palacio Viejo, en el Pitti y demás, y os vayáis a descansar a vuestra casa de Arezzo.

Por desgracia, es a vos a quien incumbe la responsabilidad de desenmarañar este absurdo embrollo al que me temo, amigo mío, voy a aportar una nueva pieza: adjunto una carta de Bronzino enviada a Roma que los servicios del Duque han interceptado y me han remitido en vuestra ausencia. Os la dejo para que estéis informado a vuestro regreso al palacio, pues, por el momento, vuestros nervios necesitan descanso, después de haberos cruzado con la muerte tan de cerca, y en ningún caso quiero perturbar vuestro restablecimiento con elementos que arrojan una luz nueva —y no menos inquietante— a nuestra investigación. En resumidas cuentas, el hecho es que Bronzino ha ocultado y favorecido la huida del obrero Moro, pero, por muy sorprendente que esto sea, creo que no es lo esencial. Esa carta es sin lugar a dudas muy instructiva, y os confieso que su lectura me ha dado vértigo. Decidme si leéis en ella lo mismo que yo.

134. Agnolo Bronzino a Miguel Ángel Buonarroti

Florencia, 4 de mayo de 1557

Cuando recibáis la presente, querido Maestro, mi Sandrino estará ya camino de Roma, donde no os quepa duda de que estará más a salvo que aquí. No ignoro el yugo bajo el cual os somete este papa ni los miles de incordios que os hace sufrir, pero al menos todavía no corréis el riesgo de la horca ni de la hoguera.

Gracias a vos, Sandro ha podido abandonar la ciudad por el mismo camino secreto que vuestra bondad quiso a bien revelarnos para conseguir previamente la huida del obrero. Y aunque mi corazón se aflige por su partida, también se alegra por ello, ya que cada legua que aleje a Sandro de Florencia lo aleja de la locura que parece haberse aposentado en esta maldita ciudad. Anteayer hallaron a Bacchiacca muerto. Dicen que es Vasari quien lo ha matado.

Sandro se fue de noche, llevando por todo equipaje una bolsa que yo le he dado y unos pinceles, sin caballo siquiera. No es a Dios a quien encomiendo a aquel que me es más querido que un hijo, sino a vos, Maestro, porque conozco vuestro buen corazón, y porque he oído decir que, durante su anterior estancia en Roma, os encariñasteis de este joven por la nobleza de sus sentimientos. Quiero creer asimismo que habréis sabido apreciar lo que su arte promete. Además, no hay nadie en el mundo que os admire más que él, ni siquiera yo. Por eso me atrevo a pensar que no le negaréis vuestro afecto ni, lo que es más importante aún, vuestra protección. Os hablo como hombre desesperado: cuidad de él. Salvad a mi pupilo, Maestro. Él es todo mi legado y, por tanto, el vuestro.

135. Giorgio Vasari a Vincenzo Borghini

Florencia, 6 de mayo de 1557

¿Dónde estáis, querido amigo? Habría preferido encontrarme con vos en el palacio, en lugar de hacerlo con vuestro mensaje. He leído la carta de Bronzino y creo comprender lo que maquina vuestro cerebro más febril que el mío: «Al fin y al cabo, aquel a quien creíamos en Roma tal vez ha tenido *la ocasión* de matar a Pontormo, ya que tenía *el medio* de entrar en Florencia sin pasar por las puertas de la ciudad y sin que nadie supiera nada». Pero, Vincenzo, eso es sencillamente imposible. El gran Miguel Ángel no podría haberse ausentado más de una jornada sin que su ausencia llamara la atención. Por otra parte, habría necesitado de un par de jornadas para recorrer las doscientas millas que lo separan de Florencia, más luego el regreso a Roma. Y encima esta hipótesis solo sería factible para un hombre en la flor de la vida, robusto, que gozara de plena salud, no para un venerable anciano de ochenta y dos años que no ha puesto los pies en su ciudad natal desde hace veinticinco y que, por añadidura, se queja de su decrepitud en todas sus cartas de los últimos lustros. ¡Él habría necesitado una semana entera!

Dejaré esta misiva en los Inocentes, en espera de que, sean cuales sean los asuntos que os retienen, no tardéis en liberaros de ellos y en reuniros conmigo.

136. Vincenzo Borghini a Giorgio Vasari

Florencia, 6 de mayo de 1557

En realidad, son vuestras monjitas de Arezzo las que me tienen tan ocupado: ¡os podéis creer que se quejan de la estrechez de sus celdas y de que tienen que compartirlas al no haber tantas disponibles! ¿Qué se creían, que estaban en una posada? Además, todo les vale para manifestar su espíritu rebelde, hasta la cantidad de vino que gratuitamente les es asignada en el refectorio y que consideran insuficiente. ¡Ahora me vienen con que quieren que se levante un muro para que puedan jugar a la pelota en su tiempo libre, como tenían, por lo visto, en Siena! Quiero cortar de raíz este inicio de sedición antes de que se expanda por todo el hospital, razón por la cual no puedo volver al palacio por el momento, pero, en fin, como el asunto que nos ocupa es demasiado grave para que os deje sin respuesta hasta esta noche (ya que luego os veré en la taberna, ¿no?), me tomo un instante para garabatearos este mensaje.

Lejos de mí la idea de creer cosas que soy incapaz de mantener en mi interior, por mucho que entréis en mi pensamiento, mi señor Giorgio. ¿Quién podría imaginar a nuestro genio universal, que el señor de los cielos ha dotado, además de con todos sus otros dones, con el de la auténtica filosofía moral, más el adorno de la dulce poesía, hasta el punto de que todo el mundo lo considera y admira como su único espejo, capaz de un crimen tan terrible?

Sin embargo, y ya que, según vuestras propias indicaciones, hemos de contemplar todas las hipótesis siguiendo una fría lógica abstracta, me viene a la memoria una historia que oí en la taberna: cuando el gran Lorenzo el Magnífico cayó enfermo y estuvo a las puertas de la muerte, sus amigos se apresuraron a la cabecera de su cama, al igual que una multitud de cortesanos, entre los cuales estaba un tal Aldobrandino, que se vanaglorió de haber acudido desde Roma en menos de ocho horas. En aquella época se burlaron de él, achacando esa arrogancia a su condición cortesana. Pero al parecer aquel hombre no quiso dar su brazo a torcer. Y a mí, que no era muy ducho en el arte de la equitación, pues apenas era capaz de recorrer veinte leguas en mi burro, no me pareció matemáticamente imposible recorrer con un buen corcel la distancia que separa las dos ciudades en un plazo tan corto.

Por tanto, si damos por buena la historia de ese Aldobrandino, en el caso que nos ocupa, lo imposible se vuelve *teóricamente* posible: ocho horas para ir de Roma a Florencia. Ocho horas para entrar en San Lorenzo, matar a Pontormo y repintar el fresco, calculando el secado del enlucido. Y ocho horas para regresar a Roma. Pero, bueno, tenéis razón. Todo esto no es más que una especulación estéril, pues supondría que un periplo semejante se hubiera efectuado sin descansar ni un minuto, lo que si ya parecería harto improbable para un joven como Aldobrandino —y eso que no hemos hablado del retorno—, más aún lo sería para un honorable viejo como mi señor Buonarroti, por muy enviado de Dios en la tierra que sea (como vos estáis convencido en considerarlo).

137. Giorgio Vasari a Cosme de Médicis, duque de Florencia

Florencia, 8 de mayo de 1557

No diré nada a Su Excelencia que no sea lo que sé y lo que puedo, pero, solo con la intención de obedecer a la verdad, os haré partícipe de lo que tengo por cierto y, a veces, de lo que creo de verdad sin estar seguro de ello absolutamente, pues es imposible evitar los errores en un asunto tan embrollado.

En primer lugar, el cuadro ha sido destruido, en conformidad con el deseo de Su Señoría.

En segundo lugar, el señor Francesco Ubertini, apodado Bacchiacca, en cuya casa se halló el cuadro, sigue aún entre la vida y la muerte y todavía no se le ha podido interrogar. De todos modos, se ha comprobado que Bacchiacca estaba casi cada día trabajando en el gabinete de Su Señoría, donde yo personalmente me lo he encontrado muchas veces y varios testigos afirman haberlo dejado solo allí en múltiples ocasiones, lo cual permite sospechar legítimamente que fue él quien robó el cuadro mediante una estratagema que todavía no hemos dilucidado.

En tercer lugar, la identidad del asaltante que ha matado a los dos alguaciles permanece desconocida, pero su extraña vestimenta y su aptitud en el manejo de las armas nos llevan a creer que se trata de un mercenario, un soldado o un desertor, incluso, tal vez, un asesino a sueldo. Su compinche no ha dejado ningún rastro, aunque el hecho de que haya huido abandonando a su cómplice en un momento favorable en que podían imponerse a las fuerzas con las que se enfrentaban hace suponer que no eran colegas ni se conocían bien, probablemente desde hacía poco tiempo.

En cuarto lugar, sin lugar a dudas el cuadro es obra de Pontormo y de ningún otro. Las motivaciones del antedicho Pontormo permanecen oscuras, pero parecen ligadas a una especie de resentimiento que habría desarrollado hacia Su Excelencia, demostrando así poca gratitud con su patrón y benefactor. Todo apunta a que el viejo pintor estaba más bien senil y su entorno había constatado unánimemente el deterioro de su carácter, que se manifestaba por una acritud creciente hacia vos. Parece, sin embargo, que Pontormo no tenía intención de perjudicar a Su Señoría mostrando el cuadro a cualquiera, sino que guardaba esa insolencia en el secreto de su taller. No sucede lo mismo con Bacchiacca. ¿Por qué o para quién se tomó la pena Bacchiacca de robar el cuadro? La pista más verosímil es la de vuestros enemigos republicanos, que habrían sido enviados desde el exterior por los *fuorusciti* o habrían conspirado secretamente en el seno mismo de la ciudad. (Esta última hipótesis es la menos probable, dado que la magnanimidad proverbial de Su Excelencia hace ya mucho tiempo que ha sabido ganarse los corazones de todos los florentinos, pero el rigor me obliga, no obstante, a mencionar esta posibilidad.)

¿Son ellos los mismos que han matado a Pontormo? Nada permite afirmarlo, pues la hipótesis del complot republicano no explicaría por qué el fresco de San Lorenzo ha sido repintado. Con respecto a esta vertiente del enigma, puedo al menos garantizaros que Bronzino está totalmente eximido, al igual que su aprendiz Allori. Hemos de esperar a que Bacchiacca se recupere de sus heridas para poder interrogarlo, ya que por ahora está más muerto que vivo. Mientras tanto, voy a avanzar por una nueva pista que mi señor Borghini, con su habitual abnegación, nos ha permitido abrir.

138. Cosme de Médicis, duque de Florencia, a Giorgio Vasari

Florencia, 9 de mayo de 1557

Te has ganado un merecido descanso, mi buen Giorgio, y te ordeno que vayas a pasar unos días a tu casa de Arezzo. Sé la apasionada dedicación que le pones al embellecimiento de esa casa, decorándola con cuadros y frescos. Por una vez, podrás ocuparte de ti mismo y no de Florencia. Lleva a tu mujer contigo, cuida tus heridas, pinta bellos biseles y bonitos *tondi* encima de tus puertas y luego vuelve totalmente sano.

Aún estaremos a tiempo de despejar las últimas sombras de esta historia. Por ahora, has de saber que estoy bastante satisfecho y recibe mi agradecimiento: me has devuelto a mi hija, has hallado el cuadro que era una ofensa directa contra mi familia, has encontrado al ladrón, has descubierto varios complots contra el ducado de Toscana, interceptado a las monjas savonarolistas, ahogado una sedición de los nuevos Ciompi e incluso matado a un asesino enviado por mis enemigos *fuorusciti* (pues estoy seguro de que, a poco que rasquemos en la superficie de ese complot, daremos sin mucho esfuerzo con ese perro de Strozzi). Gracias a ti, todo el mundo sabe lo que cuesta desafiar mi autoridad. Queda tan solo hallar de una maldita vez al asesino de Pontormo, aunque por mi parte no tengo la menor duda: me inclino por pensar que ha sido Bacchiacca, porque todo lo señala a él.

139. Agnolo Bronzino a Sandro Allori

Florencia, 10 de mayo de 1557

Sandrino, no creí en la generosidad de Vasari, sino en su interés, por supuesto. ¿Qué ganaría él dando pábulo a las infamantes acusaciones de una fuente anónima? No es nada tonto, y el Duque no le había ordenado atrapar al sodomita, sino al asesino del pintor. Calculando eso, fingí poner mi suerte y la tuya en sus manos. Su discreción no le costaba nada y le permitía aparentar una cierta nobleza que podía satisfacer su vanidad (pues no carece de ella, pese a su humilde aspecto), razón por la cual al principio pareció resignarse de buen grado.

Por desgracia, la situación ya no es la misma. Vasari está ahora en posesión de una carta en la que yo confesaba imprudentemente haber ayudado a huir al obrero, y eso lo cambia todo, pues aunque al Duque, por mucho que desee adaptarse al espíritu de los nuevos tiempos y a pesar de las leyes que él mismo ha promulgado, le traiga sin cuidado hacer un censo de los sodomitas de su corte, la simple mención de una revuelta de la plebe le basta para sumirlo en los abismos de la angustia y la cólera. Los sodomitas, pase, pero los Ciompi, ¡de ninguna manera! Un príncipe que ha leído a Maquiavelo siempre sabrá a quiénes puede tolerar y a quiénes debe temer.

Vasari no me ha denunciado al Duque, pero a cambio de su silencio exige cierta información sobre Miguel Ángel que solo tú puedes proporcionarme. Debes decirme si el Maestro estaba en Roma entre el 30 de diciembre y el 3 de enero, qué hacía allí y a quién vio, si no dormiré en el Bargello dentro de poco. No te puedes figurar lo que me mortifica tener que pedirte semejante villanía, pero Vasari me ha mostrado la carta y es irrefutable contra mí.

140. Sandro Allori a Agnolo Bronzino

Roma, 17 de mayo de 1557

Sabes que por ti pintaría de nuevo la Sixtina de arriba abajo y lo que me has pedido no me supone en absoluto un gran esfuerzo. Aquí Miguel Ángel es un poco como era nuestro Jacopo en nuestra ciudad: irascible, solitario, pero con muchas amistades y muchas citas. Su prestigio sigue siendo tan grande, pese a su edad y a la pésima disposición del papa hacia él, que todos los que tienen el honor de encontrárselo se acuerdan perfectamente del día y las circunstancias de ese encuentro con el Maestro. Por tanto, no me ha sido muy difícil reconstruir cómo ha ocupado su tiempo. Solo era cuestión de paciencia.

Durante la primera quincena de diciembre, nuestro divino Buonarroti se fue varios días a los montes de Espoleto, donde le gusta pasear por los bosques y disfrutar de la compañía de los ermitaños, alejado de la agitación romana. Regresó alrededor del 15 o el 16 y luego no se movió hasta finales de mes. Cada día iba a la basílica a trabajar en su cúpula, obra titánica en la que cualquier otro que no fuera él ya habría renunciado por desaliento. El 30 fue recibido por el camarero del papa, mi señor Pier Giovanni Aliotti, obispo de Forli, que le produjo un nuevo espanto cuando le volvió a contar el proyecto de Su Santidad de recubrir por completo sus frescos de la Sixtina, del que se viene quejando amargamente a sus buenos amigos mis señores Sebastiano del Piombo y Daniele da Volterra. Por la noche, al entrar en su casa, le dieron un queso de Casteldurante, enviado por la viuda de su querido Urbino, cuyos hijos son sus ahijados y de los que se ocupa siempre que puede, así como una carta que, al parecer, lo sumió en un estado de agitación fuera de lo común, teniendo en cuenta su carácter ya de por sí bilioso. Me han dado esta información los dos Antonio que cuidan de él desde la muerte de Urbino y con los que compartió generosamente ese queso que tanto le gusta la mañana del 31. Fue visto, a tercera hora, montando el corcel que le regaló tiempo atrás Pablo III, con el que no cabalga más que en muy raras ocasiones. No acudió ese día a las obras de la basílica, pero eso no extrañó a nadie, ya que esas ausencias son frecuentes y prolongadas, ocupado como está en otros trabajos. Por lo demás, estuvo de vuelta al día siguiente a hora de vísperas, cuando mi señor Sebastiano Malenotti de San Gimignano, su supervisor en la obra de San Pedro, recuerda un altercado con mi señor Salustio Peruzzi, el arquitecto del papa, encargado de verificar el progreso de las obras. Mi señor Sebastiano me ha asegurado que esas disputas eran moneda corriente. Sin embargo, el maestro Antonio, el albañil, achaca esa ausencia al hecho de que pasó la semana siguiente enfermo en cama, sin hacer otra cosa que componer sonetos y lamentándose mucho de su suerte.

Ya veis que no he parado para dar respuesta con toda precisión a vuestra pregunta: nadie parece haberse cruzado con él el 31 de diciembre desde por la mañana. Pero al día siguiente, al anochecer, estaba aquí.

141. Leonor de Toledo a Cosme de Médicis

Pisa, 18 de mayo de 1557

Querido, la salud de vuestra hija no mejora, no come casi nada, lo cual, habida cuenta de su condición, es un peligro para ella y para el niño, se queda en la cama todo el día en ese estado languideciente que le habéis visto y no deja de llorar. Apenas puedo arrancarle tres palabras al día. La noticia de la destrucción del cuadro no parece haber causado ningún efecto en ella. ¿Por qué no me habéis escuchado? ¡Deberíais haber quemado ese cuadro el mismo día en que lo encontrasteis! Eso es lo que ha permitido al tal Malatesta seducir a María, so pretexto de tenerla al tanto del asunto y de reconfortarla frente al ultraje que significaba para ella. Pobre hija mía, inocente víctima propiciatoria de un loco, de un ingrato al que habéis mimado durante años. ¡Ya veis para qué servían los cofres repletos de florines que malgastabais en todos los encargos con los que Florencia y la Toscana entera gratificaban a vuestro Pontormo! Mientras que él profanaba el Cielo con sus frescos infames, ridiculizaba a nuestra familia y ultrajaba a nuestra hija pintando ese obsceno cuadro. Mi único consuelo es saber que arde en el Infierno con todos esos cuerpos desnudos que tanto le encantaban.

142. Benvenuto Cellini a Piero Strozzi, mariscal de Francia

Florencia, 20 de mayo de 1557

Si he de creer las noticias que nos llegan, el camino a Nápoles no está expedito para el ejército del príncipe de Lorena, y los españoles, guiados por el duque de Alba, os lo han hecho pasar mal. Pero estáis vivo y eso es lo mejor. Vuestro Benvenuto también lo está, y no es poco. Siento mucho no haber podido ayudaros a vencer en el campo de batalla. Quién sabe, si hubiera estado a vuestro lado tal vez os habría librado del duque de Alba de un arcabuzazo, como hice antaño con el Borbón.

Por mi parte, después de la irrupción de Vasari en casa de Bacchiacca y del fiasco consiguiente por culpa de vuestro hombre, bien podría decir yo lo mismo que el difunto rey Francisco cuando fue hecho prisionero en Pavía: *«Tout est perdu fors l'honneur»*,* «Todo está perdido salvo el honor». (He aquí una desgracia y una gloria que no tendrá el duque de Florencia, pues Cosme, más prudente que nuestro caballeroso rey, evita astutamente dejarse ver por los campos de batalla.) Aunque en realidad no todo está perdido. Vuestro hombre ha muerto sin haber llegado a dar mi nombre y el moribundo Bacchiacca ya no está en condiciones de hacerlo; así pues, puedo seguir moviéndome con libertad. Si Dios me ayuda, como siempre, creo que podré alcanzar vuestro deseo.

Os envío esta carta a Roma, donde os estará esperando a vuestro regreso, pues estoy seguro de que volveréis a pasar por allí, con o sin el de Guisa, de quien se dice que sigue airado contra el papa.

* En francés en el texto de la carta.

143. Piero Strozzi a Catalina de Médicis, reina de Francia

Roma, 21 de mayo de 1557

¡Así revienten este papa y sus sucios e intrigantes sobrinos! Somos injustos con el destino, al que achacamos demasiado a menudo nuestros fracasos, cuando en realidad casi siempre hay que buscar las causas de estos en la traición. No solo ese viejo cabrón de Carafa no nos ha enviado los refuerzos prometidos, impidiendo así toda posibilidad de tomar Civitella, que nos habría abierto el camino a Nápoles, sino que además Guisa está convencido de que ese comemierda negocia en secreto con los españoles, sin éxito por ahora, aunque el Santo Padre, que teme un nuevo saqueo como el de hace treinta años, tragándose la vergüenza, nos suplica que sigamos protegiendo Roma con el ejército francés, pese a que Roma siempre nos ha fallado cuando hemos necesitado de ella. Si a esto añadís que la flota de Solimán, que debía asolar la costa de Nápoles, no ha salido aún del Bósforo, ya podéis haceros idea de la imposible empresa en la que Guisa se había embarcado. Y eso que se lo advertí desde el principio. Mejor habría sido marchar sobre Florencia.

Yo he decidido regresar. Llevo al rey, vuestro esposo, algunos rehenes que espero sean de su agrado. Si Dios quiere, querida prima, os veré muy pronto. Lamento, por desgracia, no poder llevaros el cuadro que os había prometido, ya que tampoco este asunto ha ido tan bien como contábamos. No obstante, parece que aún hay una pequeña esperanza, en la que no creo demasiado, pero nunca se sabe: solo tenemos que esperar un poco para saber si ese diablo de Cellini es realmente capaz de los prodigios de los que se ufana, o, como vos pensabais, no es más que un mequetrefe de medio pelo.

144. Cosme de Médicis a Leonor de Toledo

Florencia, 27 de mayo de 1557

¿Cómo está María? Obligadla a comer, le guste o no, tiene que restablecerse lo más rápido posible, antes de que su estado se haga demasiado evidente. Y, a propósito, soy de vuestra misma opinión. ¡Qué importa si el duque D'Este no la quiere para su degenerado hijo! Ya le encontraremos otro marido, y mejor que ese, ahora que la situación se presenta totalmente favorable. Como bien sabéis, las noticias que nos llegan del reino de Nápoles son excelentes, y el mérito recae sobre vuestro tío, ¡alabado sea! El duque de Alba, en efecto, ha obligado al ejército francés a una penosa retirada. Guisa se ha refugiado en Roma y Strozzi está ya de camino a Francia. El papa negocia en secreto con vuestro tío, es decir, con la Corona de España. Cuando los franceses hayan salido de Italia definitivamente, no tendrá otra elección, abandonado por ellos, aislado e indefenso, que someterse al rey Felipe. Vos siempre me habéis instado a estar a bien con el Santo Padre, a pesar de su hostilidad hacia nosotros, y ahora me alegro de haberos hecho caso. Le enseñaré que Florencia no tolera ninguna infracción de las buenas costumbres y que puede hallar en mí a su más leal servidor en su lucha contra la herejía y la depravación. Así, gracias a vuestros sabios consejos, obtendré su bendición para que el emperador me conceda el título de rey de Toscana. ¡Bienaventurado, entonces, quien se haya casado con mi hija!

Os beso, reina mía, y os encomiendo a Dios.

145. Giorgio Vasari a Vincenzo Borghini

Florencia, 30 de mayo de 1557

Vincenzo, mirad estos cálculos que he vuelto a hacer después de nuestra conversación:

- salida de Roma al alba.

- llegada a Florencia a las once de la noche.

- encuentro con Pontormo, disputa, pelea, asesinato. Enlucido. Pintura.

- salida de Florencia antes del alba, a las cuatro o cinco de la madrugada, ya que a la hora de vísperas fue visto discutiendo con el camarero del papa.

Ningún caballo en el mundo puede recorrer semejante distancia a esa velocidad. Me avergüenzo de haber podido considerar que el Maestro fuese culpable de un acto tan espantoso, tan contrario a su noble naturaleza y a Dios, del que es, sí, el enviado en la tierra. En ningún caso, el divino Buonarroti podía estar en Florencia aquella noche y en Roma al día siguiente. Es imposible, salvo que cabalgara en Pegaso.

146. Vincenzo Borghini a Giorgio Vasari

Florencia, 30 de mayo de 1557

No puedo reunirme con vos ahora porque sigo retenido en los Inocentes, donde debo negociar todavía con vuestras monjitas, cuya lista de exigencias crece cada día como el registro de encargos de un tapicero flamenco. Ahora reclaman comer en el mismo refectorio que nosotros. ¡Dios santo, mi señor Giorgio, menudo regalo me habéis hecho!

Hasta esta noche, en la taberna, ¡si por gracia de Dios sobrevivo a estas tiquismiquis!

P. S.: En efecto, con un solo caballo es imposible.

147. Sandro Allori a Agnolo Bronzino

Roma, 6 de junio de 1557

Esta vez no ha sido tan fácil, pero creo haber obtenido la información que mi señor Vasari te ha pedido.

El 31 de diciembre pasado, mi señor Miguel Ángel viajó a Orvieto, movido aparentemente por el súbito deseo de volver a ver los increíbles frescos de Signorelli que decoran la catedral. Es lo que dijo a Antonio, el albañil, que se había inquietado por su ausencia al caer la noche y sobre todo a la mañana del día siguiente. El maestro Antonio (como lo llama él porque le profesa una cálida amistad) recuerda que Miguel Ángel le había pedido que no divulgase esa escapada para que el papa no pudiera reprocharle haber abandonado las obras de San Pedro sin su permiso. Al hacerme esta confidencia (que me ha costado mucha paciencia, caricias y vino) y, dado que no tenía yo ni intención ni posibilidad de ir a informar al papa o a algún cardenal de su entorno, el albañil no ha considerado que estuviese traicionando a su amigo. Sin embargo, como lo veía afligido por haberme dicho una cosa que debía guardar en secreto, le he jurado que no se lo contaría a nadie. Le he jurado también que nunca haría nada que pudiera perjudicar al divino Miguel Ángel. ¿Me equivoco, Agnolo?

148. Giorgio Vasari a Miguel Ángel Buonarroti

Florencia, 13 de junio de 1557

Muy magnífico Miguel Ángel, mi pluma es de plomo, pero el Duque es mi señor y mi misión es buscar la verdad. Os ruego que perdonéis la impertinencia de mi pregunta, pero me veo en la obligación de hacérosla: ¿estuvisteis en Florencia la noche del 31 de diciembre al 1 de enero pasados?

149. Miguel Ángel Buonarroti a Giorgio Vasari

Roma, 21 de junio de 1557

Mi querido amigo Giorgio, no os podéis figurar qué poco me cuesta esta carta que, Dios mediante, tenéis en vuestras manos, pues, además, me ha aliviado mucho escribirla.

Vos, que no os achantáis ante las más complicadas órdenes que os dan y que, en consecuencia, sabéis cuántos sufrimientos y angustias se cobran nuestras ambiciones, podréis comprender mi estado de agotamiento desde hace diez años, cuando acepté la obra de San Pedro. Cuanto más me empecino en esa cúpula que tantos problemas me da, más tiendo a daros la razón sobre lo que vuestra desventura en casa del desgraciado

Bacchiacca reveló: que Brunelleschi es el mayor genio que haya nacido jamás en Italia y que Europa haya conocido. Mi cúpula de doble bóveda tiene dieciséis paños interiores y dieciséis exteriores, ¿qué os parece? No es poca cosa, ¿verdad? No cabe duda de que es más sólida que la suya, pero sin la suya, la mía jamás habría existido, ni siquiera en mis sueños.

Creedme, solo desearía una cosa: terminar esos trabajos y luego volverme a Florencia con la intención de descansar en compañía de la muerte, con la que día y noche busco familiarizarme para que no me trate peor que a los demás viejos. Ay, ahora ya sé que este deseo no se cumplirá.

Al descubrir Brunelleschi las leyes de la perspectiva, se convierte en Prometeo robando el fuego a Dios para dárselo a los hombres. Gracias a él, hemos podido no solo ilustrar muros como antaño Giotto con sus dedos de oro, sino reproducir el mundo tal como es, de manera idéntica. Así es como la pintura ha podido creerse igual que Dios: a partir de entonces podíamos, también nosotros, crear lo real. Y luego, pobres pecadores como somos, intentamos superar a Nuestro Señor. Podíamos copiar el mundo con tanta fidelidad como si lo hubiéramos creado nosotros mismos, pero no nos bastaba para saciar nuestra sed de creación, pues nuestra ambición de artistas, embriagada de ese nuevo poder, no tenía límites. Quisimos pintar el mundo a nuestro estilo. No solo quisimos rivalizar con Dios, sino modificar su obra, rediseñando el mundo a nuestra conveniencia. Retorcimos la perspectiva, la descuidamos, borramos los suelos adamascados de nuestros predecesores para inventarnos personajes flotantes en el éter, jugamos con ella como un perro con su pelota o como un gato menea el cadáver de un gorrión que acaba de matar. Nos hemos desviado de ella. La hemos despreciado. Pero no la hemos olvidado jamás.

¿Cómo podríamos haberlo hecho? La perspectiva nos ha dado la profundidad. Y la profundidad nos ha abierto las puertas del infinito. Espectáculo terrible. No puedo recordar sin echarme a temblar la primera vez que vi los frescos de Masaccio en la capilla Brancacci. ¡Qué maravilloso conocimiento de los escorzos! El hombre vertical, por fin de su auténtica altura, que ha encontrado su lugar en el espacio, con su propio peso, expulsado del paraíso pero erguido sobre sus pies, en toda su verdad mortal. La imagen del infinito en la tierra, eso es lo que la perspectiva artificial, en vez de haber encorsetado la imaginación de los artistas, nos ha proporcionado. La imagen, solo la imagen, sí, por supuesto..., porque, en realidad, no podíamos pretender igualar a Dios creador, pero podíamos, mejor que los curas, llevar su palabra por medio de imágenes calladas o de estatuas de piedra. Pintores, escultores, arquitectos: el artista es un profeta porque, por encima de los demás, tiene la idea de Dios, que es precisamente el infinito, algo impensable, inconcebible. Y sin embargo... Impensable, sí, pero no irrepresentable. Es la perspectiva la que permite ver el infinito, comprenderlo, sentirlo. La profundidad sobre un plano que corta perpendicularmente el eje del cono visual es el infinito que podemos tocar con el dedo. La perspectiva es el infinito al alcance de todo ser que tenga ojos. Creíamos que la percepción sensible no conocía ni podía conocer la noción de infinito. Pues bien, gracias a los pintores que dominan los efectos ópticos, ese prodigio se ha hecho posible: podemos *ver más allá*. Permitir al ojo atravesar las paredes. Esa bóveda en semicimbra de Santa Maria Novella, trazada en perspectiva, dividida en artesonados decorados con rosetones que van en disminución, de modo que parece que la bóveda se hunde en la pared: trampantojo, ilusión óptica sin duda, ¡pero qué maravilla! ¿Que solo lo perciben los geómetras? ¡Bueno, y qué más da! Un cuadro no es únicamente, como creía Alberti, una ventana a través de la cual miramos un fragmento del mundo visible. O tal vez solo sea eso, en efecto, pero entonces, ¿no es ya de por sí un milagro más que suficiente para probar su esencia divina? Nosotros somos las ventanas de Dios. Eso es lo que somos. Cierto es que quien se excede en el papel que le corresponde aquí abajo comete un pecado, pero quien elude su tarea y se desentiende de ella o se toma la cosa a la ligera no es menos pecador, por eso no debemos menospreciar nuestras obras, sino al revés, respetarlas, cuidarlas y defenderlas frente a cualquiera. Las nuestras y las de los otros, siempre que valgan la pena.

Me preguntáis si yo estaba en Florencia el 31 de diciembre pasado y sé que si me hacéis esa pregunta es porque ya conocéis la respuesta.

Era a comienzos del invierno. Regresaba de Espoleto, donde la vida de ermitaño me había purgado de la corrupción romana, y esa estancia saludable me había devuelto algo las fuerzas para recuperar mi ingrata labor al servicio de Dios. Era de nuevo objeto de las más mezquinas corruptelas, preocupado como nunca por la pesada carga de llevar a término la construcción de San Pedro de modo que ya no pudiera venirse abajo ni ser modificada con respecto a mi idea original, cuando de pronto recibí una carta del malogrado Jacopo. ¡Y qué carta! ¿Recordáis la vuestra, en la que me pedíais ayuda para dilucidar el enigma de su muerte? Él también me pedía ayuda, pero su carta era enormemente desesperada. Yo apenas lo conocía, nunca me había escrito más que en raras ocasiones en estos veinte años desde que dejé Florencia, pero en cuanto leí las primeras líneas, reconocí a un hermano que sufría los mismos males que yo padezco aquí. Era, en realidad, un largo lamento, exhalado por una pobre criatura abandonada por sus protectores, el gemido inarticulado de un animal a punto de expirar, las frases de un demente que considera al planeta entero su enemigo mortal. Y, pese a esas frases deshilvanadas, detrás de la aparente desmesura de su angustia y de la letanía de sus maldiciones, comprendí perfectamente ese grito, ese estertor ininteligible para el común de las personas. Sé hasta qué punto la engañosa pasión que nos ha hecho concebir el Arte como ídolo y monarca es una enorme equivocación, y qué daño nos hacen nuestros propios deseos. Pontormo había creído complacer a sus benefactores pintando a mayor gloria de Dios, pero el reloj de aquí abajo no tiene la misma hora que el del Cielo. Estaba convencido de que sus señores ya no estaban satisfechos con él y que incluso la obra a la que había dedicado su vida desde hacía diez años los repugnaba, y que repugnaría también a los florentinos, que habían renunciado a la capacidad de gozar de la verdadera belleza. Había tomado, pues, la decisión de poner fin a sus días, llevándose su obra a la tumba. Antes de darse muerte, y ya que no eran del agrado del Duque ni de la Duquesa, juraba que destruiría sus frescos y reduciría a escombros la capilla de San Lorenzo para devolvérsela inmaculada de nuevo, virgen de su pasado y de cualquier rastro de su labor, a los príncipes cuya decoración le habían confiado.

Esa idea me era insoportable. Al imaginarme sus frescos destruidos, veía mi Sixtina destrozada, o peor, repintada, borrada bajo la chapuza de cualquier enyesador desalmado. Tenía que impedir ese crimen como fuera. Y además quería ver esos frescos. La carta de Jacopo había sido escrita tres días antes, por tanto no había ni un segundo que perder. Tomé la decisión de ir a Florencia sobre la marcha porque me aterraba pensar que sería demasiado tarde. Pero no podía contarle a nadie mi proyecto; sabía que el papa, que me tiene en Roma como su prisionero, no lo permitiría, y tampoco el Duque, si se enteraba de mi presencia en Florencia, me dejaría regresar de nuevo. Ya sabéis cómo se disputan los príncipes a vuestro pobre Miguel Ángel, arrogándose cada uno el derecho a disponer de mí como una mercancía valiosa, un trofeo envidiado, un esclavo que solo obedece y hace lo que se le manda. Así pues, partí por la mañana, sin avisar, fingiendo ir a visitar los frescos de Signorelli en Orvieto en caso de que el papa requiriera de mi persona. Monté a horcajadas sobre mi purasangre árabe, que no había perdido sus cualidades, y galopé tan rápido que llegué a Orvieto en cinco horas. Allí dejé mi montura a los buenos cuidados del sacristán y, sin siquiera entrar en la basílica, proseguí mi camino con caballos de posta. ¿De dónde un pobre viejo como yo ha sacado la fuerza para cabalgar durante doce horas, sin bajarse de la silla más que para saltar a un caballo de refresco en cada posada? Era obvio que Dios me asistía. Llegué esa noche misma a Florencia, con mis posaderas enrojecidas por el cuero, molido, reventado, derrengado. Me metí por el pasadizo secreto que había excavado yo mismo sin registrarlo en ningún plano cuando la República me confió la construcción de las fortificaciones de cara al sitio de 1529 y, sin dejarme ver, llegué a San Lorenzo pegado a las paredes, como un ladrón.

Encontré allí al pobre Jacopo, ocupado en pintar una pierna, lo que me pareció buen augurio: ¿se había disipado su crisis de melancolía y quería seguir adelante? Por desgracia, no era así. En cuanto me vio, se echó a mis brazos llorando y dando gracias a Dios. Mientras derramaba sus lágrimas sobre mis hombros e hipaba entre besos, pude contemplar los frescos, iluminados a la luz de las velas. También yo le daba gracias al Señor. ¡Toscana, madre de la belleza! Lo supe nada más verlo: Florencia tenía ahora su Sixtina. ¿Cómo, mi señor Giorgio, habéis podido equivocaros tanto? ¿Tanto poder tiene el Duque sobre vos como para cambiaros la mirada? Esos frescos conforman una maravilla de las que, a lo sumo, se ven tres en un siglo, y si la muchedumbre no lo entiende es porque se empeña en llamar noche al sol que no entra en su entendimiento. Pobre Florencia. El Cielo parece haberse dormido cuando tan solo uno se apropia de aquello que fue dado para toda una multitud.

Cuanto más le manifestaba mi entusiasmo y mi admiración por él, haciéndole partícipe de mi fascinación, más se redoblaban los llantos de Jacopo. «¡Maestro! ¡Habéis venido! ¡Habéis venido!», gritaba tembloroso. Me lo agradecía besándome los pies. Ahora que yo había visto su obra, ya podía morirse, decía. Yo trataba de hacerle entrar en razón diciéndole palabras reconfortantes, indicándole que debía vivir para terminar su obra. Pero ante esas palabras, le entró un ataque de furia. Se apartó de mí a gatas, cogió un punzón y, al grito de «¡Después de mí el Diluvio!», se puso a clavárselo a su Noé. Golpeaba y golpeaba, estropeando el fresco con cada golpe. Quise detenerlo, pero me rechazó y me hizo caer al suelo mientras él seguía con su labor de destrucción, movido por una rabia incontrolable. Atónito, alarmado, veía cómo las virutas de pintura se desgajaban del muro a la vez que él no dejaba de proferir gritos. «¿Para qué desgraciada existencia he nacido? ¡Prefiero mil veces no ver ni sentir nada!» Y mientras lo decía, no sé por qué prodigio, parecía que lo animase el furor del escultor que talla en profundidad la piedra, a él, que toda su vida no había hecho más que pintar.

De repente, se detiene, echa un vistazo a su Juicio Final y exclama: «Oh, sombra de la muerte, que sanas nuestra carne trémula, enjugas nuestras lágrimas, nos das el descanso y alivias a los justos de la cólera y los sinsabores». Creo que en ese instante va a parar esa locura, que sus nervios por fin se han visto superados por la fatiga. ¡Pero en absoluto es así! Percibo en su mirada el brillo de una resolución infernal. Avanza hacia el panel del centro y alza su maldito punzón como un puñal.

En ese instante, como el golpe es más potente si cae desde más alto, calculo los irremediables destrozos que van a producirse. Entonces, mi mano encuentra un martillo situado junto a otras herramientas y, poseído también yo, sin pensarlo dos veces, en un abrir y cerrar de ojos, lo golpeo en la cabeza tan fuerte que se desploma, desmayado.

¿Cuánto rato estoy allí como un estúpido delante de ese espectáculo de desolación? Lo ignoro. Pero el tiempo es un lujo que ya no tengo. Sabéis de sobra que no soy un mal pintor y que domino el arte del fresco. Retengo en ese momento todavía lo que acababa de ver, no necesito más que una ojeada para imprimirlo en mi memoria. Preparo la capa de enlucido, con la que encalo y cubro las partes del muro que han sido dañadas. Tengo que moler los pigmentos yo mismo, pues mi querido Urbino ya no está a mi lado; esta es la parte más difícil porque no sé cómo Jacopo hace las mezclas para obtener esos toques apastelados que lo caracterizan. Pinto de nuevo el Noé. Mi mano ha sido siempre rápida y firme en la ejecución. Un pintor mediocre no sabría copiar a un maestro. A un maestro le costaría mucho imitar a un mediocre. Pero Jacopo no era mediocre, sobresalía en su arte, así que pude imitarlo fácilmente. Había ya acabado mi obra cuando oí que se despertaba. Me incliné sobre él para asegurarme de que estaba bien, habida cuenta de las circunstancias y del martillazo. Al tratar de sostenerle la cabeza vi que había abierto los ojos. En su vidriosa mirada seguía brillando el mismo resplandor infernal. En ese instante lo supe. Cuando yo me fuera —pues se acercaba el amanecer y debía salir de Florencia antes de que se descubriera mi presencia—, al cabo de un día, de una semana, él volvería a hacerlo. Nada le impediría destruir su obra. Entonces Dios me inspiró esta terrible decisión. Me apoderé de un cincel y, antes de que pudiera volver en sí del todo, con un gesto preciso, sirviéndome de mi perfecto conocimiento de la anatomía humana, se lo hundí en el pecho justo en el lugar del corazón, proporcionándole el alivio que tan ardientemente había anhelado. Su muerte fue instantánea. Su obra se había salvado.

El alba despuntaba, tenía que apresurarme. Salí de la ciudad por el mismo camino por el que había entrado. Agitado por la fiebre, conmocionado por mi acto, atravesé la Toscana corriendo como un espectro, relevando las postas en las posadas, huyendo hacia el horizonte inalcanzable, y recuperé mi purasangre en Orvieto, desde donde regresé a Roma en menos tiempo aún del que había invertido a la ida. Es misma noche estaba en San Pedro. Menos de una semana más tarde, recibía vuestra carta rogándome que os ayudara a encontrar al asesino de Pontormo.

No se me ocurre nada más que deciros. Haced de esta confesión el uso que queráis.

150. Giorgio Vasari a Miguel Ángel Buonarroti

Florencia, 27 de junio de 1557

Querido Maestro, divino Miguel Ángel, perdonad mi tardanza en responderos, pero era San Juan y, como de costumbre, sigo siendo el encargado de prepararlo todo. Ya conocéis Florencia: no hay semana sin que haya una fiesta y casi siempre soy yo el elegido para organizarla, así que me es extremadamente difícil librarme de todas estas tareas para ocuparme del resto de las cosas que el Duque me concede el honor de confiarme, sin contar los interminables trabajos de la Signoria, que equivalen para mí a lo que vuestras obras en San Pedro (Dios me libre, por supuesto, de comparar mis modestas habilidades en arquitectura con las vuestras, que están más allá de cualquier medida humana). Este año el Palio ha dado lugar a un espectáculo de los más excepcionales, el equipo de Santa Croce ha ganado al de Santa Maria Novella por muy poco.

Su Excelencia el Duque me encarga que os reitere su invitación, Florencia os espera siempre y no desea otra cosa que vuestro retorno. Os promete que seréis acogido con todas las consideraciones que vuestro genio se merece y os asegura también que el fresco de Pontormo será acabado siguiendo vuestro deseo: el Duque mismo velará porque Bronzino respete el espíritu con que Pontormo lo había concebido.

Con respecto a este último, el Duque os garantiza que nadie tendrá en cuenta las tristes circunstancias que le costaron la vida, ya que se mantendrán en secreto y serán del conocimiento de tres personas tan solo, además de vos: el Duque, vuestro servidor y don Vincenzo Borghini, de quien respondo como de mí mismo. El asunto no tendrá ninguna publicidad. Oficialmente, el propio Pontormo puso fin a su vida. En el restringido círculo de quienes han estado enterados, daremos esta segunda versión y dejaremos que corra el rumor de que fue Bacchiacca quien mató a Pontormo por alguna oscura rivalidad. Si alguna vez se restablece (pues continúa gravemente herido y su mente enfebrecida parece que seguirá para siempre en el limbo), el Duque, en su magnanimidad, le ofrecerá el exilio como alternativa a la horca, a cambio de su discreción. (Por otra parte, el viejo no sabe nada y no puede causarnos ningún perjuicio.) Añado que la Duquesa ha sido dejada al margen de estas negociaciones y el Duque no ha considerado a bien informarla de los detalles que vos habéis querido darme en vuestra última carta. Por lo que concierne a Su Señoría, sabed que lo único que os reprocha es haber venido a Florencia sin avisarlo y haberos ido tan pronto. Pero es que vos no habéis venido nunca a Florencia.

Desde el punto de vista de Su Excelencia (que es el único punto de vista que importa), todo está arreglado. El cuadro que Pontormo pintó en un momento de confusión, que demostraba una ingratitud injustificada hacia la familia que lo había colmado de tantos favores, ha sido destruido. El asesino a sueldo de los exiliados republicanos ha sido neutralizado. Asimismo, se ha puesto fin a las actividades sediciosas del conspirador Marco Moro, que ha tenido que emprender la huida, librando así a Florencia de su persona. La joven princesa María se casará dentro de poco y dará un nieto al Duque. Las monjas Plautilla Nelli y Catalina de Ricci, definitivamente exculpadas de la muerte de Pontormo, verán perdonadas sus simpatías hacia el hermano dominico Jerónimo Savonarola a condición de que abjuren públicamente de su herencia y reconozcan sus errores, así como se comprometan a no meter las narices en la pintura. Bronzino se hará cargo él solo de los frescos de la capilla de San Lorenzo y para acabarlos se le pagará un salario de dos mil ducados. Si su discípulo Sandro Allori desea volver de Roma, será perdonado. Ambos serán desagraviados por la acusación de sodomía que pesaba sobre ellos.

Por orden de Su Excelencia, el asunto está, pues, cerrado. Así, todo vuelve a su cauce. Os espera una Florencia que ha recuperado la calma.

151. Agnolo Bronzino a Sandro Allori

Florencia, 10 de julio de 1557

No te fíes de nadie, Sandro, recuérdalo, y sobre todo quédate en Roma, porque Florencia es una cloaca llena de perros sarnosos. El tribunal emitió su veredicto ayer: el calcetero lo va a heredar todo. Sí, como lo estás leyendo: la casa y los dibujos. Sin embargo, el Duque en persona me lo había prometido: como Jacopo ha muerto sin heredero y él me tenía como un hijo, es a mí y a nadie más a quien deberían pertenecer sus bienes. ¡Ya ves lo que vale la palabra de un príncipe! Basta con que haya surgido de alguna parte ese vendedor de jubones, pretendido primo en quinto grado, del que nadie había oído hablar jamás antes, para que los jueces resuelvan a su favor. Se los llama guardianes de las leyes, pero les iría mejor el nombre de asesinos de la justicia. Apenas me han permitido quedarme con los bocetos de San Lorenzo para poder terminar los frescos, ¡y encima tendré que depositarlos en la Fiscalía cuando haya acabado la obra!

No creo que esto sea todo, el cáliz no está lleno todavía. Entre los testigos corruptos que han declarado bajo juramento haber visto u oído hablar de ese tal Schiazzella como de un familiar y un íntimo de Jacopo, estaba ese cabrón de Naldini. No me extrañaría que el primo pródigo le hubiera soltado unos cuantos dibujos a cambio de su falso testimonio.

Decididamente, Florencia no es más que una manzana podrida que merece ser arrancada por Francia o por España. Mira al pobre Duque, dispuesto a todas las bajezas con tal de agradar al papa y al emperador, en la esperanza de que se le arroje una corona como se le arrojaría un hueso a esos perros que merodean por las mesas durante los banquetes. ¿Quién se apiadará tanto de él como para quitarle de la cabeza esa absurda quimera? Un rey debe ser justo y estar reconocido por sus súbditos más devotos. Hace veinte años que pinto a cada miembro de su familia, madre, esposa, hijos. ¡Y ese retrato que le he hecho, metido en esa ridícula armadura! Ni que fuera el rey Francisco. Aunque es cierto que Cosme nunca habría caído prisionero en Pavía, ¡por la sencilla razón de que jamás lo habrían visto sobre un campo de batalla! Soñar con Alejandro Magno pero no ser más que Cosme el Popolano... Jacopo hizo bien en emplear su pincel para burlarse de la vanidad de ese advenedizo. Qué verdad es que el insulto se vuelve legítimo cuando responde a la iniquidad. ¿No es la sátira el arma de los débiles para ridiculizar a los poderosos? Y dado que este Duque es tan solo un rufián, merece que se pinte a su hija como a una puta.

152. María de Médicis a Catalina de Médicis, reina de Francia

Florencia, 12 de julio de 1557

No estoy muerta, tía, pero no tardaré en estarlo, o me volveré loca, lo que será lo mismo, pues también así dejaré de recordar quién soy, y aunque mi cuerpo se siga moviendo —¡débilmente y por motivos ajenos a mi voluntad!—, mi alma se desvanecerá en el aire. ¿El agua de un lago que se convierte en nube sigue siendo ese lago o es otra cosa?

Mis padres me tienen bajo su amable custodia, estoy recluida en el Palacio Pitti, cuya interminable construcción me causa un trastorno diario y solo me dejan salir a los jardines, desde donde puedo contemplar la campiña toscana, lo cual constituye mi único placer. ¡Cómo envidio a ese ciprés que veo a lo lejos sobre las colinas!

El mayordomo de un caballero que debe ir a Francia en misión diplomática se ha apiadado de mí y ha aceptado haceros llegar esta carta por algún medio indirecto. Me apresuro, pues, a escribirla porque está esperando en el vestíbulo a que se la entregue. Os suplico, señora, que transmitáis al caballero Malatesta la que encontraréis adjunta a esta, que tenía preparada desde mi regreso de Milán y que he venido escribiendo cada día desde entonces en espera de una ocasión como esta para enviarla a su destinatario.

153. María de Médicis a Malatesta de Malatesti

Florencia, 12 de julio de 1557

¿Dónde estás, caballero mío? ¿Has llegado a Francia sano y salvo? Esta es la única idea que me mantiene con vida. Qué cruel me es tu silencio, aunque sé que no es culpa tuya. ¿Por qué no me salvaste de las garras de ese malvado Vasari? No te hago ningún reproche: tu vida me es más preciosa que la mía, y de buen grado ya estaría muerta si mi vida me perteneciera, pero llevo en mi seno a tu hijo y, pese a que no tendrá tu apellido, es a ti a quien creo sentir crecer en mi vientre. ¡Pobre inocente criatura! Me ha parecido entender que el duque D'Este se resistía a aceptar un bastardo en su familia. ¡Perfecto! Pero estoy segura de que mi padre encontrará a otro príncipe al que venderme. ¡Eso ya no me importa! Mentiría si dijera que librarme del siniestro Alfonso no es motivo de alivio. En fin, sea él o sea otro, ninguno es mi Malatesta.

Dime, ahora que estás en Francia rodeado de placeres, ¿te acuerdas de tu María, o las bellas francesas me han eclipsado en tu memoria y en tu corazón? ¡Ay, qué celosa estoy de ellas y de cuanto pueden disfrutar de tu presencia! ¿La reina Catalina te ha acogido bien? A ella, al menos, no la cortejarás, por respeto a mí y porque es mi tía y, además, por respeto al rey Enrique, su esposo.

Aunque, bien pensado, estos escrúpulos nunca te detuvieron, malo, más que malo, cuando se trató de seducir a la hija del Duque, tu amo y señor. ¡Cómo me gustaría revivir aquellos momentos en que, temblando por tu osadía, me declarabas tu ardor...!

¡Ven a buscarme, mi caballero! ¡Ráptame otra vez! ¿No puede un hombre repetir lo que ya ha hecho en otra ocasión? Sé un hombre, mi hermoso amante, y ven a buscar a tu mujer. ¿No estamos casados ante Dios y ante los hombres? Ven a buscar a tu hijo. Ven a buscarnos a los dos. No dejes a los malvados llamar bastardo a tu hijo y ramera a tu esposa.

¡No, no vengas! Si te ocurriera algo, jamás me lo perdonaría. Cuídate de traidores y asesinos. Las fuerzas del mal trepan por nosotros como arañas. Florencia es una trampa mortal, no debes poner los pies en ella jamás, ¿me entiendes? ¡Ah, cómo sufro! ¿Qué será de mí? ¿A quién me entregarán? ¡Me importa un comino, la verdad! Debo vivir para nuestro hijo. (¡Cuánto deseo que no sea una niña! Sería una desgracia añadida para esa pobre criatura.) El destino no puede ser tan malo, y tú encontrarás un medio. Quién sabe. Mi tía Catalina ha hecho ya mucho por mí. La siento capaz de hacer milagros. Es tan buena y tan fuerte. ¡Ojalá tenga yo su fuerza y su sabiduría!

Adiós, no puedo dejar este papel, rezo para que al menos él llegue hasta ti, si yo no tengo esa dicha.

¡Ay! Qué insensata soy, veo con toda claridad que eso no es posible. Adiós, no me olvides. Nunca se sabe. La vida es larga y todo puede ocurrir.

154. Benvenuto Cellini a Piero Strozzi

Florencia, 19 de julio de 1557

Lo prometido es deuda, mi señor mariscal, tal es mi lema, y por tanto, tengo vuestro cuadro en mi poder. Os preguntaréis cómo he logrado el prodigio por segunda vez. Voy a revelaros un secreto que quizá ya conozcáis, pues también es válido para el arte de la guerra: nunca hay que volver a jugar la misma partida.

Esta vez ya no se trataba de ir a robar el cuadro en el corazón de la fortaleza mejor guardada de Toscana, sobre todo porque sin duda ha sido destruido por orden del Duque. Así que, sencillamente, he ido a casa de Bronzino y le he pedido que me pinte otra copia. Le he hecho ver que una Venus de su mano, a la que se le endilga la cabeza de una Médicis, sería como un homenaje a su maestro, cuyo último gesto, al fin y al cabo, fue esa insolencia. La verdad es que no ha sido difícil convencerlo, pues, por lo visto, tenía algunos motivos para quejarse del Duque, contra el que está muy crecido.

Ha vuelto a pintar el cuadro idéntico al anterior, sin modelo, de memoria, con una variante que os gustará, estoy seguro. Como corre el rumor de que la joven María ha sido embarazada por su paje, él ha dibujado el vientre de la Venus en un estado de grosor ya avanzado. El resultado es de lo más divertido. Este Bronzino es un maestro de primera, vuestra prima la reina debería invitarlo a Francia.

Ahora que Vasari ha recuperado la Venus de Pontormo, puedo guardar esta otra en mi casa sin temor a que vengan a buscarla, porque nadie sospecha de su existencia. No tenéis más que enviarme a alguien para hacérosla llegar, os espera tranquilamente, y esta vez puedo garantizaros que la operación carecerá de las complicaciones anteriores. Por mi parte, ya he empezado a redactar el panfleto que la acompañará, todo un manantial de cachondeo. Enviaré una copia a quien me digáis o, mejor, os lo mandaré a vos directamente.

155. Giambattista Naldini a Giorgio Vasari

Florencia, 21 de julio de 1557

Mi señor Giorgio, nunca podría manifestaros suficientemente mi gratitud, a vos y a mi señor Vincenzo, por haberme hecho el favor de emplearme en las obras de la Signoria, ni expresaros mi orgullo por formar parte de los ayudantes del ilustre Vasari. He dudado mucho antes de escribiros esta carta, pues no quería turbar vuestro reposo, ya que me han dicho cuán raro es que os toméis un descanso de vuestras múltiples obligaciones y responsabilidades, y además soy consciente de que no es muy correcto incriminar a un colega, sobre todo si se trata de alguien dotado también de gran prestigio, pero me sentiría muy avergonzado si, sabiendo lo que sé (que he descubierto por azar), no os informara de ello.

Si registráis el taller de mi señor Benvenuto Cellini, encontraréis cierto cuadro que ofende gravemente a la hija del Duque y atenta contra el honor de la gloriosa familia de los Médicis.

Lamento no poder deciros por qué lo sé, ya que no quiero poner a nadie en apuros si no es necesario. Sea como sea, considerad esta indiscreción como una prueba más de mi abnegación.

156. Piero Strozzi a Benvenuto Cellini

Fontainebleau, 24 de julio de 1557

Mi señor Benvenuto, ¡bravo! ¡Qué pena no tener más hombres de vuestro temple en mi ejército, que casan audacia e inventiva con tamaña destreza! Una palabra vuestra y os nombro capitán, qué digo, ¡general! No cabe duda de que, con vos, hoy estaríamos ya en Nápoles. En cambio, ahora el ejército francés ha de ir a defender la Champaña de los ataques que nos lanzan los españoles desde Bruselas. Pero, en fin, ¡estamos salvados! Pablo IV ha excomulgado al rey Felipe, de quien se burla tanto como de su primer rosario. Nos harían falta más Cellinis y menos Carafas. Por mi parte, regreso a Roma rico en escudos para financiar la próxima guerra en Italia.

En cuanto al cuadro, traedlo vos mismo a Bolonia, por favor, ya que, por lo que deduzco de vuestras explicaciones, sacar de la ciudad algo cuya existencia nadie conoce no supondrá ningún problema. Alguno de los nuestros os estará esperando y lo llevará directamente a Venecia, donde nuestra gente lo divulgará a los cuatro vientos como se merece y lo hará circular como es preciso. Pero no os preocupéis por el panfleto. Queremos ahorraros la molestia de tener que redactarlo, conozco, además, a alguien cercano a Aretino que se encargará de esa tarea. Tal vez lo conozcáis, se trata de Lodovico Dolce, un polígrafo que fue su amigo personal y que acaba de publicar, bajo forma de diálogo, un pequeño tratado sobre la pintura que os he hecho enviar y que recibiréis pronto.

157. Giorgio Vasari a Vincenzo Borghini

Arezzo, 25 de julio de 1557

Vincenzo, he recibido esta carta de Naldini, que te adjunto en copia. No sé si tomarla en cuenta ni qué medidas adoptar. ¿He de responderle? ¿No crees que este joven, con tal de complacernos, se inventa complots sobre los que informarnos para poder asegurarse nuestro favor? Incluso si lo que él dice es cierto, no vamos a seguir enviando a los hombres del Bargello a registrar los talleres de los pintores, pues nos expondríamos a tantas protestas que terminarían todos por unirse contra nosotros. Hagamos esto, si te parece bien: dile que esté ojo avizor y busque uno o dos alguaciles para vigilar a Cellini, pero con mucha discreción. Te avisaré de mi llegada, que no será inmediata, pues, gracias a Dios, estoy disfrutando de un descanso merecido, sin excederme en mis idas y venidas entre Arezzo y Florencia.

Si por casualidad recibo una carta de Miguel Ángel en mi ausencia, remítemela aquí.

158. Vincenzo Borghini a Giorgio Vasari

Florencia, 2 de agosto de 1557

Mi señor Giorgio, amigo mío, nada me repugnaría más que turbar vuestro retiro. Sin embargo, no quiero dejaros en la ignorancia de los últimos acontecimientos de por aquí. Dios no ha querido que sor Plautilla permaneciera por más tiempo en ese estado de melancolía en que se hallaba desde su paso por las mazmorras del Bargello. ¡Ay! Ahora es ella quien lidera la protesta emprendida por vuestras malditas monjas de Siena, y no sería de extrañar que, dentro de poco, estas pidan mi cabeza con el propósito de poner a la Nelli en mi lugar. Ya veis cómo recompensan mi hospitalidad. Me gustaría de todo corazón que llaméis a vuestras monjas a Arezzo y, si podéis hacer que se lleven consigo a sor Plautilla, mejor para todos. Prometedles un convento, una abadía, un monasterio o la Santa Sede si es preciso, pero, por compasión, libradme de esas arpías protestonas.

En cuanto al Maestro Miguel Ángel, este no ha respondido a vuestra carta ni a nadie de aquí, de Florencia, salvo a su querido sobrino Leonardo, pero sobre asuntos estrictamente familiares. No tenemos más noticias y, en mi opinión, no las tendremos.

Sobre Cellini, está bajo vigilancia, como me habíais pedido, pero los informes de nuestros espías no indican ninguna actividad extraordinaria por su parte, y no hay nada que suponga un cambio notorio en sus costumbres: se emborracha, se pelea, fornica y no trabaja mucho.

159. Benvenuto Cellini a Piero Strozzi

Florencia, 15 de agosto de 1557

He recibido el pequeño tratado de pintura que me habéis enviado y, para mi desgracia o la vuestra, lo he leído. Lodovico Dolce es un perfecto cretino y vos no tendréis mi cuadro. Decid a la reina que lo lamento mucho, pero me siento tan gravemente ofendido por vuestra falta de confianza que prefiero destruirlo antes que entregárselo con mis comentarios a un estúpido veneciano que prefiere Rafael a Miguel Ángel y que llega a considerar superior a su Tiziano por encima de nuestro divino Buonarroti. Además, su estilo no vale una mierda, y si redacta un panfleto contra los Médicis, será como el pedo de una garza.

160. Piero Strozzi a Benvenuto Cellini

Roma, 1 de septiembre de 1557

¿Os habéis vuelto loco, amigo mío? ¡Cómo me habláis de destruir ese cuadro cuya sola existencia —¿qué digo?, ¡su resurrección!— es debida a vuestro habilidoso ingenio! No lo hagáis. Ya llego. Habéis leído bien. En nombre de la reina, en el más absoluto incógnito, el mariscal de Francia, quien, si Dios quiere, sucederá al actual duque de Florencia en tanto que *primus inter pares*, acude a vuestro encuentro para aclarar con calma, como dos soldados, qué hemos podido decir que tanto os haya ofendido. Creedme que, si ha habido ofensa, ha sido involuntaria y se ha producido muy a pesar nuestro. Estoy absolutamente seguro de que se trata de un malentendido que podremos fácilmente resolver en cuanto nos encontremos cara a cara.

Ya veis que confío tanto en vos que dejo mi vida en vuestras manos. Aún tengo recursos para entrar secretamente en Florencia, pero si alguien informa de ello a Cosme, mi muerte es segura.

161. Vincenzo Borghini a Giorgio Vasari

Florencia, 10 de septiembre de 1557

Mi señor Giorgio, esta vez tenéis que regresar inmediatamente debido a algo tan extraordinario, tan inconcebible, tan contrario a la lógica que no os lo vais a creer antes de haberlo comprobado con vuestros propios ojos. Piero Strozzi está en la ciudad. Sí, habéis leído bien: ¡Strozzi hijo en persona! No he sido presa de un delirio ni me ha atacado la fiebre, ni la terciana ni la cuartana, y no he bebido ni una gota de vino desde ayer. Los espías que vigilaban la casa de Cellini lo han visto entrar en casa del escultor, y esos mismos espías nos aseguran que, salvo que medie un encantamiento, allí sigue todavía. Como quiero que mi carta os llegue lo más rápido posible, no os digo nada más.

Lamento poner fin tan bruscamente a vuestro retiro, y más aún echaros a los caminos con un tiempo tan malo como el que hace, pero vuestra presencia aquí es absolutamente imprescindible;

los guardias del Bargello esperan mis instrucciones, puesto que me habéis delegado vuestra autoridad, pero yo, que tengo solo el poco talento de saber algo de latín, griego o hebreo y nada más, espero las vuestras.

162. María de Médicis a Malatesta de Malatesti

Florencia, 11 de septiembre de 1557

Aprovecho una nueva ocasión que se me ha dado para escribiros, pese a la reclusión y estricta vigilancia a las que estoy permanentemente sometida por orden de mi padre, pero no temáis nada, caballero: esta carta, si es que llega hasta vos, será la última que os enviaré. María, si tenéis a bien recordar por un instante el nombre de quien, por haber creído vuestras promesas de amor, lleva en su seno a vuestro hijo, no os molestará nunca más.

Lo que ha llegado a mis oídos sobre vuestra conducta en la corte de Francia me confirma las inquietudes de las que tuve la debilidad de haceros partícipe en mi carta anterior. Al parecer, habéis invertido muchos esfuerzos en ratificarlas. Os habría perdonado todas vuestras amantes si hubiera podido creer que eran para vos como el vino peleón en que buscáis olvidar desesperadamente el néctar del que se os ha privado. Todo lo habría disculpado si hubiera creído que se trataba de ahogar en el libertinaje vuestra pena de estar separado de mí. Pero varios testimonios, todos coincidentes, han acabado por sacarme del error: me han dicho que estáis de un permanente buen humor y que estáis siempre dispuesto a ir de fiesta, hasta el punto de que todos y todas se disputan vuestra compañía. Me satisface, señor, que hayáis sabido consolaros de la pérdida de aquella a la que, si mal no recuerdo, habíais jurado una fidelidad eterna.

¿Cómo puedes tratarme con tanta crueldad? ¿Qué prodigio permite a los hombres olvidar tan rápido lo que han adorado? Porque me has amado y lo sabes, y si pretendieras lo contrario, incluso hoy, cuando se me han abierto los ojos, no te creería. Era joven, era crédula, jamás había oído palabras como las que me decías con tanta audacia y lo sacrifiqué todo por ti: mi honor, mi reputación, el amor de mis padres. Puedes estar contento de lo que has hecho. Es verdad que gocé de placeres extraordinarios al amarte, pero también he pagado el precio de dolores que me eran extraños y todas las agitaciones que me causas son extremas. ¿Y qué has sacrificado tú? ¿Qué has hecho tú por mí? ¿Dónde estabas en Milán cuando había que salvarme? ¿De qué argucias te has valido para conquistar mi amor? Palabras bonitas, una audacia que podía pasar por coraje, el vigor de la juventud y esa fogosidad que una joven sin experiencia podía tomar por pasión. Muy pocas cosas, a fin de cuentas, y muy corrientes, creo yo, entre la gente de tu calaña. Y me desprecio muy amargamente por echarlas de menos todavía.

El oficial que debe llevarte mi carta me mete prisa porque hace varios días que llueve sin parar y se está retrasando su partida, teme además que los caminos estén impracticables. Pero no he acabado, que espere un poco más. ¿No he esperado yo durante meses a que vengas a liberarme? Si me dirijo a ti por última vez, no quiero dejarme nada.

El duque D'Este no ha variado su decisión. Se ha negado a que me case con su hijo y como, a fin de cuentas, es a ti a quien debo que ese matrimonio no se lleve a cabo, te doy las gracias por ello. Sin embargo, no ha renunciado a su proyecto de entrar en la familia de los Médicis, al sugerirle a mi padre que le dé a Lucrecia en mi lugar. La pobre no tiene la suerte, como yo, de haberse convertido en un objeto defectuoso. Pero, claro, solo tiene doce años y es muy joven para dejarse preñar por un criado. Además de mi desgracia, has causado también la de mi hermana.

Yo ahora no estoy en condiciones de encontrar marido. ¿Quién querría exponerse al ridículo de casarse con una chica embarazada de siete meses? Lo que me espera es el convento. En el mejor de los casos, cuando haya traído al mundo a nuestro hijo, que me quitarán nada más nacer para entregárselo a una mala nodriza, seré ofrecida a cualquier príncipe de una tierra lo bastante lejana como para que el rumor de mi deshonra no llegue nunca. Hungría, Polonia, ¿más lejos aún? ¿Quién sabe? Puede que mi padre me envíe a las Américas. Si me hacen prisionera los piratas y me llevan de esclava a Argel, una cosa es segura: no pagará ningún rescate por mí. Si por él fuera, yo ya estaría camino del harén de Solimán. Y tú ya no vendrías jamás a liberarme.

La lluvia arrecia, he de acabar. Adiós, señor. Os dejo con vuestros placeres y voy a emplearme a fondo en olvidaros como vos me habéis olvidado a mí. Pero, ay, carezco de vuestra frivolidad.

163. Giorgio Vasari a Vincenzo Borghini

Arezzo, 12 de septiembre de 1557

Aprecio y valoro vuestra prudencia, así como vuestra lealtad y confianza en mí. Hicisteis bien en prevenirme antes de emprender cualquier acción. No hagáis nada, mi señor Vicenzo, y decid a los hombres del Bargello que no se muevan bajo ningún concepto. La noticia que me habéis hecho llegar es tan extravagante que quiero cerciorarme antes por mí mismo, ya que si hemos de forzar la puerta de Cellini, es a mí a quien corresponde esa responsabilidad. Hasta entonces, mucho cuidado. No sabemos de lo que Strozzi es capaz, si es que se trata de él, de lo que aún no estoy convencido.

Confío esta carta a un mensajero que me precederá unas horas, si no se ahoga bajo las trombas de agua que en estos momentos se abaten sobre la Toscana.

164. Vincenzo Borghini a Giorgio Vasari

Florencia, 13 de septiembre de 1557

Hace más de doce horas que nuestros hombres están apostados en torno a la casa de Cellini y sigo sin tener noticias vuestras. El Arno se ha desbordado e inunda las calles. No podemos esperar más, debo ordenar el asalto mientras sea posible, pues si el agua sigue subiendo a esta velocidad, pronto estaremos sumergidos hasta la cintura. Envío este billete a la puerta de San Niccolò en la esperanza de que os encontréis sano y salvo. No me atrevo a imaginar el estado de los caminos y rezo para que este diluvio no os haya arrastrado con vuestro caballo.

165. Benvenuto Cellini al duque de Florencia, Cosme I

Florencia, 14 de septiembre de 1557

Benvenuto Cellini, orfebre, escultor, autor del *Perseo* que adorna la plaza de la Signoria junto al

David de mi señor Buonarroti y, por encima de todo, devoto servidor de Su Excelencia, desea hacer una reclamación relativa a las incalificables acciones del señor Vincenzo Borghini, pretendido prior de los Inocentes, pero granuja sin par.

Mientras luchaba contra las olas que inundaban mi vivienda, ocupado en poner a salvo en un sitio alto lo que había en el suelo para salvar así las obras en las que trabajo noche y día para mayor gloria de Vuestra Majestad, unos hombres armados han irrumpido en mi casa echando abajo la puerta, sin otro aviso que muchos gritos y alaridos. Al creerme atacado por una vil canalla deseosa de aprovechar el desorden causado por las inundaciones para echar mano a los tesoros de mi taller, poco inclinado a facilitarles la labor de cederles gratuitamente unas piezas que me costaron tanto trabajo y noches en vela, decidido, muy por el contrario, a defender aun a costa de mi vida esa obras de inestimable valor, los recibí a mandoblazos. El combate era desigual, y por el ruido que hacían me parecía oír que había venido una horda, pero mejor sería que hubieran venido mil. Siendo uno contra cincuenta, tenía claro que no sería fácil el combate. No obstante, sin pensarlo dos veces, con el agua hasta las rodillas, rechacé a los invasores sirviéndome de la configuración del campo de batalla. En efecto, ya que el enemigo se veía obligado a franquear mi puerta para apoderarse de mi casa, y como por esa puerta solo podía pasar un hombre cada vez, emprendí una serie de duelos sucesivos que me permitía afrontarlos uno tras otro. En cuanto caía uno de los enemigos, otro ocupaba su lugar, pero al menos no podían atacar como una cohorte. Me batí el cobre durante largas horas hasta que los asaltantes abrieron una nueva brecha por una ventana. Atacado por el frente y por el flanco, no tenía más opción que rendirme, no sin antes dar unas cuantas estocadas que dejaron mi marca en la carne de esa gentuza sin honor.

¡Cuál no sería mi sorpresa cuando vi aparecer al prior de los Inocentes! Y mi estupefacción aumentó cuando me dijo que actuaba en nombre del duque de Florencia. Mi confusión creció aún más cuando vi cómo su banda de pendencieros saqueaba mi taller bajo la excusa de buscar a un fugitivo que yo tenía escondido, así como determinado cuadro, que el prior me aseguró que concernía a Vuestra Serenísima Señoría. Ignoro por completo qué es lo que buscaban, pero desde luego no lo hallaron. Solo se fueron después de haberlo revuelto todo, sin dar ninguna explicación y menos aún una disculpa. Imploro a Vuestra Señoría una respuesta: ¿es posible semejante escándalo?

Esta es la razón por la que me dirijo a Su Magnífica Excelencia, de cara a obtener reparación por mi puerta y por todos los desperfectos que han causado en mi casa, echando a perder con su furibunda acción objetos muy valiosos, así como una trampilla, cuya llave yo había perdido y ellos abrieron brutalmente, que da acceso al tejado por los pisos superiores. Tengo a disposición de Vuestra Señoría la lista detallada de los daños causados por esos depravados rufianes. Si estos hombres pertenecen al Bargello, como ellos dicen, es urgente purgar esa venerable institución de esas ramas podridas, por el bien de la ciudad y de Vuestra Majestad.

166. Giambattista Naldini a Vincenzo Borghini

Florencia, 13 de septiembre de 1557

Confío esta carta a mi asistente Bastiano del Gestra, que es mejor nadador que yo, con orden de encontrar a mi señor Vasari o a mi señor Borghini donde estén, para entregársela en persona.

Refugiado en los Inocentes para escapar de las aguas del Arno que inundan actualmente la casa de Pontormo, he sido testigo de algo que tal vez os interese. Mientras contemplaba el espectáculo desolador de nuestra plaza de la Santísima Anunciación batida por las olas, he visto a un hombre que llevaba sobre su cabeza algo que, por su tamaño y su forma, tenía toda la apariencia de un cuadro envuelto en unas mantas.

Como caminaba con dificultad, pues estaba sumergido hasta el pecho, sor Plautilla, que también lo había visto, bajó para abrirle las puertas y darle cobijo. Así pude observar al hombre más de cerca: era mayor de cuarenta pero estaba bien proporcionado, con barba pelirroja, mirada altiva y, aunque iba vestido modestamente, juraría que sus ropas eran de buen paño, y sus botas, cortadas en cuero de primera calidad. Llevaba una espada al cinto como las que vi tiempo atrás en casa del maestro Cristofano Allori, el padre de Sandro, forjada sin duda alguna en excelente acero toledano.

No sacó el cuadro de las mantas, pero por una pequeña esquinita que sobresalía juraría que se trata del que yo os había indicado y que vos debíais haber cogido en casa de mi señor Cellini.

167. Vincenzo Borghini a Giorgio Vasari

Florencia, 14 de septiembre de 1557

¡Traición! ¡Golpe de Estado! ¿Dónde estáis, amigo? ¡Cualquiera diría que esa Plautilla del infierno finalmente ha decidido ocupar mi puesto, porque, en mi ausencia, actúa como si fuera ella quien gobernara el hospital!

Al no haber encontrado nada en casa de Cellini después de un penoso registro del que os ahorro los detalles, corrí a los Inocentes tan rápido como me permitía la situación catastrófica en la que está inmersa la ciudad, ya que, alertado por Naldini, esperaba hallar allí al hombre y el cuadro.

La tal Plautilla no ha negado que, efectivamente, ella decidió por su cuenta abrir las puertas a un pobre al que veía en apuros, invocando los deberes de asilo que tenemos todos y otras insolencias de ese estilo. Pero cuando llegué, sea porque vio la tropa de guardias que me acompañaba, sea por cualquier otra razón, el individuo ya se había esfumado. Naldini me dice que lo vio nadar hacia Santa Maria del Fiore con la multitud que se apelotonaba para refugiarse allí. El cuadro es inencontrable, y Plautilla se niega a decirme dónde lo ha escondido (porque no tengo ninguna duda de que este demonio con apariencia de mujer lo ha metido en alguna parte. ¿Con qué objeto? Lo ignoro. Es evidente que le basta con el placer de desafiar mi autoridad). Mientras espero noticias vuestras, voy a desmontar mi hospital piedra por piedra si es preciso para encontrar ese maldito cuadro.

168. Giorgio Vasari a Vincenzo Borghini

Florencia, 14 de septiembre de 1557

Vincenzo, las olas han estado a punto de arrastrarme diez veces, pero por fin estoy aquí, vivo y casi entero. He encontrado los dos mensajes que prudentemente me habíais enviado a la puerta de San Niccolò. Quedaos en los Inocentes, hallad el cuadro. Yo voy de inmediato a Santa Maria con una compañía de alguaciles a mis órdenes, desde donde haremos acopio de las barcas necesarias, ya que, muy pronto, ni siquiera un caballo podrá entrar por esta ciénaga.

169. Sor Plautilla Nelli al duque de Florencia, Cosme I

Florencia, 15 de septiembre de 1557

Suplico a Su Excelencia que no dé crédito a lo que se haya rumoreado sobre mí en este otro asunto, y juro ante Dios que también soy totalmente inocente de estos nuevos crímenes de que me acusan como lo era de los anteriores.

Sí, quise socorrer a un hombre en apuros, ¿qué mal hay en ello? Si hubiera dejado que se ahogara, ¿no sería de esto de lo que ahora sería culpable? Ignoraba absolutamente la identidad de ese hombre, ¿cómo podría haber sabido que se trataba del gran enemigo de Su Señoría? ¿No se suponía que el tal Piero Strozzi, a quien jamás había visto en mi vida, estaba en Francia? ¿Qué hacía en Florencia? Y sobre todo, ¿cómo podría haber adivinado que era él? Dios me manda ayudar al prójimo y solo me rijo por esta regla, que me guía siempre. Sí, abrí las puertas del refugio al extranjero.

Había un cuadro envuelto en unas mantas que él dejó en la celda que puse a su disposición para que pudiera descansar, porque aparentaba un enorme cansancio. Cuando tuvo que marcharse precipitadamente, dejando su cuadro detrás de él, el joven Naldini me suplicó que le permitiera verlo. He de confesar que su insistencia despertó en mí ese pecado de curiosidad propio de mi sexo. Después de la partida del extranjero, fui a su celda para desembalar el cuadro. Y si he de confesar algo, es esto: salvo a Dios, no he conocido más que un solo amor, y es el amor a la pintura.

Pero lo que vi después de retirar las mantas me dejó estupefacta. Se trataba de una visión demoniaca directamente salida de un espíritu poseído, incluso yo misma estaba como hechizada por ese espectáculo. Salí de mi estupefacción cuando llegó el prior, acompañado de la guardia. Supuse entonces que venían a detenerme por segunda vez. Ofuscada por la idea de que yo era la causante de que esa representación obscena y sacrílega hubiera podido abrirse camino hasta este lugar reputado por albergar la inocencia y no la lujuria, decidí desembarazarme del cuadro y lo tiré por la ventana. Por eso, cuando el prior Borghini apareció delante de mí, o, mejor dicho, cuando bajé para ir a recibirlo, el objeto que él buscaba ya no estaba en el lugar, sino que había naufragado entre las olas.

Espantada por la idea de que pudieran acusarme de nuevo de no sé qué fechoría, preferí negar absolutamente ante don Vincenzo tener conocimiento alguno relativo a ese cuadro. Cuando la crecida haya bajado, tal vez se encuentre el bastidor desencajado con la pintura desleída por las aguas del Arno. Por otra parte, creo que este Diluvio que el Cielo nos envía no ha sido sino la expresión de la cólera del Cielo y el remedio a ese cuadro impío. Si así fuera, se ha hecho justicia, y sin llegar al extremo de enorgullecerme por haber sido el instrumento, puedo congratularme de haber contribuido modestamente a ello.

Juro ante Dios que esta es toda la verdad e imploro la gran misericordia de Su Excelencia para que me conceda el derecho a continuar pintando y me deje volver a mi convento en San Marcos, donde seguiré honrando a Catalina de Siena, a Jesucristo Nuestro Señor, a nuestra bendita ciudad y a nuestro bienamado Duque, y tengamos la fiesta en paz.

170. Giorgio Vasari a Cosme de Médicis, duque de Florencia

Florencia, 16 de septiembre de 1557

Todo lo que viene a continuación ha ocurrido realmente. Puedo asegurárselo a Vuestra Excelencia, pues estoy aquí para serviros. He visto lo que he visto, y es más, creo poder decir sin exagerar que he tomado parte activa (aunque modesta) en los acontecimientos de los que ahora paso a informar a Vuestra Señoría.

Al advertirse la presencia de Piero Strozzi en la catedral de Santa Maria del Fiore después de que hubiera abandonado con toda precipitación el hospital de los Inocentes, fui hasta allí con una compañía de soldados. Dentro de la catedral, como las puertas habían sido selladas con burletes, el agua no nos llegaba más arriba de las rodillas, razón por la cual, además de rogar la ayuda y protección de Nuestro Señor, los florentinos se habían refugiado allí por centenares, aunque no era nada fácil entrar, y menos aún hallar en el interior a un hombre escondido entre aquella enajenada multitud. Después de varias horas registrando los más recónditos rincones de las naves, del transepto y de todas las capillas, terminamos por asumir con toda certeza que Strozzi no estaba allí. Sin embargo, debía de estar allí. Me di cuenta de que solo quedaba un escondite posible: la cúpula. Ordené a seis hombres que subieran conmigo. Empezamos a ascender por los escalones cuando, poco antes de llegar al primer corredor circular, vimos una silueta que no podía ser más que la de nuestro hombre. Grité: «¡Strozzi, detente en nombre del Duque!». Por toda respuesta, recibimos pedradas e imprecaciones que no considero de utilidad reproducir aquí, pero os puedo garantizar que revelaban opiniones republicanas hostiles a España, al emperador, al ducado de Toscana y a la familia de Vuestra Excelencia. Había ido a buscar a Strozzi y era él, sin duda alguna. Pero en cuanto aseguramos la salida para que no pudiera descender por allí, desapareció como por arte de magia de la escalera que llevaba a la linterna. Sin embargo, el mago que permitió esa desaparición tenía nombre y era el de Brunelleschi. Ya sabe Vuestra Excelencia a qué prodigio recurrió el arquitecto para construir la maravilla que mira con altivez a Florencia, a Toscana y al mundo entero: la cúpula de Santa Maria está construida con doble casco, como dos cáscaras de huevo encastradas una en la otra, haciendo que la interior permita edificar y sostener a la exterior sin recurrir a ninguna cimbra, y esta idea original hace posible un pasadizo entre las dos estructuras, por el que Strozzi se coló como un ratón. Cuando me percaté de que trataba de escapársenos llegando a la cima de la cúpula, me lancé en su persecución armado con una ballesta, ya que mis recientes desventuras me habían enseñado no solo a utilizarla, sino también a saber cuán eficaz es esta arma comparada con los mosquetes, imprecisos, lentos de tiro e inservibles en el agua, lo que, dada la situación en que me hallaba, habría supuesto que la mecha se apagara enseguida. En ese mismo momento, los hombres que me acompañaban daban la vuelta por el corredor circular para cortarle a nuestro fugitivo toda posibilidad de retirada, al no tener ya ninguna escapatoria. Eso sin contar con el divino Brunelleschi. Para construir la cúpula interior sin recurrir a los andamios, había inventado un sistema para colocar los ladrillos en espinapez, según un ordenamiento que solo una mente genial como la suya podía concebir, de manera que los ladrillos formaban una bóveda que se sostenía sola. Esta disposición es la que posibilitó a Strozzi escapar de nosotros trepando por la cúpula interior, apoyándose en los ladrillos, unos en horizontal y otros en vertical, como si anduviera por una escalera en bajorrelieve. Vi a Strozzi subir escalando el casco de la bóveda como una salamandra por la pared. Disparé, pero mi flecha erró el blanco y, cuando él llegó a una altura de unas veinticinco brazas, saltó hacia uno de los orificios que perforan la cúpula exterior, por el que introdujo todo su cuerpo con una agilidad sorprendente. Al no poder seguirlo con mi ballesta, dejé el arma y empecé a trepar también yo, colocando mis pies sobre los celestiales ladrillos del gran Brunelleschi. Cuando llegué a la altura del óculo, pasé mi torso fuera de la cúpula, formando un balancín con mi cintura y dejando mis piernas en el interior. Con mi cabeza azotada por la lluvia que caía, deslumbrado por los relámpagos que rayaban el cielo de Florencia, ensordecido por los truenos y aturdido por el viento glacial de este diluvio, pude ver a Strozzi dejarse deslizar sobre las tejas aprovechando la abombada inclinación de las mismas, evitando romperse el cuello cuando la pendiente se vuelve vertical, agarrándose no sé a qué, pues no hay ninguna cornisa que rodee el tambor en la base de la cúpula y apoyándose milagrosamente en el tejado del ábside norte para deslizarse de nuevo sobre uno de los arbotantes y sumirse en el vacío.

En días ordinarios, nadie podría haber sobrevivido a una caída semejante y habríamos encontrado su cuerpo aplastado en el empedrado, pero como el agua ha crecido tanto en las calles, llegando incluso casi hasta el primer piso de las casas, quise asegurarme de su muerte y, metiendo rápidamente la cabeza de nuevo bajo la cúpula, grité a los guardias que fueran a buscar su cadáver.

Pero la situación hacía imposible que se ejecutara mi orden. No podíamos abrir las puertas selladas con burletes sin evitar que el Arno vertiera sus aguas dentro de la catedral. Los guardias que se habían quedado en la nave tuvieron que romper los cristales de una ventana que estaba lo suficientemente alta como para eludir la inundación. Y mientras yo descendía de la cúpula, los oía gritar, presas de un repentino nerviosismo: «¡Ahí está! ¡Ya lo veo! ¡Cogedlo!». En efecto, habían visto a Strozzi, que nadaba entre la catedral y el baptisterio, se agarraba un instante a la puerta de Ghiberti como a las puertas del paraíso, y luego seguía su curso hacia el sur.

Los guardias se quedaron paralizados ante el espectáculo de ese hombre que desafiaba los elementos y parecía protegido por los dioses, pero en cuanto llegué junto a ellos, me puse al frente de las operaciones. Empecé por preguntar a los guardias quiénes sabían nadar. A estos los hice despojarse de su casco y del peto de su armadura, les ordené envolver su espada con su capa y arrojarse al agua en pos del fugitivo. Cuando lo hicieron unos diez, yo mismo me zambullí y nadamos todos en dirección a la Signoria, pues era esa ruta la que le habían visto tomar a él. De camino, requisé una barca que unos florentinos habían cargado con sus pertenencias, muebles y fardos de ropa que tuve que arrojar por la borda para dar cabida a mis hombres. Cinco guardias pudieron subir conmigo en la embarcación. Esto nos retrasó un poco, pero enseguida, con ayuda de los remos que los infortunados dueños de la barca nos habían dejado, pudimos recuperar una parte del retraso.

Strozzi había nadado con tanto vigor que había llegado hasta el Ponte Vecchio. Era evidente que intentaba ganar las colinas del Oltrarno para escapar tanto de las inundaciones como del Bargello. No sé de dónde había sacado las fuerzas para subirse al tejado de las tiendas del puente. Cuando lo alcanzamos, vimos que trataba de recuperar el aliento, visiblemente agotado. También él nos vio y quiso emprender de nuevo la huida, cosa fácil para él, puesto que había salido ya del agua y no tenía que nadar, sino correr por encima de las casas que hay en el Ponte Vecchio, al menos hasta la otra orilla (salvo allí donde las tiendas se interrumpen, obligándolo a volver a sumergirse en el agua), y quizá una vez alcanzada la orilla pensara escapar una vez más por los tejados, pero habría necesitado un espacio despejado sobre las casas y, en cambio, lo que halló a ese lado del Oltrarno fue una patrulla en una barca, de modo que Strozzi se vio apresado en una tenaza. Sin embargo, como habíamos tenido que abandonar las ballestas y los mosquetes en Santa Maria para poder nadar en su persecución, carecíamos de medios para sacarlo de allí a tanta distancia. Para prenderlo, los guardias tenían que hallar una manera de llegar hasta él, cosa harto difícil, pues la corriente zarandeaba las barcas que había en aquel lugar y no se las podía inmovilizar, amén de que el olor que salía de las tiendas de los curtidores y los casqueros nos indisponía y alteraba todavía más nuestras facultades, ya muy menguadas por el frío que nos estaba helando hasta los huesos. Mientras los guardias intentaban torpemente arrimar su barca para poner el pie en los tejados (que no estaban más que a tres o cuatro brazas del nivel del agua), Strozzi los esperaba erguido con la espada en la mano. Cada vez que uno de los guardias lograba encaramarse a un tejado, él lo sableaba y luego corría hasta el otro extremo para hacer lo mismo con los de la segunda patrulla. Pero no podía sostener la posición por mucho tiempo y debía saber que la pinza no tardaría en cerrarse sobre él. Entonces decidió esperar en un punto equidistante de las dos patrullas, plantado con las piernas abiertas y la guardia baja, dispuesto a batirse el cobre. Parecía, sin embargo, estar más resignado a morir luchando que a entregarse. Cuando los guardias se acercaban prudentemente y la tempestad arreciaba y batía la ciudad con la violencia que habéis podido ver, una ola se elevó de pronto del lecho del Arno para alcanzar una altura sin precedentes. Los guardias, que avanzaban a cuatro patas por miedo a perder el equilibrio, se tumbaron sobre el tejado, pero él, que estaba de pie, fue derribado por la ola y arrastrado por la corriente. Esta vez ya no lo vimos resurgir de las olas. Por tanto, todo hace creer que no ha sobrevivido y que ha muerto ahogado. Tal vez el Arno vomite su cuerpo en primavera, o antes incluso, cuando las aguas del río vuelvan a su cauce.

171. Giorgio Vasari a Vincenzo Borghini

Florencia, 5 de octubre de 1557

Bacchiacca ha muerto sin haber recuperado el conocimiento. Se lleva así su secreto a la tumba y nunca jamás sabremos qué papel desempeñó en este tenebroso asunto ni cómo pudo sacar el cuadro de la Signoria. Creo recordar que, la víspera de su muerte, Cellini le había hecho una visita. El Duque conoce mi opinión. Nunca hemos de fiarnos ni un pelo de ese individuo.

172. Vincenzo Borghini a Giorgio Vasari

Livorno, 29 de noviembre de 1557

Es una triste noticia la que os hace llegar mi carta y me aflige mucho habérosla escrito. La pobre María ha muerto en el parto. La Duquesa, desolada, se ha retirado a Pisa con sus niños. El Duque está inconsolable, pero no hasta el punto de descuidar los asuntos de Estado. Será su hija pequeña, Lucrecia, quien se case finalmente con Alfonso d'Este, y así se consolidarán los lazos entre Florencia y Ferrara, como estaba previsto. Disfrutad de vuestro hogar aretino. Que esperen los frescos de la Signoria. ¿Quién puede saber el tiempo que nos es dado?

173. Catalina de Médicis, reina de Francia, a Piero Strozzi, mariscal de Francia

París, 7 de enero de 1558

Hoy es un día glorioso para el reino de Francia, y no me sorprende en absoluto que una vez más mi invencible primo haya tomado parte. ¡Y cómo! ¿Hace doscientos diez años que Calais era inglesa y no os ha hecho falta más que una semana de asedio para arrebatársela? El de Guisa no es nada torpe en el campo de batalla, pero yo sé bien qué papel desempeñáis junto a él. Francia puede sentirse honrada por tener a su servicio a un general como vos, mi señor primo. Y ahora, ¡a por los españoles! Con la ayuda de Dios y la vuestra, Guisa reconquistará su Lorena natal, echará al español de Luxemburgo y desmembrará por fin la herencia borgoñona de los Habsburgo.

Mientras tanto, os refiero unas noticias de Francia que tal vez os diviertan. ¿Os acordáis del caballero de Malatesti que se había refugiado en la corte después de haber preñado a la primogénita de Cosme? Ha muerto, apuñalado en el centro de París, donde llevaba una vida de libertinaje entre nuestros compatriotas. Su cadáver ha sido rescatado del Sena, donde sus asesinos lo habían arrojado. Dicen que se trata de una disputa de taberna, pero yo sé muy bien cuál es la causa: Cosme es rencoroso. Habrá enviado a los asesinos del paje como los envió a Venecia para matar a Lorenzino hace diez años, y quién sabe si no se trataría de los mismos. Su hija ha muerto, eso es muy triste, pero aún le quedan muchos hijos, la española ha sido fecunda. Parece que el Popolano tendrá descendencia. ¡Pero también nosotros! Gracias a Dios, tengo unos hijos que garantizarán el linaje de los Valois. Vos sois mariscal de Francia, querido primo, y yo, reina de Francia. Habéis escapado milagrosamente de vuestra loca incursión a nuestra ciudad natal, donde todo el mundo os cree muerto, arrastrado por las aguas. Muy bien, aceptemos los hechos. Dios no ha querido que muráis, pero tampoco ha deseado el éxito de nuestra empresa. Quizá sea el momento de olvidarnos de Florencia y de Italia. Tenemos otros gatos que pelar, en adelante.

174. Agnolo Bronzino a Miguel Ángel Buonarroti

Florencia, 23 de julio de 1558

Perdonad, querido Maestro, que rompa estos largos meses de silencio para daros unas noticias que no me habéis pedido, provenientes de una ciudad a la que no deseáis regresar. Habéis renegado de Florencia, y con razón. Yo debería hacer como vos, o como ese moledor de pigmentos que se fue a la aventura.

Ayer tuvo lugar la inauguración de los frescos de San Lorenzo, que he acabado tan fielmente como he podido. El Duque, a fin de cuentas, me ha dado libertad para pintar al estilo que yo quisiera, y la Duquesa también, pues debido a su duelo me ha dejado tranquilo. Quiero creer que el resultado es acorde a lo que habría querido Jacopo. Sin embargo, el público al que se le ha mostrado los frescos no me ha parecido que comparta mi satisfacción. Baste decir que, en efecto, la acogida fue reservada, educada, es verdad, pero con esa educación fría que sabemos muy bien lo que significa, y que equivale, en el fondo, a una desaprobación de las más ruidosas. Sin duda la presencia del Duque me ha ahorrado manifestaciones de reprobación más evidentes. Podían leerse en las caras el malestar y el apuro. A esto hay que añadir otra decepción: todos esperaban vuestra presencia, pues no es un secreto para nadie que el Duque os había renovado su invitación y solo desea vuestro regreso, por el cual está dispuesto a hacer lo que sea. A mí también me habría gustado que estuvierais aquí. ¿Quién sino vos podría apreciar la obra de Pontormo en su justa valía? No me cabe duda de que el tiempo le hará justicia.

Sandro os envía su saludo y os besa las manos. Yo hago lo mismo. Pensad en nosotros algunas veces.

175. Miguel Ángel Buonarroti a Agnolo Bronzino

Roma, 10 de agosto de 1558

Lo que leo en vuestra carta, querido Agnolo, me llena de tristeza, pero mentiría si os dijera que me sorprende. Nuestro tiempo ha pasado, Agnolo, incluso el mío. Los halagos que me prodiga el Duque no son, en realidad, más que oraciones fúnebres. Os encuentro incluso optimista en vuestra melancolía. El tiempo no hará justicia a nadie. Los hombres de mañana no valdrán más que los de hoy. Todo será destruido. Finalmente, no quedará de vos más que cenizas y ruinas. Pontormo lo había comprendido. Ved lo que había escrito. Había guardado su carta, pero como sé cuánto lo amabais, os la doy. Adiós, hijo mío.

176. Pontormo a Miguel Ángel

Florencia, 29 de diciembre de 1556

¡Maestro mío! Henos aquí. Ha llegado el tiempo para mí de saldar mis deudas. Es así de simple: os lo debo todo. Me gustaría deciros que no lamento nada. Hoy que veo acercarse la hora de mi descenso a la tumba, me acuerdo de vuestras palabras: «Si Dios permite vivir a este joven, elevará nuestro arte hasta el cielo». ¡Qué orgullo para el niño que yo era! Pero también, qué carga. Ángel de Dios, ¿qué hiciste? Desde aquel día, he dedicado mi vida a justificar tu profecía. ¿Qué tarea más noble podía encomendárseme? Pero también, con cuántos sufrimientos debía pagarla. Es verdad que he subido al cielo, pero he caído a plomo desde allí. En los paños de pared superiores de San Lorenzo pinté a Adán y Eva, y los miro ahora con conocimiento de causa: más dura es la caída. ¿Fue por mi culpa? No lo sé.

¡Venid, Maestro! Mi señor Miguel Ángel, la soledad me vuelve loco. Naldini me maltrata, se burla de mí y me roba la comida. Bronzino codicia mi herencia. La familia Allori me trata con la deferencia con que se trata a los viejos seniles. La Duquesa detesta mis frescos. El Duque lamenta haberme hecho el encargo. Varchi pone buena cara pero reniega de todos los personajes de la capilla, que, sin embargo, habíamos compuesto juntos con mi señor Riccio. A este último lo han encerrado en un manicomio, como pronto harán conmigo si todavía estoy en este mundo. Todos se han coaligado contra mí y tiemblan ante el papa, mientras que yo cago sangre. Si Dios quiere demostrarme que me ha abandonado, no lo habría hecho mejor, pero creo que también Él ha huido de la Toscana, de Roma y de Italia entera. Hasta mi moledor de pigmentos refunfuña y me fastidia sin parar todos los días.

¡Malditos Médicis! El Duque da y luego quita. ¿Es eso digno de la conducta de un príncipe? He pasado once años de mi vida decorando su iglesia. Juraría que no pasarán dos sin que antes lo haya destruido todo, y si no él, ya se encargarán sus descendientes, porque esta familia considera Florencia como su propiedad privada. Maldito linaje. ¡Que ni se les ocurra! No dejaré que nadie destruya mi obra. ¡Adiós a mi Diluvio! Adiós a mi Resurrección de los muertos. Adiós a mi Ascensión de las ánimas. Adiós a mi Noé, adiós a mi san Lorenzo, que tanto me han costado. Pero ¿qué sabe esa gente de las penas del que trabaja? ¿Qué sabe del cuerpo molido por las fatigas del arte? ¡Sí, un permanente fastidio en vez de una ganancia! Qué osadía querer imitar las cosas de la naturaleza con los colores para que parezcan idénticas, o incluso mejorarlas, volviendo sus obras más ricas y llenas de cosas variadas, como luces resplandecientes, noches con hogueras y lumbres así, cielos, nubes, paisajes lejanos y cercanos, edificios desde diversas perspectivas, animales de toda especie con colores diversos, y todo lo que sea posible meter en una escena como jamás hace la naturaleza... Mejorarlas, sí, y darles belleza mediante el arte, al disponerlas y componerlas donde luzcan mejor. ¿Qué saben ellos de las diferentes maneras de trabajar, al fresco, al óleo, al temple, a la cola, todas las cuales demandan una gran práctica para manejar tan diversos colores, para saber reconocer sus efectos y sus distintas mezclas, claroscuros, sombras y luces, resultados de infinitas combinaciones?

Cuánto echo de menos los tiempos de la Cartuja, donde pintaba el Monte de los Olivos... Agnolo era tan joven entonces, y guapo como uno de esos ángeles que él pinta... Apenas si nos llegaban los rumores de la peste que asolaba Florencia, los días transcurrían apaciblemente y yo era más feliz de lo que lo he sido jamás después. Tal vez la peste vuelva a abatirse algún día sobre Florencia —¡soy de los que piensan, como Savonarola, que así se hará justicia!—, pero los días felices de Galluzzo, esos no volverán. La felicidad pasada no nos deja más que la amargura del paraíso perdido.

Aunque no me iré sin mi pequeña venganza. ¿Sabíais que aún conservo el cartón de vuestra Venus? El Duque y la Duquesa me ofenden con su desprecio. ¿No es justo que yo haga algo a la recíproca? Les preparo una travesura de la que vuestro cartón será el instrumento. ¿Dicen que no les gustan los desnudos? ¡Pues toma desnudo! Verán por última vez qué pintor soy.

De este modo, como antes Leonardo y también vos en la sala del Consejo, dejaré mis frescos inacabados, que conocerán el mismo destino. La pintura es un tejido diabólico perecedero. ¡Qué más da! Las cosas, como son. Solo tengo un deseo antes de morir: que el divino Miguel Ángel pose su mirada en ellos. Sois el único capaz de comprender absolutamente que de lo que se trata es de sobrepasar a la naturaleza pretendiendo darle espíritu a una figura y haciendo que parezca viva sin dejar de ser plana.

¡Ved mis frescos, al menos una vez! Venid a verlos y venid a verme, os lo ruego. No rechacéis la última voluntad de un condenado que va a desaparecer junto con su obra. Solo así podré morir en paz después, purificado de toda la podredumbre del mundo y de la mía propia. Al fin y al cabo, únicamente hay una sola cosa noble aquí abajo, y es el dibujo. El hombre no es más que una mancha que palidece en una pared.

AGRADECIMIENTOS

Gracias a Philippe Costamagna por haberme abierto las puertas del manierismo italiano y a Marcello Simonetta por haberme guiado por la Florencia de los Médicis.

ÍNDICE

Otras obras del autor en Booket:

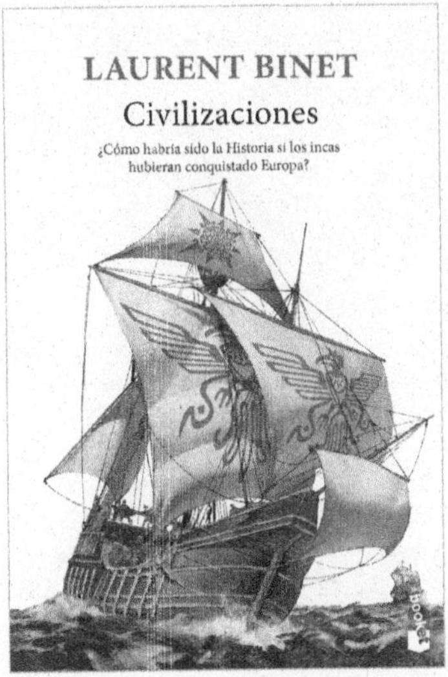